Die Lichter von Tokio

Federica de Cesco

Die Lichter von Tokio

2. Auflage 1987

Umschlagbild: Robert André
Buchgrafik: Atelier Spiegel AG/Heinrich Breiter
Lektorat: Hanna Bautze

Alle deutschen Rechte vorbehalten
© 1983 Verlag AARE Solothurn

Neubearbeitete und aktualisierte Ausgabe
Titel des Originals: »Les lumières de Tokyo«

ISBN 3 7260 0212 X

1

Großmutter kniete auf der Binsenmatte vor dem Tisch aus poliertem Tannenholz. Sie füllte eine Schale mit Weizennudeln und heißer Fleischbrühe und reichte sie Takeo. Er beugte sich dankend vor, um sie in Empfang zu nehmen. Sein Magen war wie zusammengekrampft, und er konnte vor Aufregung kaum stillsitzen, aber er versuchte, sich nichts anmerken zu lassen. Er wartete höflich, bis Großmutter sich selbst bedient hatte. Dann tauchte er die Stäbchen in die Nudeln und schob sie schlürfend in den Mund.

Takeo war im März vierzehn geworden. Für sein Alter war er groß, aber nicht kräftig. Er hatte ein ebenmäßiges Gesicht, große, verträumte Augen und lockiges Haar. Er trug Jeans und ein sauberes weißes T-Shirt. Seine Socken waren von Großmutter sorgfältig gestopft worden. Er kaute schweigend, während seine Gedanken bei Yasuos Brief weilten, den er seit heute morgen mit sich herumtrug. Großmutter wußte noch nichts von diesem Brief, da er dem Postboten auf dem Schulweg begegnet war.

Die Nacht brach herein, und eine Schiffssirene heulte im Hafen. Im Fernsehen lief eine Kultursendung über die Seidenraupenzucht. Gleichzeitig wurde im 3. Programm ein Rockkonzert übertragen, aber es wäre taktlos gewesen, Großmutter zu bitten, den Sender zu wechseln. Bei Yasuo lief Rockmusik den ganzen Tag, daß die Wände dröhnten, und niemand nahm Anstoß daran. Bei Yasuo war sowieso alles anders: Er stammte nicht aus altem Adelsgeschlecht. Seine Mutter Hanako-San lebte mit einem Fischhändler zusammen. Takeo mußte zugeben, daß sie zu laut lachte und für eine Frau ihres Alters in zu engen Jeans und zu bunten T-Shirts herumlief. Neuerdings trug sie eine Lederjacke mit einem Adler auf dem Rücken, und er hatte sie selten ohne eine Zigarette im Mundwinkel gesehen. Noburu, der Fischhändler – Yasuo nannte ihn »mein Kumpel« – war ein gutmütiger, kräftiger Mann, der eine Tätowierung auf dem Arm trug, die Takeo zugleich abstieß und faszinierte. Sie stellte ein Liebespaar dar. Immer, wenn Noburu-San seine Ärmel aufkrempelte und seine Muskeln sich bei der Arbeit dehnten, schien die Tätowierung sich ebenfalls zu bewegen.

Seitdem Yasuo nach Tokio gegangen war, fühlte sich Takeo sehr einsam. Er hätte nie gedacht, daß sein Freund ihm so fehlen würde! Großmutter hatte ihm den Umgang mit Yasuo nie verboten. Sie war immer darum bemüht, daß Takeo sich sein eigenes Urteil über die Leute bildete.

Takeo hatte den Brief schon zwanzigmal gelesen. Yasuos Schriftzeichen waren wie immer vorbildlich; sein Stil dagegen ließ viel zu wünschen übrig: Yasuo redete nie so aufgeblasen wie er schrieb!

Ich versprach, Dir Nachricht zu geben, und ich halte immer Wort, auch wenn ich mir geschworen habe, mit der Vergangenheit zu brechen. Die ersten Tage in Tokio waren entmutigend. Aber schließlich hatte ich das Glück, einen anständigen Job zu finden, und jetzt verdiene ich ganz ordentlich. Ich habe mir schon zwei Lewis, eine Jacke im Flieger-Look und einen Walkman gekauft. Schade, daß Du nicht mitkommen wolltest! Überlege es Dir nochmal! Falls Du Deine Meinung änderst, hier ist meine Telefonnummer. Lerne sie auswendig und vernichte den Brief, damit er nicht in falsche Hände gerät: ich weiß, daß die Polizei mich sucht.

Takeo trank mit kleinen Schlucken seine Fleischbrühe. Großmutter, von seiner Erregung nichts ahnend, hielt die Augen auf den Bildschirm gerichtet. Takeo beobachtete sie verstohlen. Großmutter war klein und so schmal, daß ihr Kopf fast zu groß wirkte. Ihr dünnes, weißes Haar hielt sie in einem Knoten zusammen. Ihre Haut, so blaß wie Elfenbein, war mit einem Faltennetz überzogen, das der feinen Äderung eines Blattes glich. Ihre Brauen wirkten wie Flaum, und ihre goldbraunen Augen waren von durchscheinender Klarheit.

Großmutter trug nie europäische Kleidung. Ihre vier Kimonos – einen für jede Jahreszeit – waren aus feinster Baumwolle und ließen sich mühelos waschen und bügeln. Für die Arbeit in der Werkstatt trug sie Pluderhosen nach Bauernart und einen hochgeschlossenen Kittel. Ihr einziger Festkimono aus lila Seide war schon über zwanzig Jahre alt. Der kostbare, stellenweise schon verschlissene Stoff, war von Großmutter mit winzigen Stichen ausgebessert worden. Die dazu passende Gürtelschärpe, »Obi« genannt, hatte ein Muster aus gelben, purpurnen und violetten Blüten. Diese Farben waren eigentlich jüngeren Frauen vorbehalten, aber Großmutter hatte nicht das Geld um sich einen neuen Obi anzuschaffen. Mit ihrem Töpferhandwerk verdiente sie kaum das Nötigste zum Leben. Takeo bewunderte die Geschicklichkeit und Kraft ihrer zarten Hände, die jene zum Verkauf bestimmten, vollendet schönen Vasen, Becher und Schalen zu formen wußten.

Als Künstlerin hatte sie ihren Mädchennamen, Kyo Ushida, wieder angenommen. Die Ushida gehörten zu den Samurai-Familien, die im 19. Jahrhundert alle Privilegien verloren hatten. Ihre Nachkommen wurden dann später das Opfer des zweiten Weltkrieges. Takeo hieß wie sein Vater, Okura. Das Haus, in dem sie wohnten, lag auf einem Grundstück etwas abseits am Strand der kleinen Hafenstadt Kambara. Der ehemalige Sommersitz entbehrte jeder modernen Bequemlichkeit und wurde ihnen deswegen für eine geringe Miete überlassen. Die Holzwände waren dünn und verwittert, die Böden senkten sich, und jeder Sturm fegte einige der schönen, smaragdgrünen Ziegel vom Dach. Die einzelnen Räume waren durch Schiebetüren verbunden; nur die Eingangs- und die Küchentür hatten schwere Eisenriegel. Die Toilette war nicht an das Abwässerungssystem angeschlossen, und im Winter bildete ein tragbarer Gasofen die einzige Wärmequelle. Der größte Raum im Erdgeschoß diente Großmutter als Werkstatt.

Takeos Gedanken wanderten zurück zu jenem Novembernachmittag, als er sich mit Yasuo am Hafen verabredet hatte. Beide Jungen waren früher in dieselbe Klasse gegangen, aber Yasuo hatte die Aufnahmeprüfung an der Hochschule bestanden, während Takeo versagte und das Jahr nachholen mußte. Yasuo strengte sich beim Lernen nie an: Er besaß die beneidenswerte Fähigkeit, alles sofort zu begreifen.

Takeo hatte in der Nähe der Werft auf ihn gewartet. Fischer legten ihre Netze zum Trocknen aus, und das Wasser schwappte gegen die Bootsplanken. Takeo ließ die Beine baumeln und blickte über das Meer. Die Luft stank nach Algen, Benzin und Auspuffgasen. Ein großes Schiff mit qualmendem Schornstein fuhr in die Bucht ein. Die Wasserfläche war von Ölspuren durchzogen und glitzerte regenbogenfarbig. Um klares Wasser zu finden, mußte man weit ins Meer hinausschwimmen.

Er hörte ein Klingeln und sah Yasuo mit voller Geschwindigkeit über die Werft radeln. Er trug enge Jeans, weiße Turnschuhe und eine Wendeparka aus weiß-blauem Nylon. Yasuo war ein auffallend hübscher Junge: Seine Stirn war breit und glatt, der Haaransatz zeichnete sich schwarz ab wie Rabenfedern. Seine dunklen Brauen liefen in Spitzen aus, und die mandelförmigen Augen schimmerten um die Iris im bläulichen Weiß. Die Wangenknochen waren hoch und rund, die gerade Nase wohlgeformt. Doch seine weichen, für gewöhnlich lächelnden Lippen waren an jenem Tag ärgerlich zusammengepreßt, und die Art, wie er sein Fahrrad auf die Planken fallen ließ, versprach nichts Gutes. Er ließ sich atemlos neben Takeo nieder, wobei er trotz seiner Wut darauf achtete, seine sauberen Jeans nicht mit Teer zu beschmieren.

»Was ist mit dir los?« fragte Takeo.

Yasuo hatte die Schultern hochgezogen. »Ach, immer die gleiche Scheiße!«

Wie üblich hatte er sich mit seiner Mutter gestritten. Sie wollte ihn zur Universität schicken, und einen Bürokraten aus ihm machen, einen von denen im weißen Hemd und Nadelstreifenanzug, die sich zur Stoßzeit wie die Sardinen in die Straßenbahn quetschen ließen.

»Meine Mutter ist total bescheuert. Bei ihr ist meine Zukunft schon vorprogrammiert. Mit vierundzwanzig fange ich bei irgendeiner Firma an, leere Papierkörbe und bringe Eilbriefe zur Post. Später sitze ich dann mit 80 überspannten Typen in einem Großraum und erledige die Aufgaben, die den anderen zuwider sind. Frühestens mit fünfzig habe ich mein eigenes Büro und eine Sekretärin, die mir den Tee serviert. Ich werde verheiratet sein und zwei Kinder und einen Wellensittich haben, weil meine Mutter für diese blöden Viecher schwärmt. Kannst du dir das vorstellen? Sie sagt mir dauernd, wie ich zu leben habe, was ich verdienen muß, und wen ich heiraten soll! Und wenn ich widerspreche, knallt sie mir eine vor allen Leuten.«

Takeo schwieg. Hanako-San, Yasuos Mutter, war eine energische Frau. Takeo hatte einmal verstört miterlebt, wie sie Yasuo mit einem Baseball-Schläger verprügelte. Auch Yasuo schwieg und grübelte vor sich hin. Plötzlich sagte er leise und eindringlich: »Du mußt schwören. Es ist der bedeutendste Schwur deines Lebens! Los, heb die Hand und schwöre: Ich werd's niemandem sagen!«

»Es muß etwas Wichtiges im Spiel sein«, dachte Takeo. »Yasuo machte sonst nie so ein Theater.« Er hob die Hand. »Ich schwöre, daß ich's niemandem sagen werde! Um was geht's denn?«

Yasuo holte tief Luft. »Also, ich habe einen Entschluß gefaßt: Nächste Woche haue ich ab!«

Takeo starrte ihn entgeistert an. »Aber wohin denn?«

»Nach Tokio!« Takeo war derart überrascht, daß ihm keine andere Frage in den Sinn kam als: »Warum denn ausgerechnet nächste Woche?«

Yasuo grinste vielsagend. »Weil sich da vielleicht eine gute Gelegenheit bietet. Ich bin dabei, etwas einzufädeln, aber ich weiß noch nicht, ob es klappt. Ich erzähl's dir, wenn es soweit ist.«

Takeo war wie vor den Kopf geschlagen. Yasuo meinte es ernst, daran war gar kein Zweifel. Der Gedanke, von zu Hause wegzulaufen, war für Takeo etwas Ungeheuerliches, aber er spürte zu seiner eigenen Verwunderung ein angenehm erregendes Prickeln unter der Haut. Im Geheimen bewunderte er Yasuos Mut. Er versuchte, einen sachlichen Ton einzuschlagen: »Aber woher willst du denn das Geld dafür nehmen?«

Yasuos weiße Zähne blitzten. »Kein Problem! Das kriege ich schon irgendwoher. Geld findet man überall.«

Takeo war da anderer Meinung. »Dann sag mir mal, wo! Ich bin jetzt schon pleite, und vor Monatsende kriege ich kein Taschengeld mehr.«

Yasuo kramte ein Päckchen Zigaretten aus der Hosentasche und hielt es Takeo unter die Nase. Dieser schüttelte den Kopf, Großmutter würde sofort merken, daß er geraucht hatte. Er sah zu, wie Yasuo ein Streichholz an der Mauer anriß und sich gekonnt eine Zigarette anzündete.

»Man muß im Leben die Augen aufmachen, feste Pläne haben und sich durchsetzen«, sagte er. »Wenn ich Geld brauche, nehme ich was aus der Handtasche meiner Mutter.«

Er warf einen ironischen Blick auf Takeo, der verlegen zur Seite sah.

»Merkt sie das denn nicht?«

Yasuo blies gelassen den Rauch aus der Nase. »Ich nehme immer nur wenig, aber auf die Dauer kommt ganz schön was zusammen...«

Takeo wußte, wo Großmutter ihr Geld hinlegte, aber nicht im Traum würde ihm einfallen, es anzurühren. »Lieber sterben«, dachte er gequält.

Plötzlich stieß ihm Yasuo den Ellbogen in die Rippen. »Du, ich habe eine glänzende Idee! Wir hauen beide zusammen ab! Zu zweit schlägt man sich viel besser durch. Zuerst werden wir uns irgendwo Arbeit suchen, und dann sparen wir Geld und machen uns selbständig. Mein Kumpel sagt, daß man mit Import-Geschäften eine Menge verdienen kann.«

Eine Hitzewelle schoß Takeo ins Gesicht. Er war zugleich stolz, daß Yasuo ihn dabeihaben wollte und niedergedrückt, daß er sein Angebot ablehnen mußte. »Ich kann nicht weg. Großmutter arbeitet, damit ich studiere und eine gesicherte Zukunft habe.«

»Genau das ist es ja!« rief Yasuo triumphierend.

»Wenn du selbst Geld verdienst, braucht deine Großmutter sich nicht mehr abzurackern.«
»Sie würde mich nie gehen lassen«, sagte Takeo
versonnen. »Und heimlich weglaufen...« Er schüttelte den Kopf. »Nein, das darf ich ihr nicht antun!«
Yasuo zog verärgert an seiner Zigarette. »Da haben
wir's. Du bist genau wie alle anderen. Sobald es ernst
wird, kneifst du.«
Der Vorwurf verletzte Takeo. »Du weißt genau wie
gern ich mitkommen würde. Aber meine Großmutter...«
»Ach, geh weg mit deiner Großmutter!« Yasuo warf
seine brennende Kippe ins Wasser und stand auf.
»Wetten, daß du jetzt nach Hause rennst und ihr alles
brühwarm erzählst. Lieber hätte ich mir die Zunge
abbeißen sollen, als dich ins Vertrauen zu ziehen.«
»Für wen hältst du mich?« fragte Takeo gekränkt.
»Man kann nie wissen...!« Yasuo betrachtete ihn
geringschätzig von oben herab. »Ich bin ganz sicher,
was später mal aus dir wird: Ein Büromuffel!«
Er drehte sich um und hob sein Fahrrad auf. Takeo sah
beleidigt zu, wie er sich grußlos auf den Sattel
schwang und sich zwischen den Hafenbaracken ent-
fernte.
Am Tag darauf, als ihm Yasuo begegnete, war dieser
wieder ganz der alte, machte Witze und spendierte
Takeo ein Ice-Cream-Soda. Takeo war es nicht ganz
wohl dabei, jetzt wo er wußte, woher Yasuo sein Geld
nahm, aber schließlich ging ihn das nichts an. Yasuo
sprach nicht mehr von seinen Plänen, und Takeo war
froh darüber.
Eine Woche später jedoch fiel Takeo aus allen Wolken,
als ihn Yasuo nach der Schule erwartete und ihm
zuflüsterte: »Stell dir vor, es klappt! Morgen früh geht
die Reise los!«

Takeo sackte die Kinnlade herunter. »Hast du den Verstand verloren?«

Yasuo kniff ein Auge zu. »Habe nie welchen besessen! Paß auf, Du kennst doch Makoto-San, den Heizer der ›Furu-Maru‹?«

Die »Furu-Maru« war ein Fischkutter. Makoto-San, ein kleiner, gedrungener Typ, der immer an einem Zahnstocher kaute, hatte die Jungen in den Ferien manchmal mit aufs Meer genommen. Takeo erinnerte sich an die Hitze im Kesselraum, an die rote Schlacke im Ofen, an das Stampfen und Dröhnen der Maschinen.

Yasuo fuhr fort: »Makoto-San kriegt morgen Urlaub und fährt mit einem Freund nach Tokio um sich auch mal zu vergnügen. Er hat mir einen Platz in seinem Wagen angeboten.«

Takeo fiel nur die dumme Frage ein: »Weiß deine Mutter schon Bescheid?«

Yasuo brach in schallendes Gelächter aus. »Wenn die das wüßte, würde sie mich im Lagerraum einsperren!«

Takeo war ganz flau im Magen. »Aber was passiert, wenn sie die Polizei hinter dir herschickt?«

»Keine Angst!« grinste Yasuo.« Ich hinterlasse ihr einen Brief, worin ich ihr alles erkläre. Sie wird natürlich eine Zeitlang schimpfen und toben, aber mein Kumpel wird dafür sorgen, daß sie sich bald wieder beruhigt.«

Er blieb stehen und blickte Takeo eindringlich an.

»Was ich noch sagen wollte... wenn man dich nach mir fragt... du weißt natürlich von nichts!«

Takeo zögerte. Er wußte, daß er schlecht log.

Yasuos Lider zuckten. Seine Finger krampften sich nervös um das Lenkrad.

»Vergiß nicht, du hast es mir geschworen!« zischte er drohend.

Takeo schüttelte den Kopf. »Ich werde dich nicht verraten.«

Das unruhige Flackern erlosch in Yasuos Augen. Er nickte zufrieden.

»Ich zähle auf dich! Und sobald ich was erreicht habe, werde ich dir Nachricht geben.«

»Ich wünsche dir viel Glück«, sagte Takeo matt.

Yasuo lächelte strahlend und überlegen. »Glück ist wie Geld, man muß nur danach suchen! In Tokio gibt es unzählige Möglichkeiten. Vielleicht habe ich schon mit zwanzig meinen eigenen Betrieb. Du kannst dann bei mir die Buchhaltung übernehmen!«

Takeo starrte ihn voller Bewunderung an. So ein mutiger und selbstbewußter Kerl wünschte er sich auch zu sein! Yasuos spöttische Worte: »Aus dir wird mal ein Büromuffel!« klangen ihm noch in den Ohren. Er kam sich feige und erbärmlich vor.

In der folgenden Nacht hatte er kaum geschlafen und immerzu an Yasuo gedacht. Würde er tatsächlich seinen Plan verwirklichen? Insgeheim hoffte er, daß Yasuo etwas dazwischen kam und ihm ein Dämpfer aufgesetzt würde. Am nächsten Morgen, in der Schule, hatte er nur mit halbem Ohr hingehört. Er suchte einen Vorwand, um nach dem Unterricht bei Yasuo anzurufen, aber schließlich verzichtete er darauf. Wenn Yasuos Plan geplatzt war, hatte sein Selbstbewußtsein einen schönen Hieb abgekriegt, da ließ man ihm an besten in Ruhe!

Einen Tag später jedoch sah er vom Fenster her, wie Hanako-San, Yasuos Mutter, mit zwei Polizisten den Weg heraufkam. Takeo wurde schlagartig bewußt, daß Yasuo sein Vorhaben ausgeführt hatte; er erschrak fast zu Tode. Zum Glück war er allein zu Hause: Großmutter pflegte manchmal einen kleinen Shinto-Tempel aufzusuchen, um dort Andacht zu halten.

Hanako-San war eine hübsche Frau mit schnellen, graziösen Bewegungen. Von ihr hatte Yasuo das kühngeschnittene Gesicht, die blitzenden Augen, die federnde Haarpracht. Zu ihren Jeans trug sie einen weit ausgeschnittenen roten Pullover und Stiefel mit sehr hohen Absätzen. Takeo wartete, starr wie ein hypnotisiertes Kaninchen, bis er die Polizisten klopfen hörte, dann kam er ängstlich an die Tür. Die Männer murmelten eine Begrüßung. Hanako-Sans tiefe Verneigung wirkte zurückhaltend und gehemmt. »Ich bitte um Verzeihung. Sie sind doch Yasuos Freund? Vielleicht können Sie uns eine Auskunft geben. Er ist nämlich seit gestern verschwunden...«

»Sind Sie Ushida-Samas Enkel?« fragte einer der Polizisten. Er hatte ein finsteres Gesicht und auffallend dünne Lippen. Takeo erbebte, obgleich der Polizist Großmutters Namen – wie es die Höflichkeit vorschrieb – mit der Ehrenbezeichnung »Sama« ausgesprochen hatte. Er verneigte sich bejahend, und der Dünnlippige setzte hinzu: »Dürfen wir einige Fragen an Sie richten?«

»Bitte, treten Sie ein«, erwiderte Takeo mit schwacher Stimme.

Hanako-San und die Polizisten nahmen im Wohnzimmer auf den Sitzkissen Platz. Die Beamten ließen ihre Blicke umherschweifen, als ob er selbst oder gar die Großmutter etwas auf dem Gewissen hätte, aber in Hanako-Sans Haltung lag eine Scheu, die er bei ihr nicht kannte. Großmutters Gegenwart war in dem hellen freundlichen Raum zu spüren wie ein zartes Parfüm, und verbot jeden Ausdruck von Grobheit. Takeo fühlte, wie sie sich Mühe gab, sich angemessen zu benehmen: Die Ehrerbietung, die man Großmutter entgegenbrachte, übertrug sich auch auf ihn.

»Yasuo erklärt mir in einem Brief, daß er sich eine

Stelle in Tokio suchen wird. Er will nicht mehr zur Schule gehen.Dabei ist er ein so guter Schüler... der Beste seiner Klasse, sagt der Lehrer. Aber er ist ein Faulpelz... ein unverbesserlicher Faulpelz! Nichts als Flausen hat er im Kopf... »Sie sah nervös auf ihre Nägel, wo der rote Lack abblätterte, und versuchte, sie vor Takeos Blicken zu verbergen. Der Polizist, der bisher geschwiegen hatte, nahm das Gespräch auf. Er hatte einen Eierkopf und Haare in den Nasenlöchern. »Ich habe gehört, daß Sie befreundet sind und früher in dieselbe Schule gingen. Hat Yasuo Sie nicht in seine Pläne eingeweiht?«

Takeo brach der Schweiß aus allen Poren. »Denk an deinen Schwur!« schoß es ihm durch den Kopf. »Das stimmt, wir waren befreundet...« stammelte er. »Aber es gab verschiedene Dinge, die er mir nicht sagte...«

»Und warum nicht?« fragte der Dünnlippige.

Takeo senkte die Augen unter seinem durchdringenden Blick. »Nun... vielleicht hatte er Angst, ich würde nicht dichthalten...«

Es war eine ziemlich beschämende Ausrede, aber was die Polizisten von ihm dachten, konnte ihm ja schließlich egal sein.

Er sah, wie die Männer einen Blick wechselten. Dann fuhr der Eierkopf fort:»Haben Sie eine Ahnung, wie er womöglich nach Tokio gekommen sein könnte? Seine Beschreibung wurde an alle Bahnhöfe durchgegeben, aber bisher blieben unsere Nachforschungen erfolglos.«

»Vielleicht hat er Auto-Stop gemacht?« meinte Takeo schüchtern.

Der Schmallippige kritzelte etwas in einen Notizblock. »Wissen Sie, ob er Freunde in Tokio hat? Könnten Sie uns eine Adresse angeben?«

Takeo schüttelte den Kopf. »Es tut mir leid, ich weiß von nichts.«

Er hörte ein leises Geräusch: Hanako-San zog ein Taschentuch aus ihrer Handtasche und putzte sich die Nase. Takeo sah Tränen in ihren Augen schimmern. »Sie macht sich wirklich Sorgen«, dachte er erschüttert.

Er bereute es jetzt, die Sache mit Makoto-San verschwiegen zu haben, aber ein Rückzieher war nicht mehr möglich, sonst hätten ihn die Polizisten wie eine Zitrone ausgequetscht. So schwieg er und starrte hartnäckig zu Boden. Die Männer tauschten erneut einen Blick, dann erhoben sie sich. Der Schmallippige steckte seinen Notizblock wieder ein, und der Eierkopf sagte: »Falls Yasuo Ihnen irgendwelche Nachricht zukommen läßt, bitten wir Sie, uns unverzüglich davon in Kenntnis zu setzen.«

Takeo neigte seine Stirn bis auf die Matte, um seine ungeheure Erleichterung zu verbergen. Er begleitete die Besucher an die Haustür. Hanako-San betupfte ihr Gesicht und verneigte sich umständlich. Ihre Wimperntusche war verschmiert, und ihr Lippenstift hinterließ rote Spuren im Taschentuch. Takeo schloß die Tür; er hörte ihre Absätze auf den Steinen klappern. Er ging in sein Zimmer und setzte sich wieder an den Tisch, aber in seinem Innern war alles in Aufruhr. Yasuo hatte es geschafft! Er war tatsächlich weg! So ein Kerl! Aber jetzt mußte er Großmutter erzählen, warum die Polizei hier war. Und auch sie durfte nur einen Teil der Wahrheit erfahren. Takeo seufzte. Er hatte sie noch nie belogen. . . .

Seitdem waren vier Monate vergangen: Yasuo war und blieb spurlos verschwunden. Und jetzt kam dieser Brief! Was tun? Takeo hatte versprochen, die Polizei zu benachrichtigen. Er wußte keinen anderen Ausweg, als Großmutter um Rat zu fragen.

Er hatte nicht bemerkt, daß sie ihn schon eine Zeitlang beobachtete. »An was denkst du, Takeo?« fragte sie schließlich.« Du siehst bekümmert aus.«

Die leise, klare Stimme riß ihn aus seinen Gedanken. Er errötete bis an die Haarwurzeln. »Ehrwürdige Großmutter... ich... ich habe Nachricht von Yasuo.«

»Hat er dir geschrieben?«

Er nickte. Sie blickte ihn ruhig und erwartungsvoll an. Er gehorchte ihrer stummen Aufforderung und zog den zerknitterten Brief aus der Tasche und überreichte ihn Kyo, die sofort den großen Unterschied zwischen dem geschmacklos verzierten Papier und den geschickten, schwungvollen Schriftzeichen bemerkte.

»Der Beste seiner Klasse«, dachte sie. »Und jetzt treibt er sich irgendwo in Tokio herum«. Kyo schüttelte betroffen den Kopf. Es war eine schlimme Geschichte. Der Junge zerstörte seine ganze Zukunft... Während sie den Brief überflog, beobachtete Takeo angstvoll ihr ausdrucksloses Gesicht.

»Das sind erfreuliche Nachrichten«, sagte sie schließlich, den Brief wieder zusammenfaltend.

Takeo holte befreit Atem. »Er scheint sich ganz gut durchzuschlagen!«

»Ja«, sagte Großmutter, »aber das ändert nichts an der Tatsache, daß seine Mutter in Angst und Sorge um ihn ist. Du mußt diesen Brief sofort der Polizei übergeben. »Sie sah Takeos entsetztes Gesicht und fügte sanft hinzu: »Du hast nichts für ihn zu befürchten. Yasuo ist noch minderjährig und wird nicht bestraft werden. Aber da seine Mutter kaum fähig scheint, ihn im Zaum zu halten, wird das Jugendgericht einen Vormund für ihn bestimmen.«

Takeo senkte den Kopf. »Da hast du es, du Rindvieh!

Du hättest deinen Mund halten sollen. Was nun?«
Seine Gedanken schwirrten durcheinander. Er hatte
geschworen auf Leben und Tod, Yasuo nicht zu verraten. Dieser hatte ihm vertrauensvoll geschrieben, und
jetzt sollte er den Brief zur Polizei bringen! Natürlich
würde die sich sofort mit Tokio in Verbindung setzen.
Man würde nach Yasuo fahnden, und ihn zurück nach
Kambara schleppen, vielleicht sogar in Handschellen
wie einen gemeinen Verbrecher!
Doch es half alles nichts: Er mußte Großmutters
Anordnung befolgen. Takeo senkte den Kopf noch
tiefer.
In dieser Nacht fand er keinen Schlaf. Großmutter
hatte ihm den Sinn für Ehre und Unbestechlichkeit
anerzogen, aber natürlich verstand sie diese Eigen-
schaften in ihrer altmodischen Form. Und nun sollte
er, eines verstaubten Sittenkodex wegen, seinen besten Freund verraten! Takeo wälzte sich ruhelos im
Bett. Als der Morgen dämmerte, hatte er noch kein
Auge zugetan.
Um halb sieben läutete der Wecker. Takeo stand auf,
wusch sich und zog seine Schuluniform an. Er hatte
einen steifen Nacken, geschwollene Lider und Mundgeruch. Er hörte Großmutter in der Küche hantieren.
Als er eintrat, erwiderte sie heiter seinen Morgengruß.
Sie trug schon ihre Arbeitskleidung, und ihr Haar war
sorgfältig frisiert. Sie hatte den Tee bereitet und die
Miso-Suppe warmgemacht, die Takeo jeden Morgen
vor dem Schulweg zu sich nahm. Takeo setzte sich,
schlürfte die heiße Suppe und wechselte mit Großmutter einige belanglose Worte, bevor er sich zum
Abschied verneigte und das Haus verließ. Von dem
Brief war nicht mehr die Rede gewesen. Für Kyo war
die Sache offenbar aus der Welt geschafft.
Takeo lief den Weg hinunter und wartete auf die

Straßenbahn. Die frische Morgenluft belebte ihn. Er konnte wieder klarer denken, aber ohne fähig zu sein, einen Entschluß zu fassen. Den Brief hatte er wieder bei sich in der Tasche.

Während des Unterrichtes saß er apathisch auf seinem Platz, starrte auf die Pultplatte oder ins Leere. Anfangs hatte er noch versucht, sich zu konzentrieren, aber es half alles nichts, er war nicht bei der Sache. Beim Mittagessen, in der Kantine, fragte ihn Hiroshi, der neben ihm saß: »Du ißt ja nichts! Hast du keinen Hunger?«

Takeo schüttelte den Kopf. Hiroshi beugte sich kauend und grinsend zu ihm herüber. »Nimm doch ein Abführmittel, wenn's anders nicht geht!«

Takeo schubste ihn weg. »Halt die Klappe! Ich habe andere Sorgen.«

Zu allem Unglück gehörte er auch noch zu den drei Schülern, die nach dem Unterricht im Turnus das Klassenzimmer aufräumten und den Flur putzten. Der Hausmeister hatte nur die Aufgabe, den Hof, die Treppen und die Toiletten zu reinigen. Dummerweise waren neben Takeo ausgerechnet zwei Mädchen an der Reihe. Das eine hieß Kiku und trug eine Zahnspange. Das andere, Chiyo, war das hübscheste Mädchen der Klasse. Takeos finsterer Ausdruck belustigte die beiden; er hörte sie hinter seinem Rücken kichern. »Blöde Gänse«, dachte er verärgert. Als sie fertig waren, schlugen die Mädchen vor, im »Butterfly« noch eine Coca zu trinken. »Kommst du mit?« Chiyo zeigte ihr Grübchenlächeln.

Takeo fühlte, wie er rot anlief. »Kann nicht. Habe was zu erledigen.«

»Na, dann erledige das endlich mal, damit du wieder normal wirst«, sagte Kiku spitz, und Takeo wurde noch röter. Er sah die Mädchen die Treppe hinunterlaufen. Chiyos dunkelblauer Faltenrock wirbelte um ihre schlanken Beine. Takeo stapfte düster hinterher. Dieser verdammte Brief!

Er verließ das Schulgebäude und nahm die Straßenbahn zur Polizeiwache. Dort stieg er aus und schlenderte über den Vorplatz. Hinter den Fenstern sah er Beamte vor ihren Schreibmaschinen sitzen. Das Gebäude war nicht bewacht und wirkte ganz harmlos. Aber Takeo ließ sich nicht täuschen. Irgendwo in den Akten stand Yasuos Name. Sobald er den Brief vorgezeigt hatte, würde sich die Maschinerie in Bewegung setzen. Man würde herausfinden, zu welcher Adresse die Telefonnummer gehörte.

Takeo malte sich aus, wie die Polizei in aller Frühe, wenn Takeo noch schlief, die Treppe hinaufstürmte und an die Tür schlug: »Aufmachen, Polizei!« Das Geräusch und die Stimmen dröhnten in Takeos Ohren. Er hatte das unzählige Male im Fernsehen miterlebt. Yasuo würde schlaftrunken die Tür öffnen. Die Polypen würden ihm den Brief unter die Nase halten. »Ist dieser Brief von dir? Los, anziehen, mitkommen!« Takeo schauderte. »Du bist mein bester Freund«, hatte Yasuo gesagt. »Es ist der bedeutendste Schwur deines Lebens!«

Takeo fühlte, wie ihm flau im Magen wurde. Seine Ahnen waren Samurai gewesen. Die hätten auch ihren Mund gehalten und hätten sich lieber ihr Schwert in den Bauch gestoßen, als daß sie Verrat übten. Takeo vermeinte zu spüren, wie der kalte Stahl in seinen Leib drang. Er stand da vor der Polizeiwache und trat von einem Bein aufs andere. Jetzt bekam er sogar richtige Bauchschmerzen und mußte zur Toilette. Es wurde immer dringender. Wo war nur ein öffentliches Klo? Er rannte in die nächste Milchbar und verkroch sich in der Toilette. Seine ganzen Eingeweide waren in

Aufruhr. War das ein Theater! Ich kann doch Yasuo nicht verraten! dachte er immer wieder. »Ich bring das einfach nicht fertig!« Ruhig bleiben. Überlegen. Ich kann ja sagen, ich habe den Brief verloren.« Takeo zog mit zitternden Händen seine Hose wieder hoch. Seine Kopfhaut spannte sich, und eiskalte Schauer rannen ihm über das Haar. Er wußte nicht ob er dazu fähig war, Großmutter zu betrügen.

Plötzlich kam ihm ein rettender Gedanke: Großmutter war so voller Vertrauen in ihn, daß sie ihm kaum die Frage stellen würde, ob er zur Polizei gegangen war oder nicht. Sie würde felsenfest davon überzeugt sein, daß er ihre Anordnung befolgt hatte. Natürlich konnte es sein, daß sie die Frage trotzdem stellte. Dann würde er sagen: »Verzeiht, ich mußte den Klassenraum putzen und hatte keine Zeit dazu. Ich werde morgen gehen.« Die Sache war dann nur hinausgezögert, aber vielleicht fiel ihm inzwischen etwas Besseres ein. Takeo holte tief Atem. Ja, diese Chance mußte er nützen! Er zog die Klospülung, wusch sich die Hände und verließ die Milchbar. Er drehte der Polizeiwache entschlossen den Rücken zu und wartete auf die nächste Straßenbahn.

Zu Hause machte er sich sofort an seine Aufgaben. Kurz nach sechs hörte er, wie Großmutter aus der Werkstatt kam und sich in der Küche zu schaffen machte. Als sie ihn zum Abendessen rief, stieg er mit weichen Knien die Treppe hinunter. Großmutter trug das Essen auf und erkundigte sich, wie es in der Schule gewesen war. Die üblichen Fragen. Takeo wagte kaum, ihrem Blick zu begegnen, doch von Yasuos Brief war nicht mehr die Rede. Er merkte, daß er Großmutter richtig eingeschätzt hatte. Die Angelegenheit galt für sie als erledigt. Takeo schämte sich vor sich selbst, weil er Großmutter hintergangen hatte. Jetzt mußte er sehen, wie er mit seinem Gewissen fertig wurde.

Takeo ließ acht Tage verstreichen. Dann, an einem schulfreien Nachmittag, ging er zum Strand. Eine Betonmole führte am Meer entlang. Schaum klatschte gegen die Steine. Die Wellen hatten Scherben, Algen, und allerlei Unrat ans Land gespült. Ein aufgerissenes Boot vermoderte im Sand.

Takeo schritt langsam bis ans Ende der Mole. Dann zog er den zerknüllten Brief aus der Tasche und zerriß ihn in winzige Stücke. Der Wind verstreute die Fetzen über das Wasser, und die Wellen trugen sie fort. Die Sonne schien warm, die Brandung rauschte. Mit kraftvollem Flügelschlag kreiste ein Fischreiher unter dem blauen Himmel. Ein tiefer Atemzug hob Takeos Brust. Der Brief war vernichtet, endlich fühlte er sich wie erlöst! Yasuos Telefonnummer aber behielt er im Kopf. So sehr er sich auch bemühte, er konnte sie nicht vergessen: Er hatte den Brief zu oft gelesen.

2

An einem Morgen im April stellte Takeo fest, daß das Haus unter den Klippen wieder bewohnt war.

Es handelte sich um ein flaches, im westlichen Stil erbautes Haus. Es gehörte einem Ausländer – einem Amerikaner –, der mit seiner japanischen Frau in den Vereinigten Staaten lebte und nur selten im Urlaub herkam. Sie hatten ein Kind, eine Tochter, soweit sich Takeo erinnern konnte. Sie hatten sich jahrelang nicht mehr blicken lassen und das Haus offenbar verkauft, denn es schien jetzt einem älteren Ehepaar zu gehören.

Die neuen Besitzer waren ebenfalls Amerikaner. Die Frau hatte hochgestecktes, etwas rötliches Haar, das in seiner Färbung an die Perücke des Schauspielers erinnerte, der im »Nô-Theater« den Löwen darzustellen hatte. Der schmächtige Mann ging immer ein wenig vornübergebeugt, als hätte er eine unsichtbare Last zu schleppen.

Von seinem Zimmer aus konnte Takeo die Hinterfront des Hauses sehen, die teilweise von Pinien verborgen wurde. Das Haus war weiß gestrichen, hatte große Fenster mit dem Blick auf das Meer, und die in der Nähe liegende Steilküste. Eine von Blumentöpfen gesäumte Freitreppe führte zu einem kleinen Kieselstrand. Das Meer schwemmte dort viel Unrat aus dem Hafen an, und man konnte nur baden, wenn der Wind die Strömung westwärts trieb und das Wasser reinigte. Takeo sah das Ehepaar manchmal die Blumen begießen oder auf Gartenstühlen in der Sonne sitzen.

Es kamen nur wenige Fremde nach Kambara, und alles Neue und Ungewohnte übte auf Takeo eine große Anziehungskraft aus; er konnte der Versuchung nicht widerstehen, die Nachbarn heimlich zu beobachten. Eines Tages begegneten sie ihm auf dem Schulweg. Für Takeos Begriffe wirkte die Frau, aus der Nähe gesehen, recht häßlich: Sie trug ein ärmelloses rosa Kleid. Ihre nackten Arme waren schlaff und voller Sommersprossen. Der Mann hatte einen durchsichtigen Schnurrbart und trug eine randlose Brille. Beide waren mit einem Einkaufsnetz beladen. Takeo grüßte verlegen und trat auf die Seite, um sie vorbeizulassen. Sie erwiderten seinen Gruß und lächelten ihn freundlich an.

Nach dem Unterricht ging Takeo manchmal mit einigen Mitschülern ins »Butterfly«. Yodoko-San, die Besitzerin, hatte immer die neuesten »Hits« in der Juke-Box. Es gab auch zwei Flipper-Automaten. Yodoko-San war sehr gutmütig im Umgang mit den Schülern, aber sie duldete nicht, wenn jemand einen Joint rauchte. Sie rief dann sofort ihren Sohn, einen ehemaligen »Sumo«-Ringer, der den Jugendlichen einen heillosen Schrecken einjagte, weil er fast zwei Meter groß war.

Eines Nachmittags sah Takeo eine unbekannte Schülerin vor der Juke-Box stehen, die nicht die marineblaue Uniform trug, sondern Jeans, und ein unförmiges graues T-Shirt. Sie schlürfte eine Coca und wippte mit dem Fuß im Rhythmus der elektrischen Gitarren. Ein Flipper war gerade frei geworden. Takeo stellte sich davor und durchsuchte seine Taschen nach Münzen. Dabei entglitt ihm ein Geldstück und rollte zu Boden. Takeo sprang rasch hinzu, um es aufzuheben, stieß aber sogleich einen Schrei aus: Die Fremde, die ihm den Rücken zukehrte, hatte ihm unsaft auf die Finger getreten.

Sie wandte sich rasch um. Takeo sah ein schmales Gesicht mit ausgeprägten Wangenknochen, die das

Licht auffingen, eine feine, leicht gebogene Nase und einen schön geschwungenen Mund. Die Haare, die sie halblang und mit einem Pony trug, waren weich und dicht.

»Sorry!« rief sie. »Habe ich dir weh getan?«

»Nein nein, überhaupt nicht!« stotterte Takeo mit schmerzverzerrtem Gesicht. Er hielt die Hand steif von sich weg, weil der Nagel blau anlief und dunkelrotes Blut hervorquoll.

Das Mädchen wirkte sehr erschrocken. »Hast du ein Taschentuch?«

»Doch, aber das ist schmutzig«, gab Takeo kleinlaut zu.

»Aber so kannst du doch nicht nach Hause gehen, du verschmierst dir ja die Uniform. Komm schnell, da vorn ist eine Apotheke!«

»Laß doch, das hört gleich auf zu bluten«, stammelte Takeo. Aber die andere wollte nichts hören. Sie packte ihn kurz entschlossen am Arm und zog ihn zur Tür hinaus. Takeo folgte ihr verlegen. Sie ging mit langen Schritten und war fast einen Kopf größer als er.

In der Apotheke bepinselte eine freundliche junge Frau Takeos Nagel mit Salbe und legte ihm einen Verband an. Takeo dankte ihr und dankte mit der gleichen Förmlichkeit der fremden Schülerin.

Doch sie winkte ab. »Hör auf, das ist doch meine Schuld! Ich bin furchtbar ungeschickt. Immer passieren mir solche verrückten Sachen.«

Takeo beobachtete sie verstohlen. Im hellen Tageslicht schien die Haut des Mädchens sonnengebräunt, aber ihre Lippen waren blaß und wirkten kränklich. Takeo hielt sie nicht für besonders hübsch: Das Gesicht war zu ausgeprägt, und die Brauen wuchsen fast aneinander, was ihr etwas Jungenhaftes gab. Sie sprach japanisch wie eine Japanerin, und doch hatte sie etwas Fremdländisches an sich. Takeo hätte nicht sagen können, was es war.

Sie betrachtete ihn ebenfalls und sagte plötzlich: »Ich kenne dich. Du wohnst in dem Haus, wo die Töpferwerkstatt ist.«

»Die gehört meiner Großmutter«, sagte Takeo.

Das Mädchen nickte. »Ich kann das Haus vom Garten aus sehen. Mein Name ist Mariko Jones. Ich bin jetzt mit meinen Verwandten hier.«

Takeo starrte sie an. Der Amerikaner, dem das Haus an den Klippen gehört hatte, hieß ebenfalls Jones. Konnte es sein, daß das Mädchen seine Tochter war? »Hast du nicht auch schon früher deine Ferien in Kambara verbracht?«

Es nickte abermals. »Ja, wir kamen manchmal hierher, als ich noch klein war. Meine Eltern mochten das Haus nicht. Es war ihnen zu groß und unpraktisch. Außerdem ist das Meer zu schmutzig zum Baden.«

»Das kommt von den Hafenanlagen«, sagte Takeo.

»Es gibt einige Buchten, wo das Wasser noch klar ist. Aber man muß mit dem Rad hinfahren.«

»Ich darf nicht allein so weit weg«, meinte Mariko. »Onkel Phil und Tante Martha machen schon ein Theater, wenn ich mal eben ohne sie in die Stadt will. Sie haben Angst daß ich mich umbringe.«

Sie sagte das ganz ruhig, ohne auch nur mit den Wimpern zu zucken. Takeo fuhr unwillkürlich zusammen. Sollte das vielleicht ein Witz sein? Aber er spürte hinter ihrer künstlichen Fröhlichkeit etwas Unerklärliches, Verzweifeltes. »Die ist nicht normal«, dachte er. »Sie muß irgendwie einen Knacks haben.«

Abschütteln konnte er sie nicht. Sie ging in die gleiche Richtung, schließlich waren sie ja Nachbarn. Die Asphaltstraße endete auf einem kleinen Platz, wo die

Straßenbahn hielt. Dann begann der Fußweg zum Strand. Es war ein kühler, trockener Tag. Die Brandung schäumte, und ein heftiger Wind zerrte an den Fernsehantennen auf den Ziegeldächern. Plötzlich wirbelte eine Sandböe auf. Als Mariko den Arm hob, um sich die Augen zu bedecken, glitt ihr Ärmel zurück. Voller Schreck sah Takeo eine riesige, kaum verheilte Wunde: Vom Handgelenk bis zum Ellbogen wirkte ihr Arm wie eingeschrumpft, und die riesige Narbe bildete kleine Knoten. »Sie hat einen schweren Unfall gehabt«, schoß es Takeo durch den Kopf. Er wandte verstört die Augen ab und zwang sich, keine Fragen zu stellen. So gingen sie schweigend weiter, bis der Weg abzweigte und Mariko stehenblieb. Sie deutete auf den Pfad, der an den Klippen entlang zu ihrem Haus führte. »Ich muß jetzt da hinunter. Auf Wiedersehen!«

Sie verbeugte sich, und Takeo verbeugte sich ebenfalls. Er sah ihr nach, wie sie mit schnellen, sicheren Schritten über den steilen Weg lief. Er platzte fast vor Neugierde.

Hastig ging er nach Hause. Großmutter arbeitete in der Werkstatt, wo er sie sonst nicht zu stören wagte. Aber heute konnte er nicht warten, er mußte ihr sofort von Mariko erzählen. Großmutter wußte bestimmt, was mit ihr los war.

Als Takeo die Tür zur Seite gleiten ließ, sah er Kyo mit untergeschlagenen Beinen auf einer Matte sitzen. Im Licht einer verstaubten elektrischen Birne, die von der Decke hing, war sie damit beschäftigt, mit einem Pinsel eine braunrote Tonschale zu bemalen. Vor ihr stand eine Dose mit dickflüssigem Lack, Pinsel in allen Größen und ein schmutziges Handtuch lagen um sie herum. Frisch geformte Becher und Vasen trockneten auf Wandbrettern. Der Brennofen, dessen

Rohr durch eine Öffnung aus dem Fenster ragte, verbreitete eine starke, trockene Hitze.

»Tadaima, ich bin zurück« begrüßte sie Takeo, wie es die Höflichkeit verlangte.

»Ich habe dir etwas ›Mochi‹ (Gebäck) zurechtgelegt«, sagte Kyo, ohne die Augen von ihrer Arbeit zu heben.

»Hast du viele Schularbeiten zu machen?«

»Es geht. Ich muß englische Vokabeln lernen.«

»Ich werde sie dir nach dem Essen abhören«, sagte Kyo. Sie legte behutsam den Pinsel auf den Dosenrand und blickte ihn an. Takeos mühsam zur Schau gestellte Selbstbeherrschung täuschte sie nicht. Sie sah sofort seine heftige Erregung. »Nun?« fragte sie. »Was gibt's?«

»Ich habe Mariko Jones getroffen«, platzte Takeo heraus.

Großmutter nickte. »Ja, sie wohnt für kurze Zeit wieder hier. Aber sie wird Kambara bald endgültig verlassen. Das Haus ist zum Verkauf angeboten worden.«

Takeos Fragen überstürzten sich. »Warum geht sie nicht zur Schule? Warum hat sie eine so furchtbare Wunde am Arm? Warum redet sie davon, sich umzubringen?«

Kyo tauchte den Pinsel wieder in den Lack. »Sei still, Takeo! Ein Junge sollte niemals so neugierig sein. Mariko-San hat ihre Eltern verloren und war selbst lange Zeit krank. Genaueres weiß ich nicht. Es ist ein trauriges Schicksal für ein Kind, elternlos aufzuwachsen«, setzte sie leise hinzu.

Takeo dachte nach. Auch er hatte keine Eltern mehr. Vielleicht war das der Grund, warum er sich auf seltsame Art zu diesem Mädchen hingezogen fühlte und mehr über sie wissen wollte. Er hatte den Eindruck, daß Großmutter ihm einiges verschwieg. Aber es nützte nichts, sie mit Fragen zu bestürmen: Kyo konnte, wenn sie wollte, sehr wortkarg sein.

Einige Tage vergingen, ohne daß Takeo Mariko wiedertraf. Von seinem Fenster aus sah er sie manchmal im Garten sitzen und lesen. Die beiden »Gajin« (Ausländer), die ihre Verwandten waren, kamen und gingen, betrachteten die Blumen oder tranken Tee auf der Terrasse. Takeo schämte sich seiner Taktlosigkeit, denn in Japan gilt es als unschicklich, das Privatleben anderer Leute zu beobachten. Er wußte, daß Großmutter ihn tadeln würde, wenn sie ihn hinter dem Fenster überraschte. Aber der Gedanke an Mariko ließ ihn nicht mehr los.

Am Samstag hatte er schulfrei, und Großmutter schickte ihn zum Markt. Es war ein klarer, türkisblauer Morgen. Im Hafen herrschte Hochbetrieb. Die Bauern von den Inseln kamen mit der Fähre, brachten große Körbe mit Kohl, weißen Rüben, Spinat, Perlzwiebeln und Früchten. Die Fischkutter lagen vor Anker, und die Wellen klatschten gegen die Planken. Die Fische waren auf Eisstücken ausgelegt, ihre Schuppen schillerten in der Sonne. Die Krabben und Hummer bewegten ihre Beine und Fühler, die perlgrauen, durchsichtigen Garnelen türmten sich zu Bergen, und die Arme der Tintenfische glitten über den Rand der Behälter. Takeo kaufte einen Aal, dem die Händlerin mit geübtem Griff die Haut abzog. Er besorgte noch Bohnen, Knoblauchzwiebeln, Ingwer und schwarzen Zucker. Dann, mit der baumelnden Einkaufstasche an seiner Schulter, machte er sich wieder auf den Heimweg. Dutzende von silbernen Möwen, die die Abfälle anlockten, flatterten schreiend aufeinander zu oder segelten steil nach oben. Die Sonne beleuchtete die Holzhäuser. Fast jedes von ihnen hatte

einen kleinen, von einem Bambuszaun umgebenen
Garten. Eine verwitterte, mit blauen Ziegeln bedeckte
Mauer verbarg ein Shinto-Heiligtum. Es war der Hie-
Schrein (Sonnentempel), dem ein kleiner buddhisti-
scher Friedhof angeschlossen war. Vom Heiligtum
war nur das geschwungene Holzdach zu sehen, das im
Laufe der Jahre eine dunkle Bronzefärbung angenommen hatte. An den Ecken unter der Dachrinne hingen
kleine Glöckchen.

Takeo hatte soeben den Hie-Schrein hinter sich gelassen, als zwei Düsenflugzeuge mit ohrenbetäubendem
Pfeifen von der nahen amerikanischen Basis her über
die Bucht schossen. Takeo blinzelte im grellen Licht.
»Phantoms!« dachte er. Die Flugzeuge jagten dem
Horizont entgegen. Das Dröhnen verklang; bald waren sie in der Ferne verschwunden.

Um schneller zu Hause zu sein, hatte Takeo die
Abkürzung durch die Felsen genommen. Er stieg den
gewundenen Pfad hinunter, als ein seltsames Geräusch an seine Ohren drang: Es ähnelte einem Wimmern. Takeo blieb stehen und sah sich um. Was
konnte das sein? Ob es vielleicht ein entlaufenes
Kätzchen war? Plötzlich blieb sein Blick an einem
weißen Turnschuh hängen, der hinter einem Felsen
hervorragte. Takeo erbleichte. Lag da ein Schwerver-
letzter? Er sah, wie der Fuß sich zuckend bewegte, und
trat zögernd näher.

»Ich bitte um Verzeihung...«, stammelte er erschrok-
ken.« Ist Ihnen nicht wohl? Kann ich Ihnen behilflich
sein?

Er erhielt keine Antwort, aber der Fuß wurde ruckartig
zurückgezogen. Takeo fuhr mit der Zunge über die
Lippen und ging vorsichtig um den Felsen herum. Er
traute seinen Augen nicht, als er Mariko sah.
Sie kauerte mit dem Rücken gegen die Steine und

zitterte wie im Fieber. Ihre Lippen waren bleich, ihre Augen weit aufgerissen und voller panischer Angst.

»Was... was ist denn passiert?« stotterte er entgeistert. »Bist du verletzt?«

Sie starrte ihn an, als sei er ein Fremder, und schob sich noch enger an den Felsen heran. Ihr Gesicht war von einer dicken Staubschicht überzogen.

»Mariko-San, bitte!« sagte er. »Ich bin Takeo. Kennst du mich nicht mehr?«

Er sah, wie ihr keuchender Atem langsam zur Ruhe kam. Sie versuchte sich aufzurichten. Ihre sandverkrusteten Lippen bewegten sich. »Hast du... die Flugzeuge gehört?« stieß sie hervor.

Takeo nickte erstaunt. »Ja, das waren Phantoms. Warum?«

So fest sie auch die Zähne zusammenbiß, sie konnte es nicht vermeiden, daß sie zitterte. Da öffnete sie den Mund und atmete. Jetzt ging es besser. »Ich... ich kann keine Flugzeuge mehr ausstehen. Wenn ich Flugzeuge höre... dann ist es genauso, als ob etwas in meinem Kopf explodieren würde.«

Takeo stellte seine Tasche hin und setzte sich zu ihr. »Hast du schon mal einen Flugzeugunfall erlebt? Kommt daher die Narbe an deinem Arm?«

Er bereute sofort seine Frage, denn Mariko fing plötzlich an zu schluchzen. Dicke Tränen liefen ihr über die staubigen Wangen, ihr ganzer Körper wurde von Weinkrämpfen geschüttelt. Takeo wandte verlegen den Kopf ab, doch sie schluchzte so laut, daß er sie wieder ansehen mußte. »Hast du... hast du vielleicht ein Taschentuch?«

Takeo griff in seine Hosentasche: zum Glück hatte er heute ein sauberes bei sich. Mariko putzte sich die Nase und trocknete ihre Tränen. Dann knüllte sie das Taschentuch nervös in den Händen.

»Du kannst es haben«, sagte Takeo, auf ihre stumme Frage hin. »Ich brauche es nicht.«

»Ich werde es waschen und dir zurückgeben.« Sie hustete und setzte sich hoch. »Entschuldige das von vorhin, ich war blöd. Ab und zu kriege ich solche Anfälle. Der Arzt hat gesagt, das würde sich erst mit der Zeit wieder bessern.«

»Ich verstehe«, sagte Takeo, der überhaupt nichts verstand.

Sie merkte seine Ratlosigkeit und kniff die Augen zusammen. »Du denkst jetzt sicherlich, bei mir sei eine Schraube locker?«

Er errötete, und sie lachte trocken auf. »In einem gewissen Grad stimmt's! Ich habe einen Tick.«

»Aber nein«, sagte Takeo schwach.

»Aber ja«, äffte sie ihn nach und lachte wieder. Er konnte sich nicht an ihr Lachen gewöhnen. Sie lachte nicht wie andere Leute: Es klang eher wie ein metallisches Geräusch. Sie legte die Arme um ihre Knie und blickte aufs Meer hinaus. »Wo sind deine Eltern?« fragte sie wie beiläufig.

»Meine Eltern?« antwortete er verwundert. »Die sind schon lange tot.«

Sie wandte sich um und sah ihn an, als würde sie in diesem Augenblick seiner Gegenwart erst richtig bewußt werden. »Hast du sie gekannt?« fragte sie.

»Wen? Meine Eltern?« Er schüttelte den Kopf. »Ich war zwei Jahre alt, als meine Mutter starb. An meinen Vater kann ich mich noch schwach erinnern. Er trug ein blaues Hemd.«

»Ein blaues Hemd?«

»Ja, an das blaue Hemd entsinne ich mich gut. Aber nicht an sein Gesicht. Das kenne ich nur vom Foto her.«

»Warum sind beide denn so früh gestorben?« wollte

Mariko wissen. Nach Ausländerart scheute sie sich nicht, persönliche Fragen zu stellen.

»Als Kinder wohnten sie in Hiroshima, als die erste Atombombe fiel. Die Schockwelle haben sie überlebt, aber sie waren strahlengeschädigt. Die Krankheit ist erst später zum Ausbruch gekommen.«

Mariko wußte Bescheid. »Es war eine Art Knochenkrebs, nicht wahr?«

Takeo nickte. Großmutter hatte ihm erzählt, daß seine Mutter, als sie schwanger war, eine Abtreibung hatte vornehmen lassen wollen. Sie befürchtete, ein mißgestaltetes oder geisteskrankes Kind zur Welt zu bringen. Doch sie hatte sich zu diesem Schritt nicht entschließen können, und Takeo wurde gesund und wohlgeformt geboren.

Mariko hob einen Kieselstein auf und warf ihn in die Luft. »Viele Leute fürchten sich vor Erdbeben, Taifunen oder Gewittern. Das sind Naturerscheinungen, und die Natur bürdet uns nichts auf, wozu sie uns nicht befähigt hat es zu ertragen. Aber die Menschen mit ihren verdammten schmutzigen Interessen... ja, vor den Menschen, da muß man sich fürchten.«

Takeo starrte sie an. Außer der Großmutter hatte er noch niemanden so reden hören, weder seine Freunde noch die Lehrer. Großmutter hatte ihm einmal gesagt: »Krieg wird immer dann geführt, wenn der Gigant Staat sich mit dem Mantel der Göttlichkeit umgibt und das Volk als Werkzeug mißbraucht, um seine Macht zu erhöhen.«

Er fand endlich den Mut, die Frage zu stellen, die ihm auf den Lippen brannte: »Und du, wie hast du denn deine Eltern verloren?«

Sie gab einen erstickten Laut von sich, und er erschrak: Gleich heulte sie wieder los.

»Das war dieser Fanatiker wegen, die glaubten, ihre

Sache sei wichtiger als alles andere auf der Welt, wichtiger sogar als Menschenleben. Die haben uns wie Tauschware behandelt, und nicht wie Geschöpfe aus Fleisch und Blut, die denken und fühlen.«

»Was haben die denn mit euch gemacht?« fragte Takeo. Sie ging auf seine Frage nicht ein, sondern redete wie aufgedreht weiter.

»Wir lebten abwechselnd in Boston und in Tokio. Mit meiner Mutter sprach ich japanisch, mit meinem Vater englisch. Wenn wir in Tokio wohnten, ging ich zur internationalen Schule. Auch in Amerika kam ich gut vorwärts im Unterricht. Da ist die Schule sowieso nicht so streng wie hier.«

»Die ist wirklich übergeschnappt«, flog es Takeo durch den Kopf. »Sie springt ja dauernd von einer Sache zur anderen.«

»Ich verstand mich gut mit meinen Eltern«, Marikos Stimme überschlug sich fast. »Ich konnte ihnen alles erzählen, und sie machten nie Theater, wenn ich nicht so dachte wie sie. Klar, wir hatten manchmal Krach, wenn ich zu laut Musik hörte oder zu spät nach Hause kam, aber nichts Ernstes, verstehst du?«

»Aber was war denn in Wirklichkeit los?« fiel Takeo ein.

Sie fuhr mit beiden Händen in ihr sandverklebtes Haar. »Du denkst, ich fasele mir was zusammen?«

»Nein, aber...«

»Du hast ja keine Ahnung. Du würdest auch alles durcheinander bringen, wenn du das hier hinter dir hättest, was ich erlebt habe. Du auch. Jeder. Das schwöre ich dir!« Er schwieg, und sie holte tief Luft.

»Zwei- oder dreimal im Jahr flogen wir mit der PAN-AM. Ich fand Flugreisen immer lustig und hatte nie Angst. Letzten Sommer, im August, flogen wir mit einer DC 8 von Boston aus nach Washington, wo mein

Vater an einem Kongreß teilnehmen sollte. Anschließend wollten wir nach Florida in die Ferien...«
Sie stockte abermals, und Takeo rief aufgeregt: »Ich
weiß, was da passierte: Die Maschine stürzte ab!«
»Jetzt sei doch endlich mal still, gar nichts weißt du!«
fauchte ihn Mariko an. Er biß sich auf die Lippen. Also
gut, was konnte sonst noch gewesen sein?
Manche Menschen, sagte Mariko, reisen hundert oder
zweihundert Mal mit dem Flugzeug, und es geschieht
ihnen nichts. Aber sie selbst habe das Furchtbarste
erlebt – einen Absturz ausgenommen – was einem
Reisenden überhaupt passieren konnte: Die Maschine
war von Luftpiraten gekapert worden.
Takeo schauderte. Sowas ging einem ganz schön in die
Knochen. Was denn das für Typen gewesen wären,
wollte er wissen.
»Südamerikaner«, sagte Mariko. »Die fochten irgend-
einen politischen Kampf aus und wollten – wie sie
sagten – die Weltaufmerksamkeit auf ihre Probleme
lenken. Der eine drang in die Kanzel ein und drohte,
dem Piloten eine Kugel in den Kopf zu jagen. Der
andere hatte eine Handgranate bei sich und schrie, daß
er das Flugzeug sprengen würde, wenn wir nicht
haargenau seine Anweisungen befolgten.« Sie ließ ein
Stöhnen hören und schwieg.
Takeo hielt den Atem an. »Und dann?«
»Was?« murmelte sie geistesabwesend.
»Und was geschah dann?«
Der Alptraum habe sechsunddreißig Stunden gedau-
ert, sagte Mariko. Die DC 8 bekam nirgendwo Lande-
erlaubnis. Schließlich ging der Treibstoff aus, und sie
mußten auf einem Militärflughafen in Detroit not-
landen.
»Es waren mehr als hundert Menschen an Bord.
Kannst du dir vorstellen, wie das ist, wenn man die

ganze Zeit angeschnallt bleiben muß? Nichts zu essen
und nichts zu trinken kriegt? Nicht auf die Toilette
darf?«
Takeo versuchte sich in diese Situation hineinzuver-
setzen: Er sah nur eine Folge wirrer, bunter Bilder wie
im Fernsehen. Aber sie sollte doch endlich weiterre-
den, das interessierte ihn brennend. Er wollte alle
Einzelheiten wissen.
Mariko zerknüllte das Taschentuch und antwortete
sehr zurückhaltend, als fürchtete sie sich vor der
Erinnerung. Der eine Mann saß in der Kanzel, beim
Piloten, und verhandelte mit den Flughafenbehörden.
Der andere lief auf und ab, brüllte seine Sprüche und
sagte, ihm sei es egal zu sterben, aber er würde alle
Passagiere mit in den Tod nehmen. Inzwischen hatte
ein Polizeistoßtrupp die Maschine umstellt. Kurz vor
Tagesanbruch kam der Befehl, die DC 8 zu stürmen.
»Alles wickelte sich in Sekundenschnelle ab«, sagte
Mariko. »Die Türen flogen auf, Schüsse krachten, die
Passagiere schrien, und es gab einen furchtbaren
Knall: Der Luftpirat hatte seine Granate geschleudert.
Mein Vater versuchte, meine Mutter und mich zum
Notausgang zu zerren. Das Flugzeug war voller Flam-
men und Rauch. Die Leute brüllten vor Entsetzen,
tobten und prügelten sich, um als erste die brennende
Maschine zu verlassen. Eine blutüberströmte Frau lag
am Boden. Alle stiegen über sie hinweg, niemand half
ihr. Es stank fürchterlich nach Kerosin, die Flammen
brausten. Im Gedränge wurde ich von meinen Eltern
getrennt. Ich kriegte keine Luft mehr, mein Pullover
fing Feuer. Ich verlor das Bewußtsein...«
Sie ließ einige Sekunden verstreichen. Takeo saß da
wie versteinert. Leise, kaum hörbar, fuhr Mariko fort:
»Ich wachte im Krankenhaus auf. Meine Hand und
mein Arm waren verbunden und seltsam gefühllos.

An meinem Bett saßen Onkel Phil und Tante Martha, die extra aus Boston hergereist waren. Sie sagten, meine Eltern wären auch verletzt und in einem anderen Zimmer untergebracht.«

Takeo sah, wie sie immer heftiger an seinem Taschentuch zerrte, bis es plötzlich zerriß.

»Dann bekam ich furchtbare Schmerzen im Arm, und die Krankenschwester gab mir Beruhigungsmittel. Ich hatte hohes Fieber, redete durcheinander und träumte von Feuer und Qualm. Onkel Phil und Tante Martha hatten ein Zimmer im Krankenhaus bezogen. Wenn ich meine Eltern sehen wollte, erfanden sie immer neue Ausreden. Schließlich schrie ich sie an: ›Ich will jetzt endlich die Wahrheit wissen!‹ Als ich sah, wie Onkel Phil erbleichte und Tante Martha zu schluchzen anfing, wurde mir alles klar. Da habe ich geschrien, daß die Wände dröhnten, und die Krankenschwester mir eine Spritze gab.«

Marikos Hände waren unaufhörlich in Bewegung. Takeo starrte auf das zerfetzte Taschentuch. Es war aus feiner Baumwolle gewesen.

»Nachher wollte ich nichts mehr sehen, nichts mehr hören, nichts mehr fühlen. Ich wollte selbst auch sterben...« Sie hob das Gesicht. »Glaubst du an das Leben nach dem Tod?«

»Irgend etwas muß es wohl geben«, sagte Takeo vorsichtig. »Aber...«

Mariko ließ ihn nicht ausreden. »Meine Mutter sagte: ›Der Tod ist nur eine vorüberziehende Wolke, die wir auf unserer Reise zu der Gottheit durchschreiten müssen. Jeder Verstorbene kehrt zu seinen Ahnen zurück, um dann später selbst als ‚Kami‘, als Gottheit, in die Unendlichkeit einzugehen!‹« Sie seufzte und ließ den Kopf auf die Arme sinken. »Was waren das bloß für Menschen?«

»Wer?« fragte Takeo.

»Die Luftpiraten. Ich habe viel an sie gedacht. Jetzt sind sie auch tot, die Polizei hat sie erschossen. Aber was hatten die für Gefühle, für Wünsche, für Träume? Ob wir auch dazu fähig sein könnten?«

»Wozu denn?« sagte Takeo.

»Daß wir blindlings einer Ideologie gehorchen und all das Dunkle und Schlimme in uns selbst, ganz da innen, ausbrechen lassen? Woran liegt das nur, daß Menschen so grausam, ungerecht, so fanatisch sein können? Ich habe das auch in mir. Aber ich weiß nicht, was es eigentlich ist. Ich habe Angst davor...«

Takeo schluckte. »Großmutter hat mir mal gesagt, die Menschen würden keine vollwertigen Menschen sein, solange sie nicht den Krieg abschafften.«

»Ich verstehe, wie sie das meint«, sagte Mariko. »Mord, Grausamkeit und Gewalt sollten unter unserer menschlichen Würde sein. Aber soweit sind wir noch lange nicht.«

»Aber was sollen wir denn dagegen machen?« sagte Takeo. »Es kommt doch wie es kommen soll.«

Sie schüttelte heftig denn Kopf, so daß ihr das wirre, schwarze Haar ins Gesicht flog. »Kinder haben noch Sinn für Gutes und Böses, für Recht und Unrecht. Später, als Erwachsene, denken sie oft nur an Geld, Macht oder Vorteile. Sie lassen sich irreführen und glauben, sie seien vernunftgesteuert.«

»Ich finde«, sagte Takeo zögernd, »jeder sollte zu seiner eigenen Meinung stehen.«

Mariko zog geringschätzig die Mundwinkel hoch. »Das dachten sicher auch die Luftpiraten. Aber in Wirklichkeit hatten sie keine Entscheidungsfreiheit, wurden manipuliert wie Puppen auf einer Bühne.«

»Sie haben ja auch dafür büßen müssen«, meinte Takeo.

»Aber noch nicht genug«, sagte Mariko. Ihr Gesicht wirkte unerschrocken und streng. »Die Mächte der Finsternis werden sie strafen. Ihre Seelen werden schreckliche Qualen erleiden, denn kein Schutzgeist wird ihnen beistehen. Unendlich viel Zeit wird vergehen, bis auch sie zur Erlösung gelangen.«

Takeo schwieg betroffen. Wie konnte eine Schülerin so denken und so reden? Und dazu war sie zur Hälfte Amerikanerin! Er räusperte sich. »Wie alt bist du eigentlich?«

»Fünfzehn. Und du?«

»Ich bin gerade vierzehn geworden.«

»Die meisten halten mich für älter«, sagte Mariko, »weil ich nach den Operationen sehr gewachsen bin.«

»Welche Operationen?«

»Ich bekam zweimal Hautübertragungen. Jetzt kann ich den Arm wieder bewegen.« Sie schwenkte ihn behutsam hin und her. »Der Arzt will mir später die Narbe entfernen.«

»Warum bist du eigentlich nach Japan gekommen?« fragte Takeo.

Sie blickte an ihm vorbei. »Meine Eltern wurden in Amerika eingeäschert, aber sie hatten schon immer den Wunsch gehabt, in Japan beigesetzt zu werden. So beschlossen Tante Martha und Onkel Phil, die Urne hierher zu bringen. Ich wollte an der Zeremonie teilnehmen, und der Arzt meinte, daß mir die Luftveränderung gut tun würde. Aber vor Flugzeugen habe ich jetzt eine Todesangst, und so kamen wir mit dem Schiff. Die Überfahrt dauerte eine Woche. Sie kicherte plötzlich hinter vorgehaltener Hand. »Onkel Phil war die ganze Zeit seekrank!«

Takeo warf ihr ein scheues Lächeln zu. Zum Glück wurde sie wieder normal. »Gehst du bald wieder nach Amerika zurück?«

Marikos Lachen erlosch. »Onkel Phil und Tante Martha wollen das Haus verkaufen und so schnell wie möglich zurückkehren, aber ich will hierbleiben.«

»Aber warum denn?«

»Das solltest du doch einsehen!« sagte sie irritiert. »Meine Eltern sind doch auch hier. Ihre Urne steht da vorn auf dem Friedhof.«

»Tut mir leid«, murmelte Takeo beschämt, »ich habe nicht mehr daran gedacht.«

Marikos Haltung lockerte sich ein wenig. Sie sah auf die See hinaus und blickte dann Takeo schmerzlich lächelnd an. »Ich war vorhin bei ihnen und habe mit ihnen geredet. Nicht mit Worten natürlich, sondern nur in Gedanken. Aber ich bin ganz sicher, daß sie mich verstehen und mir Antwort geben.«

Takeo nickte ergriffen. »Eigentlich ist sie nicht übergeschnappt«, dachte er. »Sie ist nur anders. Kein Wunder, nach dem Schock, den sie erlitten hat.«

Plötzlich fluchte sie zwischen den Zähnen. »Du liebe Zeit, ich muß gehen! Onkel Phil und Tante Martha haben bestimmt die Flugzeuge gehört, und denken, ich sei von den Klippen gesprungen!«

Sie standen beide auf. Takeo warf seine Tasche über die Schulter. »Soll ich dich nach Hause begleiten?«

Zu seiner Überraschung ließ sie ihr Kichern hören. »Glaubst du, ich könnte nicht mehr allein auf den Beinen stehen?«

Takeo errötete. Jetzt machte sie sich über ihn lustig. Das war immer so, mit Mädchen. Für eine Weile konnte man vernünftig mit ihnen reden, dann fingen sie wieder mit ihren Sticheleien an.

Er blieb stehen und rief ihr ärgerlich nach: »Beim nächsten Phantom kannst du dich ja in ein Loch verkriechen!«

Anstatt beleidigt zu sein, lachte sie laut auf und winkte ihm beim Weiterlaufen zu.

Ihr Pulloverärmel glitt zurück, und Takeo sah wieder die schreckliche Narbe. Er bereute sofort seine unüberlegte Antwort.

»Warte!« rief er. »Ich habe das doch nicht so gemeint!« Aber sie drehte sich nicht um, sondern lief leichtfüßig den Weg hinunter.

3

Das Haus hatte breite Fenstertüren, die mit Schiebeläden von innen verschlossen wurden. Der große Balkon im ersten Stockwerk wurde von Holzpfeilern getragen. Das Haus hätte durch seine außergewöhnliche Lage hübsch wirken können, wäre es nicht so verwahrlost gewesen. Der Mörtel bröckelte von den Wänden, das Holz der Fensterläden war verblichen. Eine Heizung gab es nicht: Bei Kälte drang eisiger Luftzug durch die Ritzen der Fenstertüren. Tante Martha, die immer fror, hatte für jedes Zimmer einen elektrischen Ofen besorgt.

Dagegen war der üppige Garten einzigartig schön. Die Kieswege waren sorgfältig geharkt, die Büsche und Sträucher gestutzt, und prächtige Azaleen säumten die Treppe. Sinji, der alte Gärtner aus dem Dorf, setzte seinen ganzen Stolz darein, die Anlagen zu pflegen. Auch jetzt stand er wieder über ein Beet gebeugt, den Rechen in der Hand. Er trug einen Overall und dazu Strohsandalen. Er hatte ein eingefallenes, runzeliges Gesicht und kein einziges Haar mehr auf dem Kopf. Als er Mariko sah, strahlte er von einem Ohr zum anderen und verneigte sich. Mariko erwiderte höflich seine Verneigung und lief die Treppe hinauf. Sie stieß die Haustür auf und zog ihre Turnschuhe aus, die sie auf dem Steinfußboden stehen ließ. Eine kleine Stufe führte in den ganz mit Binsenmatten ausgelegten Wohnbereich. Die Matten waren schon lange nicht mehr gelüftet worden und rochen muffig.

Vom Eßzimmer her hörte Mariko Stimmen und das Klappern von Geschirr. Es war bald Mittag, und Tante Martha legte Wert auf Pünktlichkeit. Der Tisch war schon gedeckt; Mariko wußte, was es heute gab: Schnitzel und gemischtes Gemüse. Tante Martha kam mit der japanischen Küche nicht zurecht und kochte lieber so, wie sie es gewohnt war. Beim Eintreten sah Mariko Onkel Phil die »Japan-Times« zusammenfalten, während Tante Martha eine dampfende Schüssel auf einem Tablett hereinbrachte.

»Das Essen ist bereit«, sagte sie und stellte das Tablett auf den Tisch.

Onkel Phil betrachtete das Mädchen über den Brillenrand hinweg. »Was ist denn mit dir los? Du bist ja voller Sand!«

Mariko sah unwillkürlich an sich herunter und klopfte sich ab.

»Aber doch nicht hier, Mädchen!« rief Tante Martha. »Nicht im Eßzimmer! Und wasch dir die Hände, bevor du zu Tisch kommst.«

Mariko ging ins Badezimmer. Sie schüttelte ihren Pullover aus, wusch sich die Hände und bürstete sich den Sand aus dem Haar. »Onkel Phil und Tante Martha wirken nervös«, dachte sie. Mariko hatte für Gemütsschwingungen ein feines Gefühl. Aber von dem Flugzeuglärm schienen beide nichts gemerkt zu haben: Die Brandung rauschte zu stark.

Sie kam ins Eßzimmer zurück, setzte sich und faltete ihre Serviette auseinander. Tante Martha war schon dabei, Marikos Teller zu füllen. Das Mädchen verzog das Gesicht. »Bitte, nicht soviel Fleisch.«

Tante Martha gab ein mißbilligendes »Ts, ts!« von sich. »Nun überwinde dich doch mal! Dr. Edwards hat gesagt, daß du zunehmen mußt.«

Mariko schüttelte den Kopf. Sie hatte keinen Hunger. Vor allem jetzt nicht nach dem, was ihr passiert war. Wie konnte sie nur so gesprächig sein? Andererseits fühlte sie sich jetzt viel besser. Ihre Mitteilsamkeit hatte dazu beigetragen, ihre innerliche Verkrampfung zu lockern. Der Junge war nicht unbedingt eine

Leuchte gewesen; immerhin hatte er ihr zugehört, das genügte. Sie schnitt ein Stückchen von dem dampfenden Fleisch ab, hob die Gabel und schob es lustlos in den Mund. Dann hörte sie, wie Onkel Phil sich räusperte, und wußte Bescheid: Er räusperte sich immer, wenn es etwas Ernstes zu besprechen gab.

»Hör zu, Mariko. Heute morgen kam ein Brief vom Geschäft. In letzter Zeit sind einige Dinge passiert, die meine Rückkehr erforderlich machen. Schließlich werde ich erst im nächsten Jahr pensionsreif, und inzwischen muß das Leben ja weitergehen ...«

Er lächelte ihr gequält zu, während Tante Martha mit Schwung Coca-Cola in die Gläser goß und das Gespräch in resolutem Ton weiterführte. »Wir haben folglich beschlossen, keine Zeit mehr zu vertrödeln und am Monatsende zu fahren. Du kannst dann gleich nach den Sommerferien wieder mit der Schule beginnen.«

»Außerdem hat sich eine Interessentin für das Haus gemeldet«, sagte Onkel Phil. »Sie heißt Frau Tamaki und wird morgen vorbeikommen, um das Haus zu besichtigen.«

Mariko wußte, daß in Japan Geldangelegenheiten Frauensache waren: Das Einkommen des Mannes gehörte seiner Familie, und seine Frau war der Bankier. Wollte ein Mann Geld für seinen Privatgebrauch, mußte er seine Frau darum bitten. Zu deren Aufgaben gehörte es auch, ein Haus oder Grundstück zu kaufen oder zu verkaufen.

Mariko saß da, äußerlich kühl und ruhig, aber innerlich glühend wie Feuer. Es mußte ja so kommen. Tante Martha und Onkel Phil hatten ihr nie verheimlicht, daß sie das Haus loswerden wollten. Stockend brachte sie über die Lippen: »Ich ... ich will aber nicht in die Staaten zurück.«

Die beiden Erwachsenen tauschten einen Blick. Onkel Phil räusperte sich noch lauter und Tante Martha sagte eindringlich: »Liebes, wir haben doch so oft über dieses Thema debattiert. Deine Mutter war zwar Japanerin, aber sie war eine ›Nisei‹ [Auswanderer der 2. Generation]. Du kannst nicht allein hier bleiben. Wir müßten ein Internat für dich ausfindig machen, was uns vor beachtliche Schwierigkeiten stellen würde. Außerdem würdest du mit dieser entsetzlichen Schrift nicht zurechtkommen, die ja sogar den hiesigen Schülern Kopfschmerzen bereitet!«

»Ich spreche und schreibe japanisch so gut wie alle anderen!« warf Mariko heftig dazwischen.

Onkel Phil wiegte sorgenvoll den Kopf. »Vergiß nicht, du hast fast ein ganzes Schuljahr verloren. Und gesundheitlich bist du auch noch nicht ganz wieder hergestellt.«

»Mein Arm ist fast wieder in Ordnung!« rief Mariko. Ein Schatten glitt über Tante Marthas Gesicht. »Es geht nicht nur um deinen Arm«, sagte sie schroff.

Mariko biß sich auf die Lippen. »Natürlich. Die meinen auch, ich spinne. Na gut, vielleicht haben sie recht. Ich drehe durch, wenn ich Flugzeuge höre und verkrieche mich unter Felsen im Dreck. Leute, die sich so benehmen wie ich, sind tatsächlich nicht normal.« Sie senkte den Kopf. Heiße Tränen traten ihr in die Augen.

Tante Martha merkte es; ihre Stimme wurde sanft und eindringlich. »Liebes, es tut mir leid, aber du mußt uns schon die Entscheidung überlassen. Wir wollen ja nur dein Bestes. Und sei unbesorgt, wir werden wieder mit dem Schiff fahren. Eine Flugreise muten wir dir nicht zu.«

»Und du weißt«, sagte Onkel Phil, »was eine Schiffsreise für mich bedeutet!« Er schnitt eine komische

Grimasse, offenbar bemüht, eine gelockerte Stimmung aufkommen zu lassen. Mariko verzog keine Miene, und er seufzte. Wenn das Mädchen doch nur nicht so eigensinnig wäre!

Frau Tamaki kam am nächsten Morgen. Sie fuhr einen dunkelblauen Toyota, trug ein dunkelblaues Kostüm und hatte eine dunkelblaue Handtasche unter dem Arm. Ihr Gesicht war zart gepudert, ihre Lippen sorgfältig nachgezogen. Ihr unauffälliger Schick, ihre Zierlichkeit ließen Onkel Phil und Tante Martha groß und plump erscheinen. Sie sprach ein klares, makelloses Englisch. Das Haus schien ihr zu gefallen, obwohl sie – als erfahrene Geschäftsfrau – die Mängel sofort überblickte und zu verstehen gab, daß aufwendige Renovierungsarbeiten erforderlich sein würden. Mariko hielt sich still im Hintergrund. Ihre einzige Hoffnung war, daß Frau Tamaki den Kauf ablehnen würde. Doch Frau Tamaki sagte, sie würde die Sache überdenken und mit ihrem Gatten besprechen. Sie verhandelte klug und scharfsinnig, und es gelang ihr, daß Onkel Phil und Tante Martha den Preis mehr heruntersetzten, als sie sich vorgenommen hatten. Immerhin machten sie – wenn der Kauf zustande kam – kein schlechtes Geschäft.
Onkel Phil bat Frau Tamaki um eine rasche Entscheidung, da sie vorhatten, Japan zu verlassen. Frau Tamaki versprach, am nächsten Tag anzurufen.
Mariko hörte sich alles mit an, während sie an ihren Nägeln kaute. Sie hatte noch keinen Plan gefaßt, aber ihr Entschluß stand fest: Sie ging nicht mit nach Amerika.
Am folgenden Morgen läutete das Telefon. Als höfliche Japanerin gab Frau Tamaki vor, im Namen ihres Gatten anzurufen, der sich für den Kauf entschieden

hätte. Sie würde mit ihrem Rechtsanwalt vorbeikommen, der den Auftrag hatte, den Kaufvertrag vorzubereiten.

Onkel Phil und Tante Martha konnten ihre Zufriedenheit nicht verbergen. Onkel Phil ging noch am selben Nachmittag ins Reisebüro, um die Überfahrt zu buchen. Er fragte Mariko, ob sie anschließend mit ihm ins Kino wollte, aber sie lehnte ab. Sie heulte nicht und machte auch keine Szene, das war nicht ihre Art. Sie setzte sich auf die Gartentreppe und blickte über das Meer hinaus. Etwas war in ihr erwacht, etwas Hartes, Rücksichtsloses, das sie noch nicht kannte, aber das ein Teil ihrer selbst zu sein schien. Nichts und niemand konnte sie daran hindern, in Japan zu bleiben. Sie wußte noch nicht, wie sie es anstellen sollte. Aber ihr würde schon eine Idee kommen...

4

An einem Donnerstag kam Takeo eine Stunde früher aus der Schule und sah verwundert einen weißen Honda vor der Gartentür stehen. Takeo staunte: Großmutter empfing selten Besuch. Vielleicht handelte es sich um einen Kunden, der mit einem besonderen Auftrag zu ihr kam? Doch Großmutter war nicht in der Werkstatt; Takeo hörte eine Männerstimme im Wohnzimmer. Er streifte rasch seine Schuhe ab und lief die Treppe hinauf in sein Zimmer. Er zog seine Uniform aus und hängte sie zum Auslüften ans Fenster. In Jeans und T-Shirt ging er hinunter in die Küche und durchsuchte den Eisschrank. Vielleicht wollte der Gast zum Abendessen bleiben, und Großmutter würde sich freuen, wenn er ihr bei den Vorbereitungen half. Er kochte Nudeln, schnitt Gemüse in kleine Streifen und rieb Meerrettich in Sojasauce. Er war dabei, das gekochte Gemüse so anzurichten, daß es ein gefälliges Muster bildete, als er die Wohnzimmertür zur Seite gleiten hörte. Schritte wurden im Vorraum laut, der Besucher verabschiedete sich.

Takeo vernahm, wie Großmutter den Mann bis zur Haustür begleitete und ihm eine gute Heimfahrt wünschte. Als dieser mit raschen Schritten zu seinem Wagen ging, warf Takeo einen Blick durchs Fenster und erkannte ihn: Es war Itomi-San, ein wohlhabender Teekaufmann, dem das Haus und das kleine Grundstück gehörten. Er war freundlich, aufgeschlossen und hatte eine beachtliche Anzahl goldener Zähne im Mund. Zu Neujahr schickte ihm Großmutter immer eine besonders schön geformte Vase oder Schale als Geschenk. Takeo seufzte: Herr Itomis Besuch versprach nichts Gutes: Eine Mieterhöhung würde Großmutter in Schwierigkeiten bringen.

Der Motor sprang an; der Wagen fuhr mit leisem Surren den Weg hinunter. Takeo öffnete die Küchentür und rief, so fröhlich er konnte: »Das Essen ist schon fertig!«

Großmutter schloß lautlos die Haustür und wandte sich um. Mit kleinen, schlürfenden Schritten kam sie in die Wohnküche, wo Takeo eifrig mit Tellern und Schalen hantierte. Sie ließ sich auf den Knien vor dem flachen Tisch nieder und blickte vor sich hin. Sie saß vollkommen still, die Hände im Schoß verschränkt. Undurchdringliche Ruhe lag auf ihrem Gesicht. Takeo hatte ein Lob erwartet und war enttäuscht, daß sie kein Wort über die Verzierung der Speisen verlor. Aber er spürte, daß Großmutter mit ihren Gedanken woanders war. Seine Unruhe wuchs: Etwas Schlimmes mußte sich zugetragen haben.

Endlich blickte Kyo zu ihm auf. Sehr ruhig, und immer noch ohne Bewegung, sprach sie: »Der ehrenwerte Itomi-San hat mir soeben mitgeteilt, daß eine Fischkonservenfabrik Bauland in Kambara sucht, um im Frühjahr eine Filiale zu eröffnen. Herr Itomi erhielt für sein Grundstück ein günstiges Angebot. Nach reiflicher Überlegung hat er sich dazu entschlossen, das Land zu verkaufen. Die Preise für die Grundstücke sind in den letzten Jahren sehr gestiegen: Er hat drei Kinder und muß an ihre Zukunft denken. Herr Itomi bedauert zutiefst die Unannehmlichkeiten, die er uns bereitet und wird sich persönlich dafür einsetzen, daß wir eine angenehme Wohnung in einem Neubau erhalten.«

Takeo starrte sie an. Die Bedeutung ihrer Worte drang nur langsam in sein Bewußtsein. »Soll das heißen, daß... daß wir aus unserem Haus müssen?«

»Es ist nicht unser Haus«, entgegnete Kyo sanft. »Herr Itomis Entgegenkommen ermöglichte mir, hier zu wohnen und meine Werkstatt einzurichten. Mein Herz ist betrübt, diesen Ort verlassen zu müssen. In einer Neubauwohnung werde ich mein Handwerk nicht mehr betreiben können. Das sieht auch Herr Itomi ein, und er machte mir den großherzigen Vorschlag, uns ein zinsfreies Darlehen zu gewähren, bis du dein Studium beendet hast und ihm das Geld zurückzahlen kannst.«

Takeo hörte kaum zu; die Gedanken wirbelten in seinem Kopf herum. Großmutter hatte seinetwillen ihre Ehre geopfert und wollte sich in Schulden stürzen! Kaum zwei Generationen früher hatten Leute wie Itomi ihre Stirn zur Erde geneigt, wenn Takeos Vorfahren hoch zu Roß vorbeiritten. Aber diese Zeiten gehörten der Vergangenheit an. Großmutter verkörperte die wundervolle, nicht mehr erwünschte Kultur einer versunkenen Welt. Takeo war tief beschämt, daß er ihre Selbstlosigkeit so wenig zu würdigen wußte und sie nur als lästige Bürde empfand. Wieder kam ihm Yasuos Brief in den Sinn. Weshalb konnte nicht auch er die Schule verlassen und sich eine Lehrstelle suchen, um Großmutter diese Demütigung zu ersparen? Er nahm seinen ganzen Mut zusammen.

»Verehrungswürdige Großmutter, erlaubt mir, sofort ins Berufsleben einzusteigen. Mit Hilfe von Abendkursen kann ich das Abitur später nachholen.«

»Ich danke dir für deine Bereitschaft«, sagte Kyo, mit traurigem Lächeln. »Aber du hilfst mir am besten dadurch, daß du dazu beiträgst, durch täglichen Fleiß dein Wissen zu erweitern.«

»Aber...« stotterte Takeo. »Ich meine... ich sollte...«

Kyo schüttelte mit sanfter Beharrlichkeit den Kopf. »Nicht nur die Bildung, zu der dir der Unterricht verhilft, wird dir in späteren Jahren nützen, sondern auch die geistige Haltung. Nur durch strengste Pflichterfüllung kannst du die Kraft für deinen Lebensweg gewinnen.«

»Hoffnungslos!« dachte Takeo niedergeschlagen. »Alles ist vollkommen hoffnungslos!« Großmutter nahm keinen Bissen zu sich. Kein japanischer Junge ist so unhöflich, bei Tisch zuzugreifen, wenn ein älteres Familienmitglied von Sorgen belastet nichts von der Speise genießen kann. Obwohl sein Magen vor Hunger knurrte, ließ er Gemüse und Nudeln unberührt. Erst als Großmutter sich erhob und sich still zurückzog, wagte er beim Tischabräumen einige hastige Bissen zu verschlingen.

Kyo stieg mit steifen Schritten in ihr Zimmer hinauf. Es dämmerte schon, aber über dem Meer schimmerte der Himmel noch golden. Kyos Blicke wanderten über die schöne, dunkelgebeizte Wandtäfelung. Sie betrachtete den polierten Holzfußboden, der wie ein matter Spiegel glänzte. Ein Seufzer entrang sich ihren Lippen. Bald würden Kräne und Bagger das ehrwürdige alte Haus zerstören und es dem Erdboden gleichmachen. Bald würde sich an seiner Stelle das häßliche Gebäude einer Fabrik erheben. Kyo fuhr mit der Hand über die daunenweiche Decke auf dem Bett mit dem gestickten Wappen der Ushida. Das Schicksal war unabänderlich, aber sie selbst gehörte jener stolzen, strengen Vergangenheit an, die von einer nur auf Profit gerichteten Gegenwart vernichtet wurde.

Ihr Blick schweifte zu einem eingerahmten Foto auf der Kommode hinüber. Sie nahm das Bild in die Hand und trat langsam an das Fenster heran, um es im letzten Schein der Abendsonne zu betrachten. Das Bild zeigte einen jungen Mann mit ernsten, schönen Zügen, und eine mädchenhafte Frau im Festkimono. Sie war fast zerbrechlich zart, und das hochgesteckte

Haar wurde von einem kunstvollen Kamm geschmückt. Ihr Gesicht wirkte – trotz aller Lieblichkeit – maskenhaft starr. Und während von draußen das Geräusch der sich an den Klippen brechenden Wogen drang, stand das schicksalsschwere Geschehen wieder vor Kyo auf, das ihr Leben – und das Leben unzähliger anderer Menschen – zerstört und vernichtet hatte.

5

Damals war Kyo seit zwei Jahren verheiratet, und Japan befand sich im Krieg; ihren Mann Yoshio, der bei der Marine diente, hatte sie seit einem Jahr nicht mehr gesehen. Nur durch seine unregelmäßig eintreffenden Briefe wußte sie, daß es ihm gut ging. Er hatte Hanako, seine kleine Tochter, noch nie gesehen. Sie war ein reizendes Baby, mit roten Wangen und ungewöhnlich krausen Wimpern. Kyo war stolz, daß ihr erstes Kind eine Tochter war. In Japan stand die Frau damals noch unter dem von China übernommenen Patriarchat dem Mann in vielen Dingen nach; aber diese fremde Wertvorstellung hatte die ursprüngliche japanische Form der Frauenverehrung aus der Seele des Volkes nicht verdrängen können: noch immer galt es für die Familie als glückliches Vorzeichen, wenn das Erstgeborene ein Mädchen war. Die Regierung hatte 1869 alle Samurai-Familien enteignet, und so hatten auch die Ushida einen großen Teil ihres Vermögens verloren. Ihr früherer Landbesitz war in hundert kleine unbedeutende Reisäcker zerteilt worden. Das Haus, in dem die Familie wohnte, lag in einem Vorort der Stadt Hiroshima. Es war noch im alten Stil erbaut, mit einem großen Strohdach, das von schweren Pfosten gestützt wurde. Eine hohe Mauer aus behauenen Steinblöcken umgab den Garten. Das hölzerne Tor hatte kunstvoll geschmiedete, eiserne Angeln. Kyos Vater hatte auf einigen Äckern Maulbeerbäume angepflanzt, die Futter für die Seidenraupenzucht in den umliegenden Dörfern lieferten. So konnte er für den Unterhalt seiner Familie sorgen.
Kyo hatte zwei Brüder, die beide eingezogen worden waren, und eine jüngere Schwester, Michiko. Bevor ihr Mann zum Kriegdienst einberufen worden war,

hatte er mit Erfolg sein Studium für Rechtswissenschaft beendet. Kyo war glücklich mit ihm, obwohl Yoshio von ihrer Familie ausgesucht und für sie bestimmt worden war. Wie üblich hatte sie ihn nach der Verlobung nur selten gesehen und war kaum mit ihm allein gewesen. Sie hatte bei diesen Begegnungen aber feststellen können, daß er angenehm im Wesen und sehr höflich war. So hatte sie mit Freude alle Vorbereitungen zur Hochzeit getroffen, die trotz der Kriegsentbehrungen gebührend gefeiert wurde. Yoshios Familie stammte aus der entfernten Provinz Nagoya. Obgleich die ebenfalls von China übernommene Sitte vorschrieb, daß die junge Frau sogleich nach der Hochzeit in das Haus ihres Mannes übersiedeln mußte, blieb Kyo vorerst noch bei ihren Eltern. Japan hatte unter dem Krieg stark gelitten, große Teile der Eisenbahnstrecken waren unbefahrbar, und feindliche Luftangriffe erschwerten das Reisen.

Der Krieg verlangte von allen große Opfer. Dem japanischen Volk war eingeschärft worden, daß die Ehre des Kaisers auf dem Spiel stand. Japan hatte sich zwei Jahrhunderte hindurch von der Außenwelt abgeschlossen, und der Einfluß des modernen Lebens verbreitete sich nur zögernd. Viele Versuche weitblickender Leute, das Alte und das Neue nebeneinander bestehen zu lassen, waren damals noch zum Scheitern verurteilt. Der Kaiser galt als menschlicher Nachkomme der Sonnengöttin, die fleckenlos und weit entfernt von allem Alltäglichen über Himmel und Erde herrschte. So lernten es die Kinder aus den Schulbüchern. Erst nach Kriegsende fanden Forscher heraus, daß die Sonnengöttin in Wirklichkeit eine Priesterkönigin war, die nach europäischer Zeitrechnung im 2. Jahrhundert nach Chr. regierte, zu einer Zeit, als in Japan noch das überlieferte Mutterrecht galt.

Doch während des Zweiten Weltkrieges hielt man den Kaiser noch für göttlich. Die sterbenden Soldaten riefen seinen Namen im selben Atemzug mit dem ihrer Mutter. Denn der Japaner achtete zwar seinen Vater, seine Mutter jedoch verehrte er über alles.

Der 6. August 1945 war ein schöner, klarer Tag. Noch vor dem Frühstück ging Kyo mit ihrer kleinen Tochter Hanako und ihrer vierzehnjährigen Schwester Michiko spazieren: Sie wollten den erfrischenden Morgen genießen, bevor die Hitze die Luft dunstig und stickig machte. Hanako sah in ihrem buntgeblümten Kimono mit dem scharlachroten Futter und den anmutig schwingenden Ärmeln besonders niedlich aus. Kyo hatte ihr winzige Sandalen angezogen, an denen Glöckchen baumelten. Die Luft war kristallklar, und der Fluß, auf dem kleine Fischerboote schaukelten, war so blau wie der Himmel. Hiroshima, an der Mündung des Otha-Flusses gelegen, galt als eine der schönsten Städte Japans.

Acht Uhr war es, als die Sirenen zu heulen begannen. Fliegeralarm! Kyo übergab sofort die Kleine ihrer Schwester. »Lauf! Bring das Kind in Sicherheit!« Michiko trug ihre Schuluniform. Mit ihrem weitschwingenden Faltenrock konnte sie schneller laufen als Kyo in ihrem engen Kimono. Laut und schauerlich heulten die Sirenen, während sie am Flußufer entlang nach Hause hasteten. Michiko blieb immer wieder stehen, um auf die Schwester zu warten. Endlich erreichten sie das Gartentor. Ito, der alte Leibdiener ihres Vaters, kam ihnen entgegen. Atemlos stolperten sie über den holprigen Fußweg.

Ito streckte gerade die Arme aus, um Michiko das Kind abzunehmen, als ein glühender Lichtwirbel aus dem Himmel schoß. Das Strohdach begann zu qualmen. Ein Sog von unerhörter Gewalt riß das Haus vom Boden hoch und ließ es in sich zusammenfallen. Irgend etwas schlug hart an Kyos Rücken. Sie verlor das Bewußtsein.

Als sie erwachte, sah sie nichts als Staub. Sie lag am Boden und versuchte, sich zu bewegen. Allmählich klärte sich die Sicht: Sie erblickte den dunstigen Himmel und dann den Gingkobaum neben dem Tor: Das grüne, dichte Laub war verschwunden, nur verstümmelte Äste ragten in die Höhe. Vom Tor selbst war nichts mehr übrig geblieben. Kyo schloß wieder die Augen. Sie war ohne Gedanken, ohne Empfindung, wie gelähmt, weder tot noch lebendig.

Plötzlich drang leises, anhaltendes Wimmern wie ein glühendes Messer in ihre Benommenheit. Das Wimmern brachte sie wieder zu Bewußtsein. Hanako! ... Sie versuchte sich aufzurichten. Blut sickerte ihr in die Augen, sie hustete und würgte. Etwas Weißes schimmerte zwischen den Steinen. Sie taumelte darauf zu und sah Ito mit aufgerissenem Hinterkopf im Geröll liegen. Wieder drang das Wimmern an ihr Ohr. Es kam aus nächster Nähe. Als sie sich umsah, bewegte sich ein Schutthaufen. Es war Michiko. Da lag sie, das schwarze Haar weiß von Staub, um den offenen Mund abgesplitterter Mörtel. Der mächtige Stumpf eines Pfostens lag quer über ihrem Rücken. Ein Fetzen ihrer Schuluniform, gerötet von Blut, war darunter sichtbar. Doch sie hielt das Kind an sich gepreßt und hatte es mit ihrem Körper geschützt.

Kyo kniete nieder und befreite behutsam die schreiende Kleine aus ihren Armen. Michiko lebte noch. Ihr Gesicht hatte kaum etwas abbekommen, aber am Körper mußte sie furchtbar zugerichtet sein. Außer einigen Schrammen schien Hanako unverletzt. Michiko atmete schwach, und dann setzte der Pulsschlag aus. Als Kyo merkte, daß der Tod sie geholt hatte, richtete sie sich auf. Der Wind blies ihr Staub und Sand in die Augen. Eine Frau rannte kreischend an ihr vorüber, ihr Kimono in Flammen. Kyo blutete aus vielen Wunden, und alle Glieder schmerzten ihr, doch der Schwindel war verflogen, ihr Kopf war klar. Die Luft war von Jammern und Klagen erfüllt, von Stimmen, die einander riefen oder um Hilfe schrien. Da wo sonst die Dächer sich, eins über das andere, erhoben hatten, sah es wie ein zerfetzter, brennender Gebirgskamm aus. Die Holzhäuser brannten lichterloh; ihre Fenster erinnerten an schwarze Höhlen oder rotglühende Augen. Plötzlich schoß zischend eine Stichflamme aus dem Schutthaufen, wo einst Kyos Haus gewesen war.

Der Selbsterhaltungstrieb riß die junge Frau hoch, und schwankend schleppte sie sich wie eine Schlafwandlerin durch den beißenden Rauch, fort aus dem verwüsteten Garten. Telefonmasten unnd Leitungsdrähte waren zu Boden gestürzt und versperrten die Straßen. Der Wind drückte die Flammenzungen bis auf den Boden, der schmelzende Asphalt verbrannte die Füße der Fliehenden. Kyo stolperte über verstümmelte Leichen, an blutüberströmten Verwundeten vorbei, deren Haut sich von Schultern und Armen in Fetzen löste. Von den Straßenzügen waren nur noch Spuren übrig, die mitten ins lodernde Feuer führten; hier und da ertönten kleine Explosionen: Eine Mauer stürzte zusammen oder der Teil eines Bürgersteigs rutschte auf die Fahrbahn; angehäufte Kohle hatte Kohlendioxyd entwickelt, das sich mit der Luft vermischte und entflammte. Die ganze Stadt lag in kreidigem Licht, und darunter verbreitete sich die rosa Aura der Flammen. Die Gewalt der Explosion hatte Blei geschmolzen, Eisen verbogen. Zu beiden Seiten des

Otha-Flusses drängten sich Tausende von Flüchtlingen in den zerstörten Uferparks und Gärten. Manche waren nur mit Fetzen bekleidet; ihr Haar war versengt, das Gesicht bis zur Unkenntlichkeit entstellt, und ihr Körper schien einen eigenen schwachen Schimmer auszustrahlen.

Kyo erfuhr erst später, und mit ihr die ganze Welt, daß an jenem 6. August die Erkundungsmaschine des 25jährigen Piloten Claude Eatherley einem Kampfflugzeug vorausgeflogen war, das eine neuartige Bombe mit sich führte. Diese Bombe – drei Meter lang und vier Tonnen schwer – war in einem Geheimlaboratorium in Los Alamos entwickelt worden. Die amerikanische Armee gab ihr den Namen »Little Boy« (Kleiner Junge). Genau um 8 Uhr 16 fiel die Bombe, und Hiroshimas Uhren standen für immer still.

Eatherley wurde damals das »Distinguished Flying Cross« verliehen, die höchste Auszeichnung der amerikanischen Luftwaffe. Doch sein Gewissen konnte er damit nicht beruhigen. Er wurde vom Wahnsinn befallen, und lebt noch heute in einer Heilanstalt.

Zwei Tage blieb Kyo in einem der Lazarette, die von Sterbenden und Verwundeten überfüllt waren. Da sie und ihr Kind äußerlich nicht weiter verletzt schienen, wurde sie mit anderen Überlebenden in eine von der Katastrophe nicht betroffenen Gegend gebracht.

Kambara war damals noch ein Dorf. Masao-San, ein älterer Töpfermeister, früher Professor an einer der Universitäten von Osaka, nahm die beiden auf. Er hatte Kyos Vater gekannt, und dieser hatte ihm, Jahre zuvor, einen Dienst erwiesen. Masao lebte allein mit seiner Frau Akiko. Ihre Kinder waren schon erwachsen, und das Ehepaar war erfreut darüber, der jungen Frau und ihrem Kind eine Unterkunft zu geben.

Einige Zeit dämmerte Kyo in völliger Teilnahmslosigkeit dahin, erschreckend abgemagert, mit glanzlosen Augen. Ihr Haar war büschelweise ausgegangen, und sie spuckte Blut. Das Ehepaar wußte, daß in Hiroshima eine neue Vernichtungswaffe ausprobiert worden war, deren Auswirkungen auf die Überlebenden noch unbekannt waren. Sie pflegten Kyo mit Hingabe, doch fürchteten sie täglich, daß ihr Ende nahe sei.

Jedoch wider Erwarten erholte sich die junge Frau. Anfangs war es ihr völlig unmöglich, sich an die Umstände zu erinnern, die sie in dieses friedliche Haus geführt hatten. Nur ganz langsam erwachte ihr Erinnerungsvermögen. Im Verlauf der Besserung ihrer Krankheit wurde ihr der ganze Umfang ihres Unglückes bewußt. Sie hatte alle Angehörigen verloren und hoffte jetzt nur noch auf die Rückkehr ihres Mannes. Erst viel später, als sie wieder vollkommen bei Kräften war, fand das Ehepaar den Mut, ihr mitzuteilen, daß das Kriegsschiff, auf dem der junge Mann stationiert war, am Tag vor der Vernichtung Hiroshimas torpediert wurde.

Eine zweite Atombombe hatte die Stadt Nagasaki zerstört. Japan war besiegt und mußte kapitulieren. Zum ersten Mal hörten die Japaner die Stimme ihres Kaisers in einer Rundfunkübertragung die schicksalsschweren Worte aussprechen: »Ich bin kein Gott, sondern ein Mensch wie jeder andere.« Mit seinem Bekenntnis zerstörte er eine jahrtausendalte Überlieferung und löste bei dem gedemütigten, erschöpften Volk ein Trauma aus, von dem es sich erst nach Jahren erholte.

Für die Besatzungsmächte wurden Hiroshima und Nagasaki Medizinlaboratorien, wo die radioaktiven Auswirkungen am menschlichen »Objekt« studiert werden konnten. Die Ergebnisse der Untersuchungen wurden streng geheimgehalten: Kein Volk sollte darüber aufgeklärt werden, über welche dämonischen Kräfte die Machthaber des neuen Zeitalters verfügten, sie wußten nur allzugut, daß die Öffentlichkeit im Bewußtsein des namenlosen Unheils, das ein Atomkrieg auszulösen vermochte, das Ränkespiel der Weltmächte entscheidend beeinflussen konnte. Erst später, als die Kriegsjahre schon der Vergangenheit angehörten, sickerten Einzelheiten darüber durch. Man erfuhr, was unter »Strahlenschäden« zu verstehen war. Die Überlebenden litten an Erblindung, Knochenkrebs und nie heilenden Wunden. Kinder wurden ohne Augen oder Ohren geboren. Und viele, die äußerlich gesund wirkten, übertrugen die heimtückische Krankheit auf ihre Nachkommen.

Die Nachkriegsjahre hatten die Grundfesten der sozialen Struktur und des Familienlebens erschüttert. Eine Flut amerikanischer Industrieerzeugnisse überschwemmte die Warenhäuser. Nun wurde Coca-Cola getrunken, Jazzmusik gehört und Base-Ball gespielt. Die Frauen trugen Nylonstrümpfe, Plastikhandtaschen und Celluloidkämme im Haar. Wolkenkratzer und ein gigantisches Forschungslaboratorium wuchsen aus den Trümmern.

Inzwischen lebte Kyo im Hause des alten Töpfermeisters. Ihr Haar wuchs wieder nach, aber nicht mehr schwarz, sondern schneeweiß, was ihren jugendlichen Gesichtszügen einen eigenartigen Kontrast verlieh. Oft wandten sich die Leute flüsternd von ihr ab, denn für die Japaner gilt solches Haar als Merkmal der Geister. Kyo ertrug ihr Los mit äußerlicher Gelassenheit und widmete sich der Erziehung ihrer kleinen Tochter. Sie beklagte sich nicht über ihr Schicksal: Jeder Einzelne hatte Kummer und Sorgen zu ertragen; ihre eigenen Sorgen auf andere abzuwälzen oder sich bei der Bewältigung ihrer Not helfen zu lassen, schien ihr als Nachkomme der Samurai unwürdig. Da auch alle Verwandten umgekommen waren, widerstrebte es ihr, ohne jegliche Urkunde und ohne jeden Nachweis über den einst vorhandenen Besitz, der in Flammen und Asche untergegangen war, irgendwelche Ansprüche an den ausgebluteten und verarmten Staat zu stellen. Sie hatte keinen Beruf erlernt und um ein Studium anzufangen, war es zu spät, auch hatte die Krankheit zu sehr an ihren Kräften gezehrt. Sie hatte es sich zur Gewohnheit gemacht, dem Töpfermeister bei der Arbeit zuzusehen und so wurde sie bald seine Gehilfin. Als Masao-San merkte, daß Kyo für diese Kunst sehr begabt war, vermittelte er ihr seine Technik.

Inzwischen wuchs Hanako heran. Obgleich sie bezaubernd aussah, war sie auffallend zart und krankheitsanfällig. Der zu Rate gezogene Arzt befürchtete, daß die Atomstrahlen Schaden an ihr verursacht hatten. »Es wäre besser, Hanako würde sich nicht verheiraten«, dachte Kyo manchmal. Aber Hanako wollte leben wie alle Mädchen ihres Alters. Ihr sanfter, schwermütiger Blick gab ihr einen besonderen Reiz. Nach der Hochschule studierte sie englische Literatur. Im dritten Semester lernte sie den gleichaltrigen Studenten Tatsuno Okura kennen. Tatsuno stammte ebenfalls aus Hiroshima. Auch er war als Kleinkind den Strahlen ausgesetzt gewesen. Trotzdem beschlossen sie, zu heiraten und eine Familie zu gründen. Das Risiko, daß Hanako ein mißgestaltetes Kind zur Welt bringen könnte, war groß, aber Kyo brachte es nicht übers Herz, sich ihrer Heirat entgegenzustellen. Der alte Töpfermeister und seine Frau waren schon längst gestorben, Kyo hatte inzwischen ihre eigene Werkstatt eröffnet, und sich als Künstlerin einen Namen gemacht.

Zwei Jahre später kam Takeo auf die Welt. Kyo fiel ein schwerer Stein vom Herzen, als sie in Hanakos Armen ein gesundes, hübsches Baby sah. Auch ihre Befürchtung, das Kind könnte schwachsinnig sein, blieb aus: Der kleine Takeo war aufgeweckt und lebhaft. Aber die Zukunft hielt für Kyo einen weiteren Schicksalsschlag bereit: Takeo war kaum zwei Jahre alt, als Hanako an Knochenkrebs erkrankte und starb. Ein Jahr später starb auch Tatsuno, der schon als Kind an schweren Asthmaanfällen gelitten hatte.

Für Kyo wurde Takeo nun ihre Lebensaufgabe. Und obgleich der furchtbare Fluch des Atomtodes ihm erspart geblieben war, wußte Kyo, daß eine erbliche Mißbildung auch bei seinen Kindern oder Kindeskindern nie ausgeschlossen war, denn die Strahlenschäden überdauerten Generationen.

Im Laufe der Jahre war sich Kyo darüber klar geworden, daß der Shintoismus, die japanische Ur-Religion der milden, glückbringenden Götter, von einer machthungrigen Militärverwaltung verfälscht und mißbraucht worden war: Sie hatten sich der Göttlichkeit des Kaisers bedient, um ihre Expansionspolitik zu verwirklichen und dabei das japanische Volk ins Unglück gestürzt. Kyo hatte aus bitterer Erfahrung ihre Konsequenzen gezogen, und mißachtete jedes politische System. »Wer immer einen Staat, eine besondere Staatsform oder die Verwalter der Macht über ihren angemessenen Wert erhebt und vergöttlicht, sündigt gegen das Leben.« Das galt für alle Völker, und für alle Zeiten.

In den letzten Jahren hatte Kyo Japans Aufschwung miterlebt. Nach der Zerstörung und der Niederlage wirkte Japans kometenhafter Aufstieg ins dritte Jahrtausend wie eine Herausforderung. Viele fühlten sich überflügelt oder hintergangen. Die natürliche Fähigkeit der Japaner, Materialismus und Geistigkeit zu verbinden, wurde weder anerkannt noch verstanden; gleichwohl war beides das Geheimnis ihres Erfolges.

Kyo selbst stand jeder Zukunftsorientierung skeptisch gegenüber. Die Menschen würden sich nicht ändern, jedenfalls nicht so schnell. Die alten Dämonen waren nicht tot, sondern nur eingeschläfert. Und eines Tages würden sie wieder erwachen...

Kyo hatte zuviel erlebt, zuviel gelitten. Sie war müde. Auch bemerkte sie an verschiedenen Anzeichen, daß ihr Körper geschädigt war, und daß sie Takeo bald zur Last fallen würde. Sie hatte einen Arzt aufgesucht, der ihr die Wahrheit nicht verschwiegen hatte. Ihr blieb nur noch wenig Zeit. Aber sie mußte durchhalten, bis Takeo fähig war, sein Leben selbst zu meistern. Er neigte dazu, mit dem Kopf in den Wolken zu schweben. Aber das Schicksal würde früh genug hart an ihn herantreten. Das Schlimmste für Kyo war die Furcht, daß er versagen könnte, daß er der unerbittlichen Härte des Lebenskampfes nicht gewachsen war...

6

Das Haus war also verkauft. Der Vertrag war soeben unterschrieben worden. Mariko war nicht dabei gewesen, als Frau Tamaki mit dem Rechtsanwalt kam; ihre Verwandten hatten sie in den Garten geschickt.
»Sie behandeln mich wie ein Baby«, dachte Mariko ungehalten. Endlich verabschiedeten sich die Besucher. Als Mariko ins Haus zurückging, hörte sie Tante Martha und Onkel Phil im Wohnzimmer miteinander sprechen. Sie schlich leise an die Tür, hielt den Atem an und lauschte. »Wir werden dem Mädchen ihren gesetzlichen Anteil gutschreiben lassen«, sagte Onkel Phil. »Ja«, antwortete Tante Martha, »aber sie wird erst mit 21 Jahren über das Geld verfügen können.« Mariko hörte Onkel Phil zufrieden aufseufzen. »Ich bin froh, daß wir die Sache hinter uns haben und wieder nach Hause fahren. Ich kann das Essen hier nicht mehr vertragen.« Nach kurzem Schweigen setzte er hinzu: »Das Kind wird unglücklich sein. Schon ihrem Aussehen nach ist sie mehr Japanerin als Amerikanerin. Was ihre Gesinnung betrifft... nun, ich weiß nicht! Ich bin aus ihr nie klug geworden.«
»Sie hat einen Dickkopf«, sagte Tante Martha im entschiedenen Ton. »Aber Kinder lassen sich schnell von ihrer Umwelt prägen. Sie wird sich bald wieder eingewöhnen. Die Narbe an ihrem Arm ist natürlich nicht schön und wird manchen Jungen abstoßen. Hoffentlich läßt sie sich wegoperieren, sonst kann das Mädchen nie ein ärmelloses Kleid tragen.«
Mariko ging lautlos an der Tür vorbei und stieg die Treppe zu ihrem Zimmer hinauf. Sie blieb einen Augenblick am Eingang stehen, betrachtete das Bett, die Kommode, den Bücherschrank und die in rotgold gekleidete japanische Puppe in ihrem Glaskasten.

Das feuchte Zimmer roch nach Seetang, Salz und Holz. Mariko lehnte sich an die Fenstertür, blickte über das Meer, über die mit Kiefern bewachsenen Klippen. Das Wasser schäumte und glitzerte in der Sonne. »Ich will nicht nach Boston«, dachte sie. »Ich will nicht in eine amerikanische Schule gehen und wie alle anderen werden.« Sie fühlte wie etwas Neues in ihr erwachte, wie Wille und Kraft sie belebten. Sie holte tief Atem. »Ich bin wie Quecksilber, es zerteilt sich, aber es läuft auch wieder zusammen.« Sie spürte, daß der Augenblick der Entscheidung nahte. »Ich gehe nicht nach Amerika!« hörte sie sich plötzlich laut sagen, und erschrak über ihren eigenen Entschluß.

Sie begann im Zimmer auf- und abzugehen. Es gab nur die eine Möglichkeit: nach Tokio abzuhauen. Tante Martha und Onkel Phil würde sie eine Nachricht hinterlassen. »Natürlich werden sie sofort zur Polizei gehen«, dachte Mariko, »aber die werde ich schon hinters Licht führen.«

Sie setzte sich aufs Bett, schlang die Arme um die Knie und überlegte weiter. Sie hatte etwas Geld. Nicht viel, aber genug, um sich einige Wochen über Wasser zu halten, sich nach einer billigen Unterkunft umzusehen und einen Job zu suchen. Aber zuerst das Allerwichtigste: Wie kam sie nach Tokio? Mit der Bahn? Mariko nagte an ihrer Unterlippe. Die Reise war teuer, und sie mußte mit ihrem Geld sparsam umgehen. Auf einmal kam ihr der rettende Einfall: Ich mache Auto-Stop! Warum nur hatte sie nicht gleich daran gedacht? Tante Marthas Stimme, die sie zum Essen rief, ließ sie zusammenfahren. »Ich komme schon!« rief sie und sprang auf. Im Spiegelbild sah sie ihr aufgeregtes Gesicht, ihre glänzenden Augen. »So kannst du dich nicht blicken lassen«, ermahnte sie sich. »Reiß dich zusammen!« Sie ließ einige Sekunden verstreichen, bemühte sich ruhig zu atmen und eine gelassene Miene aufzusetzen, bevor sie gefaßt das Zimmer verließ und die Tür bewußt leise hinter sich schloß.

Am nächsten Tag war Windstille: Die Hitze wurde bleiern, unerträglich. Tante Martha litt unter der Wetterveränderung und schickte Mariko ins Dorf, Kopfschmerztabletten zu besorgen. Gleich neben der Apotheke befand sich der Treffpunkt der Schuljugend, das »Butterfly«. Als Mariko, aus der Apotheke kommend, daran vorbeiging, trat ein Schüler in Uniform heraus, der sie schüchtern grüßte. Mariko erkannte ihren jungen Nachbarn wieder. Wie hieß er noch gleich? Ach ja, Takeo!

»Konichiwa« (Guten Tag), sagte dieser und wurde bis an die Schläfen rot.

»Konichiwa«, erwiderte Mariko freundlich.

»Geht es dir wieder besser?« fragte er zaghaft.

»Na klar.« Mariko betrachtete ihn aufmerksam. »Aber heute scheint bei dir was nicht in Ordnung zu sein. Bist du in der Prüfung durchgefallen?«

Takeo wurde noch röter, und schüttelte den Kopf.

»Gehst du jetzt nach Hause?«

Sie nickte, und er schritt neben ihr den Weg hinauf. Sie stellte keine Fragen mehr, sondern warf ihm nur manchmal einen Seitenblick zu.

»Wenn ich bloß mit ihr reden könnte!« dachte Takeo. »Schließlich hat sie mir auch Sachen erzählt, die man nur seinen besten Freunden anvertraut.« Aber was sollte Mariko davon halten, wenn er sie plötzlich mit seinen Problemen überfiel? Hatte sie nicht schon genug Sorgen? Takeo seufzte vor Unentschlossenheit. Sie gingen dem Haus entgegen, das Takeo noch bis vor einigen Tagen als sein Zuhause betrachtet hatte. In der Werkstatt brannte noch Licht. Das kleine Schaufenster war nach vorne offen. Es standen dort einige formschöne Vasen, glasierte Teebecher und verschiedene andere Gefäße. Jeder konnte hineingreifen, die Sachen herausnehmen und betrachten. Niemandem würde es in den Sinn kommen, etwas zu stehlen.

Mariko blieb stehen. Sie nahm vorsichtig einen Teebecher heraus, ließ behutsam die Finger über den Rand gleiten. »Toll, wie deine Großmutter das fertigbringt. Sie muß eine große Künstlerin sein.«

Takeo fühlte die Tränen hochsteigen. »Wir... wir müssen das Haus bald verlassen!«

Mariko stellte die Vase wieder in das Schaufenster. »Was sagst du da?«

Takeo wandte das Gesicht ab. Sie sollte nicht sehen, in welchem Zustand er war. Er warf seine Schulmappe auf den Boden und setzte sich auf die verwitterte Bank neben dem Zaun. Mariko setzte sich zu ihm. »Jetzt red' doch endlich! Was ist denn eigentlich los?«

Takeo fuhr mit dem Ärmel unter die Nase. Er sah die glänzende Spur auf dem Stoff und holte schnell sein Taschentuch hervor. Stockend brachen die Worte aus ihm heraus, erst zurückhaltend, dann ausführlicher und heftiger, und ehe er es richtig merkte, hatte er sich seinen ganzen Kummer von der Seele geredet. Mariko vernahm empört, daß das schöne, alte Haus abgerissen werden sollte. »Die Menschen denken nur an ihren Profit! Wie kann man nur ein Haus von historischem Wert einfach vernichten lassen? Und was wird jetzt aus euch?« setzte sie bestürzt hinzu.

Takeo hob traurig die Schultern. »Wir haben eine Wohnung in Aussicht. Das Haus ist gerade fertiggestellt und sieht aus wie ein Kaninchenstall. Meine Großmutter will das von Itomi-San angebotene Geld annehmen, damit ich weiterstudieren kann.« Er ballte verzweifelt die Fäuste. »Ich... ich will nicht, daß sie wegen mir ihre Ehre aufs Spiel setzt. Ich bin nicht besonders gut in der Schule. Ich habe Angst, ich könnte bei der Aufnahmeprüfung an der Hochschule wieder durchfallen und dann muß ich das Jahr zum zweiten Mal wiederholen, und meine Großmutter verstrickt sich immer tiefer in Schulden!« Er kniff die Augen zusammen, konnte aber nicht verhindern, daß die Tränen unter seinen geschlossenen Lidern hervorliefen. Mariko nickte verständnisvoll. Das japanische Schulsystem ist auf strengste Leistungsnormen aufgebaut, und übergeht rücksichtslos jeden schwächeren Schüler. Takeo fuhr fort: »Yasuo, mein bester Freund, war Klassenerster, aber er hatte den Lernzwang bis da oben. Im letzten Winter ist er von zu Hause ausgerissen und nach Tokio gegangen. Die Polizei ist immer noch hinter ihm her, aber sie hat ihn bis heute nicht gefunden.«

Er merkte nicht, wie Mariko ihn mit eigenartigem Ausdruck betrachtete. »Wo ist er denn jetzt?« fragte sie, wie beiläufig.

»Er hat mir geschrieben, daß er Arbeit gefunden hat und gut verdient. Er meint, ich soll auch kommen, anstatt meine Zeit auf der Schulbank zu vertrödeln. Aber meine Großmutter läßt mich nicht weg...«

»Sie hat ganz recht«, sagte Mariko mit Nachdruck. »Ohne Studium ist man hier in Japan vollkommen aufgeschmissen. Allerdings mit einer Ausnahme: Wenn man die Kraft hat, sich auf eigene Faust durchzuschlagen.«

»Yasuo hat es geschafft«, sagte Takeo. »Er wird bestimmt mal Millionär werden.«

Mariko hatte ihr Vorhaben eigentlich nicht aufdecken wollen, aber Yasuos Geschichte imponierte ihr. Er hatte das gewagt, von dem sie träumte, und offenbar Erfolg gehabt. Sie fühlte sich in ihrem Entschluß bestärkt und konnte plötzlich nicht mehr an sich halten. »Sag niemandem was davon, aber ich gehe auch nach Tokio!«

»Wann zieht ihr denn um?« fragte Takeo teilnahmslos.

Mariko warf ungeduldig ihr Haar aus dem Gesicht. »Du hast überhaupt nichts kapiert! Ich verschwinde, genau wie dein Freund!«

Takeo starrte sie mit großen, runden Augen an. »Du... du willst auch weg? Aber warum denn?«

Sie blickte trotzig vor sich hin und erzählte ihm die ganze Angelegenheit, während er, stumm wie ein Fisch, da saß. »Ja«, fuhr Mariko nach einer Weile fort, und ließ eine ganze Menge Luft aus ihren Lungen heraus, »da habe ich also beschlossen, abzuhauen. Ich kenne Tokio ein bißchen und weiß, wo man billig leben kann. Ich...« Sie sprach den Satz nicht zu Ende, und stieß plötzlich voller Unruhe hervor: »Aber du wirst mich doch nicht verpetzen?«

Takeo schüttelte heftig den Kopf. Hatte er nicht schon längst bewiesen, daß er dichthalten konnte? Er bewegte einzeln die Finger. Seine Handflächen schwitzten. »Ich meine... ich habe schon oft gedacht... ich wollte schon lange das gleiche machen wie du...«

»Aber wie stellst du dir das vor?«

»Nun... ich würde Großmutter einen Brief schreiben und ihr erklären, daß ich nach Tokio gehe, um Arbeit zu suchen, damit ich sie entlaste...« Er stockte und blickte sie hilflos an. »Was... was würde sie wohl dazu sagen?«

»Sie würde sich furchtbar aufregen«, meinte Mariko. »Und vielleicht auch sehr böse werden.«

»Ja, das kann sein...« Takeo kaute an seinen Fingernägeln. »Aber in Tokio würde mir Yasuo schon weiterhelfen. Ich habe seine Telefonnummer. Er läßt mich sicher nicht in Stich.«

»Schlag dir die Geschichte aus dem Kopf«, sagte Mariko. »Das geht bestimmt nicht gut aus.«

»Warum denn nicht?« fragte er störrisch.

Darauf wußte Mariko keine Antwort. Ja, warum eigentlich nicht? Schließlich wollte er seiner Großmutter doch nur helfen. Und die saß wirklich in der Klemme.

Als sie schwieg, fragte er zögernd: »Wann hast du denn vor zu gehen?«

»Morgen früh!«

Takeo erinnerte sich an Yasuo, der ihn ebenso vor vollendete Tatsache gestellt hatte. Sein Herz begann heftig zu klopfen. »Warum denn ausgerechnet morgen früh?«

»Weil sich das gut trifft. Onkel Phil und Tante Martha fahren mit dem ersten Zug nach Osaka. Sie müssen beide zum Zahnarzt. Ich habe gesagt, daß ich zu Hause bleibe. Wenn sie abends wiederkommen, bin ich schon längst über alle Berge.«

Takeo versuchte, ruhig zu überlegen. Unglaublich! Das Schicksal gab ihm eine zweite Chance! Wenn er jetzt nicht den Mut fand, eine Entscheidung zu treffen, war er der erbärmlichste Feigling der Welt, und er würde nie mehr die geringste Achtung vor sich selber haben. »Willst du nicht doch noch etwas warten? Ich... ich möchte mir die Sache nochmal gründlich durch den Kopf gehen lassen.«

Mariko stand plötzlich auf. Sie hatte die Nase voll. »Ich kann wegen dir die Gelegenheit nicht verpassen. So, und jetzt muß ich nach Hause, sonst regt sich Tante Martha wieder auf!«

Sie verneigte sich und wollte gehen, aber Takeo sprang auf und lief ihr nach. »Mariko, warte! Wenn ich... wenn ich doch mitkommen sollte, wo können wir uns treffen?«

Mariko betrachtete ihn kühl. Die Vernunft riet ihr davon ab, sich mit so einer Flasche zu belasten. Andererseits hatte sie jemanden nötig, mit dem sie sprechen konnte. Und da war noch dieser Freund in Tokio, der ganz auf Draht zu sein schien.

»Ich bin um halb acht an der Kreuzung, gleich unter dem Autobahnschild. Aber ich warte nicht auf dich und steige in den ersten Wagen, der anhält.«

»Einverstanden!« Takeo nickte fiebrig. »Vielleicht bin ich auch da!«

Mariko verzog verächtlich die Lippen. Er tötete ihr jetzt schon den Nerv. »Der kommt sicher nicht!« dachte sie beim Weitergehen. »Schade um den Freund in Tokio!« Es war klar, daß sie nur auf sich selbst zählen konnte.

7

Die Sonne schien durch einen fadenscheinigen Dunst,
und der Morgen war wohltuend kühl. Schüler in
Uniform drängten sich in die Straßenbahn. Geschäftsleute gingen zur Arbeit. Die Gemüsehändler ordneten
ihre Ware, damit das frische Obst und Gemüse voll zur
Geltung kam, und Straßenfegerinnen in makellosen
weißen Kitteln säuberten Bürgersteige und Rinnstei-
ne, als seien es ihre eigenen Fußböden. Es roch nach
Auspuffgasen, Teer und gebratenem Fisch.
Mariko kam die Straße herauf und blieb an der Kurve
unter dem Autobahnschild stehen. Sie trug Jeans, ein
Sweatshirt mit einer Bluse darunter und Turnschuhe.
Sie wollte unauffällig, aber nicht schlampig aussehen.
Tante Martha und Onkel Phil hatten eben das Haus
verlassen, als sie auch schon vor dem Spiegel stand
und sich das Haar schnitt. Sie hatte nicht viel Übung,
und ihre Hände zitterten, aber schließlich war sie mit
dem Ergebnis zufrieden: Mit kurzem Haar sah sie ganz
anders, fast jungenhaft aus. Die dichten Brauen, die
kühn geschwungene Nase verstärkten noch diesen
Eindruck. In einer Leinentasche trug sie das Nötigste
bei sich: Jeans zum Wechseln, Unterwäsche und Sok-
ken, ein Dutzend T-Shirts, einen warmen Pulli. Geld
und Paß trug sie in einem kleinen Lederbeutel um den
Hals. Sie klemmte die Tasche zwischen die Füße, hob
die Hand in der bewährten Geste der Tramper und
wartete.
Zehn Minuten vergingen. Bis jetzt hatte noch kein
Wagen gehalten. Die Leute am Steuer hatten es eilig:
Viele fuhren in die Büros und Fabriken am Stadtrand.
Mariko faßte sich in Geduld. Plötzlich hörte sie ihren
Namen rufen, fuhr herum und sah Takeo atemlos über
die Kreuzung rennen. Auch er trug Jeans und Turn-

schuhe, dazu eine Nylonjacke. In der Hand hielt er einen kleinen Koffer. Mariko traute ihren Augen nicht. »Was machst du denn hier?« rief sie entgeistert. »Ich komme mit!« keuchte er.

Mariko starrte ihn an. Mit seinem Köfferchen sah er geradezu lächerlich aus. »Sag mal, spinnst du eigentlich? Und deine Großmutter?«

Er stellte seinen Koffer hin und rang nach Luft. Seine Haut war mit einem leichten Schweißfilm überzogen. »Ich ... ich habe ihr einen Brief geschrieben.«

Sie merkte, daß er den Tränen nahe war, und schüttelte vorwurfsvoll den Kopf. »Komm doch zur Vernunft! Du sollst lieber nach Hause gehen.«

Takeo schluckte. »Ich kann nicht. Sie hat den Brief bestimmt schon gefunden.«

»Meinst du?« fragte Mariko ganz automatisch. Sie war völlig verwirrt. Jetzt hatte sie ihn am Hals. Was nun? »Was hast du denn in dem Koffer?«

Takeo errötete. »Meine Schuluniform. Ich habe mich draußen umgezogen.«

»Und die willst du mitschleppen?«

Takeo scharrte verlegen mit den Füßen. »Ich weiß nicht, wohin damit, die hat viel Geld gekostet. Ich kann sie doch nicht einfach wegschmeißen.«

Trotz ihrer Bestürzung verbiß sich Mariko das Lachen. So ein Trottel! Und mit dem sollte sie nun starten. Aber irgendwie fühlte sie sich jetzt weniger einsam. »Wir werden uns schon durchboxen«, dachte sie voller Zuversicht. »Und außerdem hat er ja noch seinen Freund in Tokio...«

Der Lastwagen bremste mit so lautem Quietschen, daß es ihnen durch Mark und Bein fuhr. Takeo hatte keine Zeit mehr um zu überlegen, er hob seinen Koffer auf und rannte hinter Mariko her, die auf den anhaltenden Lastwagen zulief. Der Fahrer streckte den Arm aus, um die Tür zu öffnen. Mariko schwang sich auf den Sitz neben ihn und Takeo kletterte atemlos hinterher. Der Fahrer war ein kräftiger, breitschultriger Mann. Sein Gesicht war freundlich und tief gebräunt. Er trug ein sorgfältig gebügeltes Hemd. Das Radio dröhnte in voller Lautstärke.

»Steigt ein, ich habe gern Gesellschaft!« Der Mann zeigte lachend seine weißen Zähne. »Mein Kumpel ist heute nicht da, und ich muß allein eine Ladung Kühlschränke nach Akibahara fahren.«

»So ein GLück!« dachte Mariko. Akibahara war ein Geschäftsviertel in Tokio. Sie hätten es nicht besser treffen können. »Dürfen wir bis dahin mitfahren?« fragte sie.

»Aber sicher.« Der Fahrer ließ den Motor anspringen. »Warum seid ihr am Trampen? Habt ihr heute schulfrei?«

Mariko erbleichte. Wenn die Polizei eine Suchaktion startete, würde sich der Fahrer bestimmt an sie erinnern. Sie improvisierte blitzschnell. »Wir ... wir sind Geschwister und haben frei bekommen, um eine Tante zu besuchen. Sie feiert morgen Kanreki.«

»Kanreki«, der sechzigste Geburtstag, spielt im japanischen Leben eine wichtige Rolle.

»Gratuliere!« sagte der Fahrer. »Mein Onkel hat ihn auch vor zwei Monaten gefeiert. Aber bei uns war die ganze Familie dabei. Warum sind denn eure Eltern nicht mitgekommen?«

Mariko schob Takeo den Ellbogen in die Rippen, aber der rührte sich nicht. So ein Angsthase! Von dem war keine Hilfe zu erwarten.

»Unser ... unser Vater kann von seiner Firma nicht weg und Mutter ist erkältet. Deswegen haben sie uns beide geschickt und uns eine Menge Geschenke mitgegeben.« Sie wies auf Takeos Koffer.

Der Fahrer schmunzelte. »Unter uns gesagt, wissen eure Eltern überhaupt, was ihr treibt?«

Jetzt hieß es aufpassen. Mariko senkte den Kopf. »Eigentlich hätten wir mit der Bahn fahren sollen...«

»So! Und was habt ihr mit euren Fahrkarten gemacht?«

Mariko antwortete, große Verlegenheit mimend: »Wenn wir die unbenutzten Karten am Schalter zurückgeben, kriegen wir das Geld wieder heraus«, worauf der Fahrer in schallendes Gelächter ausbrach.

»So rundet ihr also euer Taschengeld auf! Ich muß schon sagen, die heutige Jugend ist anders als wir früher. Wir hätten das nie gewagt!«

Takeo lachte verkrampft mit. Alles kam ihm vor wie ein Traum. Er konnte es immer noch nicht fassen, daß er das Unvorstellbare gewagt hatte und jetzt in diesem Lastwagen saß, der mit 120 über die Autobahn raste.

Ehrwürdige Großmutter hatte er in der Nacht geschrieben und sich bemüht, die Schriftzeichen so schön wie möglich zu formen.

Ich bitte um Verzeihung, aber die Sorgen, die Euch bedrücken, sollt Ihr nicht mehr länger allein tragen. Ich weiß, daß ich Euch Kummer bereite, aber das Bedürfnis, Euch beizustehen, ist stärker als meine Gewissensbisse. Bitte, habt Verständnis, daß ich die Schule aufgebe und in Tokio Arbeit suche. Bald werde ich Euch mein erstes selbstverdientes Geld schicken. Ihr werdet Euch meiner nicht schämen müssen: Stets will ich bemüht sein, meinem Namen und meiner Herkunft Ehre zu erweisen.

Er hatte seinen Namenszug unter den Brief gesetzt. Dann, vor dem hölzernen Shinto-Altar kniend, hatte er sich vor den Ahnen verneigt und den gefalteten

Brief vor den Schrein gelegt, damit Großmutter ihn dort fand.

Er spürte wieder wie seine Augen feucht wurden, wandte den Kopf zum Fenster hin und versuchte, an etwas anderes zu denken. Mariko redete unbefangen mit dem Fahrer, und Takeo beneidete sie um ihre Selbstsicherheit.

Mittags hielt der Lastwagenfahrer vor einer Autobahn-Raststätte, und spendierte ihnen ein Nudelgericht. Dann ging die Fahrt weiter, und am frühen Nachmittag erreichten sie die ersten Vororte von Tokio. Der Verkehr wurde immer dichter. Endlose Lastwagenkolonnen zogen über die dreispurige Autobahn dahin. Die smaragdgrünen und türkisblauen Ziegeldächer der Bauernhäuser waren häßlichen Wohnsiedlungen gewichen. Bald schien die Autobahn, auf riesige Betonpfeiler gestützt, mitten durch die Stadt zu führen. Takeo staunte schweigend. Er kannte die Hauptstadt vom Film und Fernsehen her, aber es war das erste Mal, daß er sie in ihrem bedrückenden Umfang erlebte. Der Lastwagen rollte jetzt langsamer, eingepfercht in eine unübersehbare Autoschlange. Sie fuhren durch ein Gewirr von Straßenschluchten und Unterführungen, vorbei an Wolkenkratzern, Industriekomplexen und Bauplätzen voller Schutthaufen und Kräne.

Das Stadtviertel Akibahara war das Zentrum der Großhändler für Elektro-Geräte. Ein Geschäft reihte sich an das andere. Kühlschränke, Waschmaschinen, Fernsehapparate und Stereoanlagen standen vor den Läden bis an den Rand des Fahrwegs. Küchenlampen und Kronleuchter in allen Größen, Formen und Farben hingen an den Ladendecken.

Der Fahrer bremste und hielt zwischen einem Lieferwagen und einer vierfachen Reihe Mopeds. »Ich muß in die Garage da vorn an der Straße. Am besten setze ich euch hier ab. Der Eingang zur U-Bahn ist gleich links.«

Sie dankten dem freundlichen Mann, der ihnen grinsend zuwinkte, und sahen zu, wie der Lastwagen weiterfuhr, wobei er ihnen seine Auspuffgase ins Gesicht blies.

Da standen sie nun, stumm und etwas ratlos. Dröhnende Werbesprüche, Popmusik, Autohupen und Motorlärm erfüllten die stickige Luft. Mariko faßte sich als Erste. Ihr war Tokio nicht fremd. »Das Beste ist wohl, du rufst jetzt erst mal deinen Freund an. Da vorn kann man telefonieren.«

Sie wies auf eine Reihe roter Telefonkabinen am Straßenrand. Takeos Herz schlug bis zum Hals, während er zehn Yen in den Apparat warf und mit zitternden Händen die Nummer wählte. Beim dritten Läuten wurde abgehoben und eine weibliche Stimme meldete sich.

»Hier Yoshinoya.« (Das Haus von Yoshino) Takeo erkannte, daß es sich um ein Restaurant handelte. Er holte tief Atem und bat, Yasuo-San sprechen zu dürfen.

»Yasuo-San hat seinen freien Nachmittag, aber er wird heute abend wieder da sein«, antwortete die Stimme. »Kann ich etwas ausrichten?«

»Ich ... wir sind befreundet«, stotterte Takeo. »Kann ich heute abend vorbeikommen?«

»Aber selbstverständlich. Wissen Sie, wo sich unser Haus befindet?« Die Frau – oder das Mädchen – erklärte es ihm, während Takeo beim Erklingen des Warnzeichens jedes Mal eine neue Münze einwarf. Endlich hängte er auf; seine Hände hinterließen feuchte Spuren auf dem Hörer. Das »Yoshinoya« befand sich im Stadtviertel Akasaka.

»Ich weiß, wo das ist«, sagte Mariko. »Komm, wir fahren mit der U-Bahn!«

Takeo stand abseits mit seinem Koffer und wartete, während sich Mariko der Schlange vor dem Fahrkartenautomaten anschloß. Einen Augenblick später war sie wieder da, und sie liefen die Treppe hinunter. Die Station wirkte wie eine unterirdische Stadt: riesige Hallen, endlose Gänge, Rolltreppen die nach oben oder unten führten. Eine unübersehbare Menschenmenge schien nach allen Richtungen zu hasten. Ein Dröhnen und Stampfen, vom Widerhall verstärkt, erfüllte die Luft. Stumpfsinnig lief Takeo hinter Mariko her, bemüht, sie nicht aus den Augen zu verlieren. Beim Durchgang zu den Bahnsteigen knipste ein Beamter die Fahrkarten. Gerade fuhr die U-Bahn mit zischenden Bremsen ein. Die Türen glitten zurück: die Aussteigenden drückten von der einen Seite, die Einsteigenden von der anderen. Die Türen schlossen sich wieder: Mit voller Geschwindigkeit fuhr die Bahn ab. Mariko und Takeo standen im Gedränge. Mariko versuchte, sich an einem an der Decke angebrachten Stadtplan zu orientieren.

»An der fünften Haltestelle müssen wir raus!« Takeo hörte kaum hin. Er dachte an Yasuo und geriet immer mehr in Panik. »Was wird, wenn er nichts mehr von mir wissen will?«

Mariko stieß ihn plötzlich in die Rippen. »Los, komm!«

Die Türen gingen auf. Takeo zerrte und schob, um seinen eingeklemmten Koffer freizubekommen. Sie bahnten sich einen Weg durchs Gewühl, fuhren mit einer Rolltreppe nach draußen.

Es war inzwischen Abend geworden. Die Sonne schimmerte in rötlichem Nebel. Sie befanden sich auf einer breiten Straße, die von Restaurants, Cafés und

Nachtclubs gesäumt wurde. Grellbunte Lichtreklamen schillerten in der Dämmerung. Menschen kamen und gingen, Autos hupten. Eine Horde von Motorradfahrern brauste vorbei. Ihre glänzenden Lederjacken waren mit einem geflügelten Totenkopf versehen.

Takeo hatte sich Yasuos Adresse gut gemerkt, aber sie mußten sich mehrmals nach dem Weg erkundigen, bis sie das »Yoshinoya« fanden. Der Name war in großen weißen Schriftzeichen auf den blauen Vorhang vor dem Eingang gedruckt. Schüchtern traten sie ein. Der Raum war mit Holz verkleidet. Eine Anzahl lärmender, lachender Geschäftsleute saß vor einer großen Holztheke, auf der ein Kohlenbecken stand, und ein Kessel voller Öl siedete. Ein schwitzender Koch tauchte mit geschickten Bewegungen paniertes Gemüse, Garnelen und kleine Fisch in das Öl. Er ließ sie kurze Zeit brutzeln und legte sie dann den Gästen mit Hilfe von Stäbchen auf Papierservietten vor.

Die beiden blickten sich unschlüssig um, als eine Serviererin hinter einem Vorhang hervorkam. Auf einem Lacktablett trug sie ein Steingutfläschchen mit Reiswein. In ihrem blauen Rüschenkleid sah sie etwas puppenhaft aus. Das Gesicht, von kindlichen Locken umrahmt, wirkte zugleich unscheinbar und geziert.

»Kann ich Ihnen behilflich sein?« fragte sie, ziemlich frostig, als ihr Blick auf die Schüler fiel. Takeo verneigte sich und bat unter Entschuldigungen, Yasuo-San sehen zu dürfen. Die Augen des Mädchen richteten sich über ihn hinweg auf Mariko. Takeo fühlte Ablehnung, und setzte schnell hinzu: »Ich habe vorhin angerufen.«

»Ach so, das waren Sie!« Das Mädchen verzog den kleinen, kirschroten Mund. »Einen Augenblick bitte, ich werde ihn gleich rufen.«

Sie ging zuerst zu den Geschäftsleuten und schenkte

ihnen den Reiswein – Saké genannt – ein. Die Männer prosteten sich überschwenglich zu, während sich das Mädchen höflich verneigte und wieder hinter dem Vorhang verschwand. Takeo und Mariko warteten. Das Brutzeln des Öls, der Geruch von Bratfisch und Gewürzen ließ ihnen das Wasser im Munde zusammenlaufen, aber das teure Essen hier kam für sie nicht in Frage.

Der Vorhang hob sich: Yasuo trat in den Raum. Takeo kannte ihn kaum wieder, so verändert hatte er sich. Sein hübsches Gesicht wirkte härter, schmaler. Seine Schultern waren breiter geworden, und er war ein gutes Stück gewachsen. Er trug einen modischen Rockerhaarschnitt. Das Haar war wunderschön glänzend und gepflegt. Der Veilchenduft seiner Frisiercreme stieg einem noch in fünf Schritte Entfernung in die Nase. Über Jeans und T-Shirt hatte er eine weiße Arbeitsschürze umgebunden. Offensichtlich traute er seinen Augen nicht. »Das ist ja nicht möglich! Was machst du denn hier?«

Er freute sich nicht besonders, er wirkte eher verblüfft und verlegen. »Wo hast du denn meine Adresse aufgetrieben?«

Takeo lächelte ihn verzerrt an. »Du hattest mir doch geschrieben...«

Yasuo zog die Brauen zusammen. »Ach so. Wann war denn das?«

»Im Winter... kurz nach deiner Abreise«, stammelte Takeo unsicher. »Du hast mir deine Telefonnummer mitgeteilt.«

»Natürlich! Jetzt fällt es mir wieder ein!« Yasuo brach plötzlich in Lachen aus und schlug sich an die Stirn. »Entschuldige, ich hatte es ganz vergessen! Aber warum hast du mir deine Ankunft nicht geschrieben? Ich hätte dich doch am Bahnhof abgeholt.«

»Ich habe nicht daran gedacht...« stotterte Takeo. »Es ging alles so schnell...«

Doch Yasuo hörte gar nicht hin. Seine Blicke waren auf Mariko gerichtet, die ihn freundlich anlächelte. »Konbanwa!« (Guten Abend) sagte sie und deutete eine Verneigung an. »Mein Name ist Mariko Jones. Takeo und ich sind zusammen ausgerissen und suchen jetzt einen Job.«

Durch Marikos taktlose Offenheit wurde Yasuo um den letzten Rest seiner Fassung gebracht, und Takeo wurde rot bis über beide Ohren. Wie konnte sie nur derart mit der Tür ins Haus fallen. Yasuo mußte den Eindruck gewinnen, daß sie ihn ausnützen wollten. Aber dieser hatte seine Sprachlosigkeit schon wieder überwunden; die Sache belustigte ihn anscheinend sogar.

»Mal sehen, was sich für euch tun läßt!« sagte er gönnerhaft. »Doch zuerst: Wollt ihr was essen? Dann kommt mal mit!«

Er hielt den Vorhang hoch und ließ sie durch. Dahinter befand sich eine Küche. Kisten voller Reisnudeln stapelten sich an der Wand. Eine Spülmaschine stand neben einem riesigen Kühlschrank. In einem Suppentopf brodelte es auf dem Kochherd. Einige Stühle standen vor einem Tisch, auf dem Schüsseln voller Tintenfische, Muscheln und gesalzenen Garnelen Platz gefunden hatten.

»Setzt euch!« sagte Yasuo. Er füllte zwei Schalen mit heißer Nudelsuppe, warf eine Handvoll Garnelen hinein, streute Gewürzpulver darüber und setzte sie den beiden vor. Mariko und Takeo dankten und schlürften heißhungrig das Essen. Inzwischen trug Yasuo die gefüllten Schüsseln ins Restaurant. Er kam in aller Eile zurück, um mit großer Geschwindigkeit Rettich zu reiben und Gemüse zu zerkleinern. Während er am

Tisch hantierte, die Kühlschranktür auf- und zuknallte, kam die Serviererin im Rüschenkleid herein, um ihr Saké-Fläschchen an einem Faß zu füllen. Sie warf Yasuo einen fragenden Blick zu. Yasuo lächelte gewinnend und sprach leise und eindringlich auf sie ein, worauf sie zustimmend nickte und wieder verschwand.

»Das ist Kiku, die Tochter von Sakini-San, dem Besitzer«, flüsterte Yasuo den beiden zu. »Sie soll ihren Vater besänftigen, damit er euch nicht sofort vor die Tür setzt. Paßt auf! Da kommt er schon!« sagte er aufgeregt. »Seid still und laßt mich reden!«

Ein schnaufender Mann mit breitem, pockennarbigen Gesicht tauchte unter dem Vorhang auf. Er trug einen schwarzen Anzug, eine rote Krawatte und ein Hemd mit gestärktem Kragen. Sofort verneigte sich Yasuo tief und verharrte in dieser unterwürfigen Stellung. Die zwei waren sofort aufgesprungen und verneigten sich ebenfalls. Sakinis schmale, schwarze Augen funkelten sie an. »Was tun die hier? Wer sind die beiden?« Er sprach das harte, kehlige Vorstadtjapanisch. Doch bevor Yasuo antworten konnte, erschien plötzlich Kiku. Sie legte ihre weiße Hand auf den Arm ihres Vaters und lächelte beschwichtigend. »Das sind Yasuos Verwandte.«

»So!« sagte Sakini. »Wo kommen die denn her?« Er wirkte immer noch aufgebracht, aber er sprach jetzt weniger barsch.

»Ich bitte tausendmal um Verzeihung!« Yasuo machte ein schelmisch zerknirschtes Gesicht. »Takeo ist ein Vetter von mir. Er hat seine Eltern schon früh verloren. Seine Großmutter bat mich, eine Stelle für ihn zu besorgen, denn er kommt in der Schule nicht mit. Und Mariko kommt äh... aus dem selben Dorf wie ich. Sie ist... äh...«

Mariko merkte, wie er sich verhaspelte und kam ihm blitzschnell zu Hilfe. »Mein Vater ist Amerikaner und hat meine Mutter sitzen lassen. Meine Verwandten wollen mich nicht«, klagte sie. »Ich muß sehen, daß ich selbst für mich aufkomme.«

»Ihr jungen Leute seid alle gleich«, knurrte Sakini. »Es geht euch nur darum, möglichst schnell und bequem zu Geld zu kommen. Wie alt seid ihr denn eigentlich?«

»Takeo ist schon siebzehn, aber er ist klein für sein Alter«, sagte Yasuo rasch.

»Und ich bin achtzehn geworden«, log unerschrocken Mariko.

Sakini kratzte seinen dichten Haarschopf. Einige Schuppen fielen auf seinen Anzug. »Den Jungen kann ich vielleicht anstellen«, sagte er. »Wir haben immer viel Betrieb im Sommer. Aber das ist auch alles, was ich tun kann.« Zu Mariko gewandt, setzte er kühl hinzu: »Tut mir leid, Sie müssen schon selbst auf Jobsuche gehen!«

»Ich werde schon was finden«, sagte Mariko. Sie spürte, daß Sakini ihre Geschichte nicht glaubte. Sie konnte ihm auch nicht verübeln, daß er sich Scherereien vom Hals halten wollte.

Während Takeo, rot vor Freude, Dankesworte stammelte, schlug ihm Yasuo lachend auf die Schulter. »Ich werde schon dafür sorgen, daß er sich anstrengt!«

In diesem Augenblick kamen neue Gäste ins Restaurant. Sakini setzte sofort sein breitestes Lächeln auf und watschelte ihnen entgegen. Yasuo holte befreit Luft. »Das hat ja wunderbar geklappt! Vielen Dank, Kiku, du warst großartig!«

Sie errötete, ließ ein Kichern hören und ging schnell hinaus. »Die ist in ihn verknallt«, dachte Mariko, »aber er scheint sich nicht viel aus ihr zu machen.«

Yasuo sagte dann noch, das Takeo bei ihm schlafen könne. Mariko, allerdings... Sie spürte seine Verlegenheit, hob mit ruhigem Lächeln ihre Tasche auf und schickte sich an zu gehen. Es war spät, sie war müde, aber ihr blieb keine andere Wahl. »Ist in Ordnung, ich komm schon allein zurecht...«

Takeo warf Yasuo einen flehenden Blick zu: man konnte sie doch um diese Zeit nicht einfach auf die Straße setzen! Yasuo war das auch nicht recht. Er schnippte plötzlich mit den Fingern. »Warte! Ich will mit Kiku sprechen. Die hat vielleicht eine Idee.« Er ging hinaus, und kam kurz danach mit Kiku wieder zurück, die Mariko mit starrem Lächeln zunickte. »Du kannst gern bei mir übernachten.«

»Glasiert in Freundlichkeit, wie in Sülze«, dachte Mariko. Kiku war anscheinend bereit, ganz nach Yasuos Pfeife zu tanzen. Aber Mariko war zu erschöpft, um das Angebot abzuschlagen, und bedankte sich höflich.

Die Essenszeit war vorbei: Allmählich kamen weniger Gäste, aber Yasuo erklärte ihnen, daß das Restaurant bis zwei Uhr nachts offen war. Viele Leute kamen nach dem Kino- oder Theaterbesuch noch her.

Kiku benutzte die kurze Ruhezeit, um Mariko in ihr Zimmer zu führen. Sakinis Wohnung befand sich über dem Restaurant. Mariko erfuhr, daß er Witwer war und mit seiner Tochter allein lebte. Kikus Zimmer lag der Treppe gegenüber. Eine Spiegelkommode, ein kleiner Tisch und ein Bett hatten kaum Platz in dem winzigen, mit Matten ausgelegten Zimmer. Der ganze Raum war, wie ein Aquarium, von grünem Licht erhellt, denn eine Leuchtreklame flimmerte unter dem Fenster. Kiku murmelte: »Einen Augenblick, bitte.« Sie zog den Lamellenvorhang herunter und machte Licht. Der Lampenschirm war mit Spitzen und rosa Schleifchen verziert, überall lagen Puppen, Teddybären und Stofftiere herum. An den Wänden hingen kitschige Poster, die Möwenschwärme bei Sonnenuntergang und verliebte Pärchen im Grünen zeigten.

»Hübsch ist es hier«, fühlte sich Mariko genötigt zu sagen.

»Vielen Dank«, Kiku zeigte ihr gefrorenes Lächeln, hinter dem Mariko eine tiefe Unsicherheit spürte. Aus einem Wandschrank holte sie Bettzeug und breitete es über die Matten aus.

»Badezimmer und Toilette sind gleich nebenan. Bitte, entschuldige, aber ich muß jetzt gehen, um meinem Papa wieder zu helfen.«

Mariko bedankte sich. Kiku bedachte sie mit einer »Gutenacht-Verbeugung« und verschwand. Mariko ging sofort ins Badezimmer. Sie putzte sich die Zähne und wusch sich über dem winzigen Waschbecken. Dann zog sie ihren Pyjama an und legte sich hin. Sie hatte sich noch nicht die Zeit genommen, um an Tante Martha und Onkel Phil zu denken, aber jetzt wollte sie das auch nicht: Sie fürchtete das feine Schmerzgefühl in ihrem Herzen. Außerdem war sie zu erledigt, um über irgendetwas nachzugrübeln. Morgen war ein anderer Tag! Zum Glück war Takeo schon untergebracht, sie brauchte sich mit ihm nicht mehr zu befassen. Mariko machte sich für sich selbst keine Sorgen. »Mir wird schon was Vernünftiges einfallen!« Die Decke roch nach billigem Parfüm; doch erschöpft wie sie war, störte es sie kaum. Sie zog die Knie bis unters Kinn hoch und fühlte sich geborgen. Dann dauerte es nicht mehr lange, bis die Müdigkeit das ihre tat: Marikos Glieder wurden schwer, die Gedanken lösten sich auf. Sie schlief tief und fest ein.

Takeo wälzte sich unruhig hin und her. Die grüne Lichtreklame wurde erst um drei gelöscht, und die Musik aus der Bar nebenan hämmerte ihm in den Ohren. Er wartete auf Yasuo, der noch vorm Schlafengehen das Restaurant aufräumen und die Küche putzen mußte. Endlich hörte er ihn die Treppe hinaufkommen. Wasser lief, die Klospülung rauschte. Dann kam Yasuo ins Zimmer. Im grünen Dämmerlicht zog er Jeans und T-Shirt aus und warf sie in eine Ecke. »Schläfst du immer noch nicht?«

Takeo stützte sich auf seinen Ellbogen. »Die machen soviel Lärm da unten in der Bar...«

»Das geht die ganze Nacht so. Du wirst dich schon daran gewöhnen.«

»Gehst du immer so spät ins Bett?«

»Ja, aber das Restaurant macht erst mittags wieder auf. Natürlich muß alles vorbereitet werden. Manchmal gehe ich mit dem Koch – Hitoski heißt der – frühmorgens noch auf den Markt. Mir macht das nichts aus, wenn ich wenig schlafe: Ich bin immer in Form!«

Er zog seinen Futon (japanische Matratze) aus dem Wandschrank und breitete ihn neben Takeo auf dem Boden aus. »Weißt du, ich habe hier wirklich Glück gehabt. Kiku ist in mich verliebt, und der Herr Papa findet mich auch sympathisch. Übrigens...« Er grinste. »Deine Freundin ist nicht übel!«

Takeo wurde rot. »Sie ist nicht meine Freundin.«

»Mir kannst du doch nichts vormachen!« Yasuo schlüpfte in Slip und Unterhemd unter die Decke. »Stimmt eigentlich die Geschichte, die sie Sakini erzählt hat?«

Takeo mußte unwillkürlich lachen. »Sie hat ihm ganz schön was vorgeschwindelt!«

Er berichtete seinem Freund, was er über Mariko

wußte. Yasuo pfiff anerkennend zwischen den Zähnen. »Nicht schlecht! Es gehört schon allerhand Mut dazu.« Er überlegte. »Vielleicht kann ich ihr behiflich sein. Ein Stammgast hier arbeitet bei der Zeitung Sankei Shimbun. Er hat irgendwas mit der Auslieferung zu tun. Ich weiß, daß die häufig Studenten einstellen, um die Zeitungen auszutragen. Ich will mal hören, ob er Mariko unterbringen kann.«

Takeo konnte vor Rührung kaum sprechen. »Ich weiß nicht, wie ich dir danken soll. Alles, was du für uns tust, werde ich dir einmal vergelten...«

Yasuos Antwort war ein schallendes Gelächter. »Ach, hör doch auf! Du redest ja fast wie deine Großmutter! Übrigens... wie hast du sie eigentlich dazu gebracht, dich gehen zu lassen?«

Takeo drehte den Kopf zur anderen Seite. »Ich... ich habe es genauso gemacht wie du. Ich habe ihr einen Brief geschrieben...«

Yasuo richtete sich ruckartig auf. »Du bist einfach so abgehauen? Sag mal, spinnst du?«

Dicke, heiße Tränen traten Takeo in die Augen. Er vergrub das Gesicht in sein Kissen, biß sich auf die Zähne, bis ihm der Kiefer schmerzte. »Es gab keine andere Möglichkeit... verstehst du? Sie hätte mich nie weggelassen.«

Yasuo konnte es nicht fassen.

»Aber warum bist du denn überhaupt ausgerissen? Nur, weil du schlecht in der Schule warst?«

Jetzt erzählte ihm Takeo die ganze Angelegenheit, und Yasuo hörte zu, bis er schließlich empört den Kopf schüttelte. »Aber das ist doch noch lange kein Grund einfach wegzulaufen. Dadurch machst du die Sache ja nur noch viel schlimmer!«

Takeo war sprachlos und wußte überhaupt nicht mehr, was er von ihm halten sollte.

»Aber du hast mir doch geschrieben, ich sollte kommen...«

»Habe ich das?« Yasuo wußte es nicht mehr genau. »Aber ich habe doch nie gedacht, daß du das ernst nehmen würdest. Wie kann man nur so schwachsinnig sein!«

»Aber du bist doch auch abgehauen!« warf Takeo verständnislos ein.

Yasuo ließ sich zurück aufs Kopfkissen fallen. »Bei mir ist das was anderes. Meine Mutter hat ein Riesentheater aufgezogen, aber im Grunde ist sie froh, daß sie mich los ist. Deine Großmutter aber...« Yasuo suchte nach Worten. »Die hat doch... wie soll ich sagen...? so altmodische Ansichten.«

Yasuo wußte, daß Kyo Ushida's Vorfahren Samurai waren. Solche Leute empfanden tief, weil ihnen noch die Ehrbegriffe früherer Zeiten eingeprägt worden waren. Er spürte, daß Takeo etwas Schreckliches angerichtet hatte und machte sich selbst Vorwürfe.

»Menschenskind!« schimpfte er, als Takeo niedergeschlagen schwieg, »was bist du doch für ein Dummkopf!«

»Aber ich will meiner Großmutter ja doch nur helfen!« Takeos Stimme klang jetzt tränenerstickt. Yasuo hätte ihm am liebsten eine geknallt.

»Damit du es weißt: Ich will mit der ganzen Sache nichts zu tun haben. Verschwinde bloß bald und sieh zu, daß du morgen wieder rechtzeitig zu Hause bist!« Takeo drückte verzweifelt den Handrücken gegen die Zähne. Diese Schande! Die Lehrer, die Mitschüler, die ganze Nachbarschaft würde ihn verspotten. »Aber Sakini hat mich doch schon eingestellt!«

Yasuo stieß zischend den Atem aus. Diesen Umstand hatte er ganz vergessen. Wegen der Lügengeschichte, die er Sakini aufgetischt hatte, saß er jetzt selbst in der

Patsche. Es blieb ihm nichts anderes übrig, als gute Miene zum bösen Spiel zu machen.

»Das hab ich nun davon«, sagte er aufgebracht. »Aber du hast dir alles selbst eingebrockt. Ich kann dir nur raten, morgen als erstes deiner Großmutter zu schreiben, sonst kriegt die arme Frau womöglich noch einen Herzinfarkt!«

»Aber wenn ich dann wieder nach Hause muß?« jammerte Takeo.

Jetzt lächelte Yasuo wieder. »Stell dich doch nicht so an. Du brauchst ihr ja nur zu schreiben, daß es dir gut geht und du einen Job gefunden hast. Deine Adresse mitzuteilen, ist schließlich nicht unbedingt nötig!«

8

Mariko lief neben Yasuo her, der mit langen Schritten die Straße überquerte. Sie waren drei Stationen mit der U-Bahn gefahren, und gingen jetzt auf ein großes, häßliches Gebäude zu. Neonröhren strahlten hinter der breiten Fensterfront, und eine Reihe gelber Lieferwagen, mit der Aufschrift »Sankei Shimbun«, standen auf einem großen Parkplatz beisammen.

»Hier ist die Druckerei und die Auslieferung«, sagte Yasuo. »Die Redaktion befindet sich im Nebengebäude.«

Beim Näherkommen war das gedämpfte Dröhnen der Rotationsmaschinen deutlich zu hören. In der Empfangshalle saß eine Hübsche im blauen Kostüm mit weißer Bluse hinter einem Schalter. Yasuo grüßte selbstsicher, nannte seinen Namen und bat darum, Herrn Ito sprechen zu dürfen.

»Einen Augenblick, bitte«, sagte freundlich die Hübsche. Sie drückte auf einen Knopf, sagte einige Worte und lauschte auf die Antwort. Dann schenkte sie den beiden ein photogenes Lächeln. »Herr Ito erwartet Sie im Büro Nummer 325, in der dritten Etage.«

Zusammen mit einem guten Dutzend Leute zwängten sie sich in den Aufzug, der von einem Liftfräulein mit weißen Handschuhen gleichmütig betätigt wurde. Ein grüngestrichener Gang führte zu Herrn Itos Büro. Yasuo klopfte. »Herein« sagte eine laute Stimme. Ein Junge im gelben T-Shirt wartete mit ausdrucksloser Miene neben einem Schreibtisch, hinter dem ein Mann mit großer Nase und Schirmmütze in einem Papierstoß wühlte. Er brachte endlich einen Zettel zum Vorschein, den er dem Jungen in die Hand drückte. Dieser verneigte sich und eilte hinaus. Ito schob ungehalten die Schirmmütze aus der Stirn.

»Ein ewiges Gehetze! Alle Leute kommen zur gleichen Zeit! Um was geht es denn? Ach ja, um das Mädchen!« Er rieb sich die Nase. »Sind Sie Studentin?« fragte er Mariko. Sie überlegte blitzschnell.

»Ja«, log sie. »Ich besuche seit dem Frühling die Hochschule in Seijo.« Sie nannte einen Vorort von Tokio, wo sie mit ihren Eltern eine Zeitlang gewohnt hatte.

»Ich kümmere mich nicht um die Einstellung von Mitarbeitern«, sagte Ito. »Dafür ist Shibata-San, der Personalchef, zuständig.« Das Telefon schrillte, und Ito nahm den Hörer ab. »Gehen Sie zu ihm und sagen Sie, daß ich Sie schicke!«

Shibatas Büro befand sich ein Stockwerk höher. Er war ein Männchen mit zu dickem Kopf, und einem schütteren Schnurrbart. Er notierte Marikos Namen und die Adresse, die sie ihm angab. Zum Glück fragte er sie nicht nach ihrem Paß.

»Die Zeitungen werden morgens von sechs bis neun und nachmittags von vier bis sieben ausgetragen. Können Sie das mit ihren Kursen vereinbaren?«

»Ich werde es schon einrichten«, sagte Mariko.

»Dann sind Sie also Frühaufsteherin«, Shibata gestattete sich ein Lächeln. »Haben Sie ein eigenes Fahrrad?«

»Nein«, sagte Mariko, verwirrt.

»Sie sollten sich eins anschaffen«, sagte Shibata. »Die Taschen sind schwer. Sie haben Glück«, fügte er hinzu, »denn gerade gestern hat einer unserer Studenten sich den Fuß verstaucht. Sie können sein Revier im unteren Ginza-Viertel übernehmen.« Er nannte ihr das Gehalt, und Mariko seufzte innerlich. Für Studenten mochte das kein schlechtes Taschengeld sein, sie aber mußte davon leben und sehen, wie sie damit zurechtkam.

»Fahren Sie jetzt ins Untergeschoß«, sagte Shibata. »Niju-San, Büro 24 wird Ihnen die Abonnentenliste aushändigen und Sie in Ihre Arbeit einführen. Ich wünsche Ihnen alles Gute.«

Sie verneigten sich und verließen Shibatas Büro. Yasuo warf plötzlich einen Blick auf seine Armbanduhr. »Schon bald elf! Gleich kommt der Koch, und wenn ich nicht da bin, macht er Theater.«

»Ich werde mich schon zurechtfinden«, Mariko lächelte ihn an. »Ich danke dir, daß du dich so für mich eingesetzt hast.« Sie war ehrlich gerührt.

»Nichts zu danken!« Yasuo erwiderte offen ihr Lächeln. Sie nahmen zusammen den Aufzug. Yasuo fuhr bis zum Ausgang, und Mariko weiter bis ins Untergeschoß. In den neonerleuchteten Gängen atmete sie den Geruch von Druckerschwärze und hörte ganz nahe das Stampfen der Rotationsmaschinen. Niju-San war ein wendiger Mann mit einem Spitzmausgesicht, der Mariko von Kopf bis Fuß abschätzend musterte.

»Sie sehen mir reichlich jung aus. Wie alt sind sie eigentlich?«

»Bald achtzehn«, log Mariko.

»Ich habe eine gleichaltrige Tochter«, brummte Niju-San. »Diese Arbeit würde ich ihr nicht empfehlen. Es ist ein harter Job.«

Er erklärte Mariko, daß die Morgen- und Abendausgabe sofort mit Lieferwagen in die außerhalbliegenden Stadtteile gebracht würden. Er gab Mariko die Abonnentenliste und verlor einige Worte über Pflichtbewußtsein und Pünktlichkeit. Dann zeigte er ihr auf einem Stadtplan ihr Arbeitsgebiet.

»Sie fangen morgen früh an. Kommen Sie gegen halb sechs, wenn die Jungen schon im Haus sind. Am besten ist, Sie begleiten Tetsuya, der aushilfsweise den linken Straßenzug übernommen hat.«

Es fiel Mariko am nächsten Morgen sofort auf, daß sich kaum Mädchen an dem Job beteiligten. Die Zeitungsträger waren kräftige, sportliche Typen. Keiner schien unter achtzehn zu sein. Viele besaßen Fahrräder oder Mopeds, einige sogar Motorräder.

Tetsuya – kurz Tetsu genannt – war auffallend breitschultrig und groß. Doch in seinem Gesichtsausdruck lag etwas in sich Ruhendes, Unaggressives, das Mariko sofort gefiel, auch konnte er mit den Augen lachen. Das halblange Haar trug er schlicht gescheitelt. Er trank Milch aus einem Kartonbecher und erklärte Mariko, daß er des Verkehrs wegen lieber zu Fuß als mit dem Fahrrad ging. Vor allem nachmittags sei die Ginza gestopft voll. Mariko erhielt eine gelbe Schirmmütze mit dem Namen der Zeitung, die ihr eine Nummer zu groß war. Die prallgefüllte Umhängetasche, die man ihr aushändigte, schien eine Tonne zu wiegen. In der U-Bahn machte sie Tetsu mit weiteren Einzelheiten vertraut. Jeder übernahm eine Straßenseite. Die Zeitungen wurden in die Briefkästen gesteckt, vor die Türen gelegt oder in den Empfangshallen am Schalter abgegeben.

»Die Abonnentenliste wirst du bald auswendig können. Auf die Dauer hat man die Namen im Kopf.« Mariko nickte, und versuchte, alles zu behalten. Sie verließen die U-Bahn an der Ginza-Station.

Die Luft war noch kühl. Die Straßen wurden mit Wasser besprengt, und die Coffeeshops öffneten einer nach dem anderen. Die Ginza ist die Straße der Luxusgeschäfte, der Banken, der Kaufhausgiganten und der großen Hotels. Die riesigen Leuchtreklamen waren jetzt erloschen, aber die Bürgersteige schon voller Leute, und Autoschlangen stauten sich vor den Verkehrsampeln. Tetsu zeigte Mariko, wo sie beginnen sollte, machte mit ihr einen Treffpunkt im Coffeeshop »Sakura« ab und wünschte ihr augenzwinkernd alles Gute.

Jetzt ging es los: Mariko lief von einem Gebäude zum anderen, fuhr mit Aufzügen 'rauf und 'runter, suchte die Namen an den Briefkästen. Sie verirrte sich in einem Kaufhaus, übersah eine Adresse und mußte noch einmal um den ganzen Häuserblock zurückrennen. Nach einer Stunde hatte sie die Zeitungen knapp zur Hälfte verteilt und sie spürte am ganzen Körper, was Niju-San unter »hartem Job« verstand. Sie war naßgeschwitzt, ihre Füße brannten, und ihre Kehle war ausgetrocknet. Als sie endlich ausgepumpt im »Sakura« ankam, fand sie Tetsu gemächlich beim Frühstück. »Nun, wie war's?«

Sie ließ sich erschöpft auf einen Stuhl fallen und strich sich das klebrige Haar aus dem Gesicht. »Ich bin total erledigt!«

»Beim ersten Mal ist das ganz schön anstrengend«, gab er zu. »Ich bin Handball-Spieler und dachte, ich sei durchtrainiert, aber nach dem ersten Arbeitstag bin ich auf allen Vieren nach Hause gekrochen. Nimmst du Kaffee mit Toast? Hier gibt es ausgezeichnete Marmelade.«

Mariko schielte sehnsüchtig nach seinem Frühstück, das sie sich nicht leisten konnte. »Ich habe keinen Hunger«, sagte sie standhaft, und bestellte einen billigen Sprudel.

»Wo gehst du zur Schule?« wollte Tetsu wissen.

Mariko wurde noch röter, als sie ohnehin schon war. Sie nannte rasch den Namen der Hochschule, die sie Shibata-San schon angegeben hatte.

Tetsu nahm einen Schluck Kaffee. »Und was willst du hinterher studieren?«

Mariko sagte, was ihr gerade in den Sinn kam. »Japanische Literatur.«

»Ich studiere Volkskunde«, sagte Tetsu. Er erzählte ihr, daß seine Mutter ihn dazu gebracht hatte: Sie war Expertin für traditionelle Textilien. Sein Vater war Dozent. Er hatte eine jüngere Schwester, Masumi, die ihr kleines Kaninchen so sehr liebte, daß sie Tierärztin werden wollte. Die Kellnerin stellte ihm einen Teller mit zwei Spiegeleiern vor die Nase, die Tetsu munter in Angriff nahm. Mariko lief das Wasser im Mund zusammen.

»Ich bin jetzt im fünften Semester«, fuhr er fort. »Mit dem Geld, das ich verdiene, leiste ich mir eine Studienreise nach Europa. Er sah Mariko wie hypnotisiert auf die Spiegeleier starren. »Willst du wirklich nichts essen?«

»Nein, danke!« Mariko wandte schnell die Augen ab. »Ich komm' immer gut ohne Frühstück aus.« Sie beneidete Tetsu um sein ungezwungenes Verhalten. Es gab nichts in seinem Leben, was er verheimlichen mußte. Sie hatte Angst, daß Tetsu ihr noch mehr persönliche Fragen stellen würde, und zog unauffällig den Ärmel ihres T-Shirts tiefer herunter, damit er ihre Narbe nicht sah. Sie durfte nicht die Rolle vergessen die sie zu spielen hatte: Sie war eine Schülerin, die ein Zuhause hatte und für Taschengeld jobbte. »Die Polizei ist bestimmt schon hinter mir her«, dachte sie. Ihr gegenüber war ein Spiegel. Sie betrachtete ihr kurzes ausgefranstes Haar und tröstete sich mit dem Gedanken: »Man wird mich nicht wiedererkennen!«

In der Küche füllte Takeo zum vierten Mal die Spülmaschine. Dann schrubbte er mit Seifenwasser den Fußboden, half Yasuo beim Abwaschen der Fische und Krustentiere und dem Zerkleinern des Gemüses. Bald kamen die ersten Gäste. Hitoshi, der Koch, stellte sich in weißem Kittel und Kochhaube hinter die Theke.

Takeo fühlte sich jetzt schon wie erschlagen. Trotz der Klimaanlage war es erstickend heiß in der Küche. Versehentlich stieß er mit dem Ellbogen eine Schüssel Garnelen vom Tisch, gerade als Sakini hereinkam. Sakini donnerte ihn an, drohte ihn unverzüglich zu entlassen. Verwirrt bat Takeo um Verzeihung, sammelte die Garnelen auf allen vieren wieder auf und spülte sie unter frischem Wasser ab. Kiku sprach wenig mit ihm, und auch nur, um ihm Anweisungen zu geben. Yasuo merkte seine Niedergeschlagenheit und sprach ihm Mut zu. »Aller Anfang ist schwer! Zuerst habe ich auch große Mühe gehabt. Hier wird viel gearbeitet, aber auch gut gegessen, nicht wahr, Kiku-San?«

Während Kiku ihr übliches Kichern hören ließ, zog sich Yasuo eine weiße Kellnerjacke über. Seitdem Takeo in der Küche mithalf, wurde er vermehrt im Restaurant eingesetzt.

»Mach dir nichts daraus, du wirst dich bald an alles gewöhnt haben«, sagte er ermutigend. »Übermorgen haben wir frei, dann gehen wir mal so richtig aus, und du kommst auf andere Gedanken. Übrigens ... hast du deiner Großmutter schon geschrieben?«

»Ich kam noch nicht dazu«, sagte Takeo kleinlaut, »aber ich werde heute noch schreiben.«

Erst abends nach zehn, als die Essenszeit vorüber war, hatte Takeo eine Stunde Zeit, um zu verschnaufen. Seine Muskeln schmerzten, und er stank nach Öl, wie ein Bratfisch. Er mußte zuerst mal eine Dusche nehmen. Dann setzte er sich auf seinen Futon und zog seinen Koffer zu sich heran. Nachdenklich betrachtete er seine Bücher und Hefte. Unglaublich! Vor einer Woche war er noch Schüler. Takeo wurde sich plötzlich bewußt, wie unbeschwert sein früheres Leben doch eigentlich gewesen war. Und jetzt? Wie lange würde das so weitergehen? Wochen? Monate? Jahre? Takeo seufzte abgrundtief. Immerhin verdiente er Geld. Bald konnte er seiner Großmutter die erste Postanweisung schicken. Yasuo hatte recht: er mußte ihr so schnell wie möglich Nachricht geben. Sie war bestimmt in Sorge um ihn. Er riß eine Heftseite heraus und bediente sich des Koffers als Schreibunterlage. Dann kaute er ratlos an seinem Kugelschreiber. Er wußte nicht, wie er beginnen sollte. Seine Kehle war wie zugeschnürt, und in seinem Kopf war ein schwarzes Loch. Aber es half alles nichts: Der Brief mußte geschrieben werden!

Marikos größte Sorge war, eine Unterkunft zu finden. Sie hatte zuerst an eine Jugendherberge gedacht, aber da würde man sie nach ihrem Paß fragen, was sie um jeden Preis vermeiden wollte. Um so erfreuter war sie, als Kiku ihr den Vorschlag machte, gegen einen mehr als bescheidenen Betrag doch bei ihr zu bleiben. Mariko dankte ihr mit ehrlicher Zuneigung. Sie fühlte, daß Kiku hinter ihrer gezierten Erscheinung voller Hemmungen war und unerfüllte Träume sie bedrückten. Ihre anfängliche Kühle war einem scheuen Entgegenkommen gewichen, das auf Freundschaft hoffte. Eines Abends, als Mariko ins Zimmer trat, saß sie auf ihrem Bett und strickte. Sie trug Lockenwickler und einen scheußlichen himbeerfarbenen Morgenrock.
»Ich bitte um Entschuldigung«, sagte Mariko an der Türschwelle.
»Komm nur herein«, sagte Kiku, »ich habe meinen freien Abend.«
Sie betrachtete Mariko über ihr Strickzeug hinweg. »Hast du schon was gegessen?«
Mariko schüttelte den Kopf. »Ich bin nur schrecklich müde. Darf ich eine Dusche nehmen?«

Kiku stand sofort auf. »Warte, ich gebe dir ein frisches Handtuch.«

Mariko ging sich duschen, und als sie einige Minuten später in T-Shirt und Bermudas wieder in den Raum kam, standen auf dem niedrigen Tisch eine Schale Nudelsuppe und Tee.

»Das ist aber wirklich nett von dir«, sagte Mariko. Sie war echt gerührt. Sie setzte sich mit untergeschlagenen Beinen und begann zu essen, während Kiku weiter strickte und ihr von Zeit zu Zeit einen verstohlenen Blick zuwarf. »Woher hast du denn die Narbe am Arm?« fragte sie plötzlich.

Mariko errötete und zog rasch den Ärmel ihres T-Shirts herunter. »Ich habe mich mit kochendem Wasser verbrannt.«

»Das war bestimmt sehr schmerzvoll«, meinte Kiku. »Bei uns in der Küche passiert das auch schon mal.« Mariko beeilte sich, das Gespräch zu wechseln, und stellte die erstbeste Frage, die ihr in den Sinn kam. »Was strickst du denn da?«

»Einen Schal. Für Yasuo«, fügte sie nach kurzem Zögern hinzu.

Der Schal war senfgelb. »Er wird ihm bestimmt sehr gefallen«, sagte Mariko, so überzeugend wie möglich. Kiku richtete ihren Blick starr auf das Strickzeug. Ihre Wangen glühten, und sie atmete schneller. Mariko spürte, daß sie ihren ganzen Mut zusammennahm, als sie die Frage stellte: »Wie lange kennst du Yasuo schon?«

»Weniger lange als du«, sagte Mariko. »Ich habe ihn erst durch Takeo kennengelernt.«

»Seine Mutter leitet eine Schiffswerft, nicht wahr?«

»Wer hat dir das denn gesagt?« fragte Mariko erstaunt.

»Er selbst«, erwiderte Kiku.

Mariko schwieg einige Sekunden lang. Takeo hatte ihr einiges über Yasuo erzählt, aber von einer Schiffswerft war niemals die Rede gewesen. Ihr war klar, daß Yasuo gelogen hatte. Aber vermutlich hatte er seine Gründe dafür, und schließlich ging sie die Sache nichts an. »Das kann schon sein«, antwortete sie ausweichend. Wieder Schweigen. Kiku klapperte verbissen mit den Nadeln. Auf einmal fragte sie: »Weißt du, ob er eine Freundin hat?« Die Frage sollte beiläufig klingen, aber Mariko merkte, wie Kiku den Atem anhielt. Sie fühlte plötzlich Mitleid mit ihr. Arme Kiku! »Das glaube ich nicht«, sagte sie beschwichtigend.
»Wirklich nicht?« fragte aufatmend Kiku. Ihre Hände zitterten.
Mariko lächelte sie an. Es war ein ruhiges, freundschaftliches Lächeln voller Verstehen. »Nein, ganz bestimmt nicht«, sagte sie mit Nachdruck.

Takeo konnte seinen ersten freien Nachmittag kaum abwarten. Yasuo hatte vorgeschlagen, ihm das Vergnügungsviertel Shinjuku zu zeigen. Endlich, nachdem sie die Küche aufgeräumt hatten, zogen sie los. Yasuo hatte seiner Rockertolle mit Brillantine nachgeholfen. Er trug eine Großvaterhose mit modischen Hosenträgern und spitze Lackschuhe. Takeo kam sich wie ein trauriger Provinzler neben ihm vor. Sie fuhren mit der U-Bahn bis nach Shinjuku. Takeo war überwältigt von der Vielzahl der Bars, Cafés, Jazzkneipen, Discos, Spielhöllen und Kinos. Alle Jugendlichen waren lässig gekleidet; jeder hatte irgendwelchen Blickfang an sich. Im Shinjuku-Park klang Rockmusik aus unzähligen Kassetten-Transistoren. Jungen und Mädchen in ausgefallenster Kleidung fanden sich zu tanzenden Gruppen zusammen. Unzählige Mopeds und Motorräder, schön wie Stahlrösser, parkten vor den schmiedeeisernen Toren. Takeo wußte nicht, wo er zuerst hinschauen sollte. Er war völlig durcheinander. »Mensch, diese vielen Motorräder! Wenn ich mal überschüssiges Geld habe, kaufe ich mir auch eins.«

»Aber den Führerschein kannst du erst mit achtzehn machen«, sagte Yasuo.

»Bis dahin habe ich sicherlich genügend Geld auf die Seite gelegt«, erwiderte Takeo. Es mußte ein großartiges Gefühl sein, auf so einer Maschine durch die lichtüberflutete Riesenstadt zu brausen!

Yasuo wiegte bedenklich den Kopf. »Ich dachte, du wolltest deine Großmutter unterstützen!«

»Das selbstverständlich!« Takeo schluckte nervös. »Aber ich möchte mir vielleicht später auch mal ein Motorrad leisten! Und auch so eine Lederkluft.«

Er zeigte auf einen Jungen im eng anliegenden schwarzen Lederdreß, der gerade den Stützfuß seiner Maschine senkte.

»Das kostet alles eine Menge Geld«, sagte Yasuo. »Aber es gibt auch Gelegenheitskäufe. Ich mache mir nicht viel aus Motorrädern«, fügte er hinzu. »Ich kaufe mir lieber mal einen Sportwagen, so ein richtig schnittiges Ding, denn ich werde bestimmt nicht mein ganzes Leben lang im ›Yoshinaya‹ arbeiten.«

»Sakini schätzt dich sehr«, sagte Takeo, der seine Beobachtungen gemacht hatte.

»Und vor allem Kiku.« Yasuo lachte. »Aber sie läßt mich völlig kalt. Sie hat Augen wie ein Kaninchen.«

Takeo stimmte in sein Lachen ein. Sie schlenderten weiter, und Yasuo fuhr fort: »Sakini soll sich keine Illusionen machen. Den Job behalte ich nur solange, bis ich etwas Besseres gefunden habe.«

»Nimmst du mich dann mit?« fragte Takeo hoffnungsvoll. »Ich will auch nicht hundert Jahre lang Sakinis Küche putzen!«

»Na klar«, sagte Yasuo. »Ich lasse dich schon nicht sitzen.«

Später bummelten sie durch einen der berühmten Kaufhausgiganten. Die Vielfalt und der Reichtum der ausgestellten Ware verwirrten Takeo derart, daß ihm fast schwindlig wurde. Das Warenhaus erschien ihm wie eine in sich geschlossene Wunderwelt, die Träume wahr werden ließ und alle Dinge, die das Leben lebenswert machten, vor seinen Augen ausbreitete. Ein ganzes Stockwerk nahmen allein die verschiedenartigsten Restaurants ein. Yasuo führte Takeo in eine Pizzeria. Takeo hatte noch nie eine Pizza gegessen, sie schmeckte ihm ausgezeichnet. Hinterher gingen sie ins Kino und sahen sich einen amerikanischen Krimi an, aber Takeo war nicht mit ganzer Aufmerksamkeit bei der Sache. Er rechnete sich aus, wieviel er sparen mußte, um sich mit achtzehn ein Motorrad zu leisten. Und natürlich brauchte er dann noch Geld für die Fahrerlaubnis. Und für die Ausrüstung. Und für Benzin. »Wenn ich meiner Großmutter etwas weniger schicken würde und den Rest auf die Seite legte«, dachte er plötzlich, und fühlte voller Scham seine Ohren rot werden. Aber der Gedanke ließ ihn von nun an nicht mehr los...

Doch sein anfänglicher Begeisterungsrausch verflog schnell. Was hatte er von einem einzigen freien Nachmittag in der Woche, wenn er sich in der übrigen Zeit von morgens bis abends abquälen mußte? Er war Junge für alles, er mußte sämtliche unangenehmen Arbeiten verrichten. Nachts kam er nie vor zwei Uhr ins Bett, und der Straßenlärm ließ ihn kaum zur Ruhe kommen. Sein einziger Trost war, daß er schon etwas Geld für ein Motorrad auf die Seite gelegt hatte. Sein Wunschtraum verfolgte ihn und verdrängte sogar den Gedanken an seine Großmutter. Yasuos Rat befolgend, hatte er ihr seine Adresse nicht angegeben. »Aber was geschieht, wenn sie plötzlich krank wird?« dachte er manchmal. »Oder wenn sie einen Unfall hat, wie das bei alten Leuten öfter vorkommt?« Nach langem Überlegen kam er zu dem Entschluß, ihr seine Adresse mitzuteilen. Schließlich war er jetzt schon mehr als einen Monat in Tokio: Sie hatte Zeit gehabt, sich mit der Tatsache abzufinden. Es verlangte ihn danach, eine Nachricht von ihr zu erhalten.

Mariko war in dieser Zeit ein gutes Stück gewachsen. Sie merkte es an ihren Jeans, die kürzer wurden. Sie kämmte sich das Haar jetzt aus der Stirn und ließ es im Nacken wieder lang werden. Sie hatte sich an den Streß gewöhnt, und war nicht mehr so müde wie zu Anfang. Oft dachte sie an Onkel Phil und Tante Martha. Es war mit Sicherheit anzunehmen, daß sie ihr Verschwinden der Polizei gemeldet hatten. Ob sie noch in Japan waren und auf das Ergebnis der Fahndung warteten? Mariko las jeden Tag aufmerksam die Zeitung durch, entdeckte aber nie eine Vermißtenanzeige, die auf sie zutraf.

Inzwischen war es August geworden. Die Luft war feucht und drückend heiß. Fast alle Japaner, die zur Arbeit gingen, hatten schon morgens ein blütenweißes Taschentuch in der Hand, mit dem sie sich den Schweiß vom Gesicht tupften. Nach Büroschluß saßen die Leute auf den Kaffeeterrassen, tranken kühles Bier oder Eistee. Männer und Frauen wedelten sich mit kleinen Fächern Kühlung zu.

Schüler und Studenten hatten jetzt Ferien, und nach der Arbeit traf Mariko häufig mit Tetsu zusammen. Er mußte herausgefunden haben, daß sie in Geldschwierigkeiten steckte, denn er lud sie öfter zum Essen ein. Sie hatte ihm erzählt, daß sie zur Hälfte Amerikanerin war, weil er sich über ihren Akzent wunderte. Sie spürte eine gewisse Neugierde in seiner zurückhaltenden Art: Mariko hatte den Eindruck, daß sie ihm rätselhaft vorkam. Er stellte aber keine direkten Fragen mehr, sondern versuchte durch seine eigene Offenheit ihr Vertrauen zu gewinnen. Mariko plauderte äußerlich unbefangen über die verschiedensten Dinge, die nicht von besonderer Bedeutung waren. Manchmal schämte sie sich ihrer ewigen Ausflüchte wegen, aber sie blieb ihrem Geheimnis treu. Sie fürchtete sich immer noch vor der Polizei. Wer weiß, was Onkel Phil und Tante Martha inzwischen unternommen hatten?

Sie setzte sich häufig im Ueno-Park unter einen Baum, um in aller Ruhe die Nachrichten durchzulesen. Oder sie verbrachte Stunden in Buchhandlungen, wo kein Kaufzwang bestand. Sie entwickelte plötzlich einen seltsamen Bildungsdrang und verschlang sämtliche Bücher und Zeitschriften, die ihr in die Hände kamen. In der letzten Zeit hatte sie weniger als früher über ihr Schicksal nachgedacht. Der Schmerz wurde gemildert durch das Gefühl innerer Distanz. Und je mehr sie dieses Losgelöstsein verspürte, desto stärker wurde in ihr das Bedürfnis, alles Erlebte in Worte auszudrükken. In ihr waren geheimnisvolle Kräfte am Werk, die sie nicht erklären konnte, aber um so deutlicher fühlte. Und so kaufte sie sich eines Tages einen Stoß Papier, wie ihn die Schüler für ihre Aufsätze brauchten, und einen Kugelschreiber. Dann suchte sie sich in der »Sakura« eine ruhige Ecke aus, bestellte ihren üblichen Sprudel und begann zu schreiben.

9

Als Yasuo an jenem Morgen mit einem Einkaufskorb beladen in die Küche kam, merkte er sofort, daß mit Takeo etwas nicht stimmte. Der Junge war dabei, die Schüsseln aus der Spülmaschine zu nehmen und wirkte wie geistesabwesend.

»Irgendwas nicht in Ordnung?« fragte Yasuo.

Takeo fuhr zusammen. Seine Hand stieß gegen die Spülmaschinentür. Eine Schüssel fiel auf den Boden, wo sie klirrend zerbrach.

»Mensch, bist du ungeschickt!« fauchte Yasuo. Er stellte den Einkaufskorb ab, nahm schnell Handfeger und Schaufel und kehrte die Scherben zusammen, während Takeo wie versteinert dastand.

»Ein Glück, daß Sakini noch nicht da ist.« Yasuo ließ rasch die Scherben im Mülleimer verschwinden.

»Willst du mir nicht endlich mal sagen, was los ist?«

»Ich ... ich habe einen Brief von meiner Großmutter gekriegt«, stammelte Takeo, mit bleichen Lippen.

»Ach so«, Yasuo knallte den Deckel des Mülleimers wieder zu. »Schlechte Nachrichten?«

»Sie mußte raus aus dem Haus und lebt jetzt in der neuen Wohnung. Sie war lange Zeit krank ...«

»Na ja, alte Leute sind empfindlich«, brummte Yasuo. »Zum Glück hat sie jetzt Nachricht von dir. Und du schickst ihr ja auch Geld.«

Takeo nagte nervös an seiner Unterlippe. »Sie befiehlt mir ... unverzüglich wieder nach Hause zu kommen.«

Yasuo warf ihm einen raschen Blick zu und kratzte sich am Kopf. »So. Und? Was hast du vor?«

Takeo wischte sich den Schweiß von der Stirn.

»Ich ... ich weiß eben nicht, wie ich mich entscheiden soll!«

»Leider kann ich dir da auch nicht helfen«, sagte

Yasuo achselzuckend. »Aber ich an deiner Stelle würde tun, was sie sagt.«

»Im Ernst?« Takeo starrte ihn an.

Yasuos antwortete freimütig, obgleich er dabei zögerte. »Ich habe das Gefühl, daß du innerlich noch nicht reif genug bist ...«

Für Takeo war das wie ein Schlag ins Kreuz. Wollte Yasuo ihn los sein? Er behandelte ihn wie einen Weichling, schlimmer noch, wie einen Versager. Er hatte eben ein bißchen Großstadtluft geschnuppert, und schon hieß es: »Marsch, zurück auf die Schulbank!« Die Lehrer würden ihn wie einen Vorbestraften behandeln und die Mitschüler sich totlachen. Und Großmutter... Bei dem Gedanken wurde ihm fast schlecht. Wie konnte er ihr nun wieder unter die Augen treten?

Yasuo schien zu ahnen, was in ihm vorging. Er lachte, und in seinem Lachen schwang etwas wie Geringschätzigkeit mit. »Du kannst ja mit der Kündigung noch warten, bis Sakini dir den Wochenlohn auszahlt. Bis dahin bleibt dir noch Zeit genug um zu überlegen.«

Takeo atmete auf. Yasuo hatte recht. Man sollte eine Entscheidung nie voreilig treffen. Und vielleicht fiel ihm bis dahin noch etwas Gescheites ein?

Yasuo begann seine Einkaufstasche zu leeren.

»Übrigens, Sakini hat mich heute nachmittag zu sich in die Wohnung eingeladen.«

»Was will der denn von dir?« fragte Takeo beunruhigt.

Yasuo zog die Schultern hoch. Soviel er wußte, hatte er sich nichts vorzuwerfen. »Keine Ahnung! Hoffentlich geht es um eine Lohnaufbesserung!«

Pünktlich um fünf stand er vor Sakinis Wohnungstür. Kiku machte auf. Sie trug – er merkte es sofort – eines ihrer besten Kleider: ein geblümtes Polyesterfähnchen, mit einem Spitzenkragen aus Nylon. Ihr Gesicht war rosa gepudert, die Lippen kirschrot nachgezogen. Als sie ihn mit gesenkten Augen ins Wohnzimmer bat, sah er ihre getuschten Wimpern. Yasuo zog seine Schuhe aus und folgte ihr. Das Wohnzimmer war mit Möbel vollgestopft. Auf dem Fernsehgerät stand ein Korb voller Wäsche, daneben ein Toaster und eine elektrische Kaffeemaschine. An den Wänden hing ein Kunterbunt von Fotografien, Öldrucken und Kalenderbildern. Neben einer scheußlichen Pariser Standuhr befand sich der kleine, in schwarz und gold gehaltene Schrein eines Familienaltars.

Sakini trug einen schwarzen Anzug mit tadellosen Bügelfalten, ein blütenweißes Hemd und eine gestreifte Krawatte. Er saß in kerzengerader, offizieller Haltung in einem gelbrotgeblümten Sessel. Er wies Yasuo einen Platz auf dem Sofa zu. Yasuo dankte mit einer verlegenen Verneigung. Beim Hinsetzen hörte er die Sprungfedern quietschen. Während sie über das Wetter redeten, hantierte Kiku in der Küche. Bald kam sie mit einem Tablett zurück und stellte zuerst vor ihrem Vater, dann vor Yasuo, eine Schale grünen Tee und eine Scheibe rosa Bohnenquark hin. Die Stimmung war höchst feierlich. Yasuo wagte sich kaum zu bewegen; als er einen Schluck Tee nahm, gurgelte die Flüssigkeit in seiner Speiseröhre. Kiku, die sich in der anderen Sofaecke niedergelassen hatte, preßte Handgelenke und Knie aneinander, aber eine eigentümliche Beharrlichkeit strömte von ihr aus.

Sakini räusperte sich mehrmals, bevor er endlich zu seinem Anliegen kam: Er sei seit neun Jahren Witwer. Das Geschäft ginge gut, aber er sei auch nicht mehr der Jüngste. Er hätte vor, sich in ein paar Jahren zurückzuziehen und seiner Tochter das Restaurant zu überlassen. Aber Kiku sei zu menschenscheu, um das Unter-

nehmen ohne Hilfe zu leiten. Er, Sakini, habe Yasuo
schon lange beobachtet und ihn als zuverlässigen,
intelligenten Mitarbeiter schätzen gelernt. Deswegen
beabsichtige er, falls Yasuo damit einverstanden sei,
ihn in Zukunft näher mit seinen Geschäften vertraut
zu machen und ihn als seinen Nachfolger auszubil-
den. Weil er aber dazu das Einverständnis von Yasuos
Familie brauche, sei es ihm eine Ehre, Yasuos Mutter
– die bekanntlich eine Schiffswerft leitete – sein
Anliegen persönlich vorzubringen. Darüber hinaus –
erneutes Räuspern – hätte Kiku schon lange erkennen
lassen, daß ihr Yasuo nicht gleichgültig sei. Natürlich
war es verfrüht, diese Angelegenheit jetzt schon zur
Sprache zu bringen, aber Yasuo sollte wissen, daß er
als Kikus Vater ihren Wünschen stets wohlwollend
entgegensah.

In Japan ist es nichts Außergewöhnliches, daß eine
Familie ohne männlichen Nachkommen den Schwie-
gersohn, der das Erbe übernimmt, faktisch »adop-
tiert«. Doch Yasuo war wie vor den Kopf geschlagen.
Sakinis Vorschlag hieß mit anderen Worten, daß er ein
Dach über dem Kopf hatte, ein geregeltes Einkommen
und Sicherheit. Aber es bedeutete auch, was er am
meisten haßte: ein vorprogrammiertes Dasein! Er
würde Kiku heiraten müssen und sein ganzes Leben
lang Gastwirt bleiben.

Seine Mutter – die nie eine Schiffswerft geleitet hatte
– wäre selbstverständlich entzückt, daß ihr wider-
spenstiger Sohn unter so glücklichen Umständen auf
einen grünen Zweig kam. Er aber saß hoffnungslos in
der Klemme. Genausogut hätte man ihm Handschellen anlegen können.

Er merkte, daß Sakini aufgehört hatte zu reden und
seine Antwort abwartete. Er warf einen flüchtigen
Blick auf Kiku: Sie hielt die Hände im Schoß und

blickte ihn in hoffnungsvoller Erwartung mit weich schimmernden Augen an. »Wie ein verstörtes Kaninchen!« ging es Yasuo durch den Kopf. Es war ihm fast übel vor Ablehnung. Aber er mußte etwas sagen. »Ich... ich danke Ihnen für Ihr großzügiges Anerbieten«, brachte er schwerfällig hervor. »Es ist eine große Ehre für mich, aber auch eine große Verantwortung. Darf ich mir einige Tage Bedenkzeit ausbitten?«

Sakini nickte heiter. »Selbstverständlich. Gut Ding will Weile haben. Ich stelle mit Genugtuung fest, daß Sie ein umsichtiger junger Mann sind, der sich nicht kopflos in eine Sache stürzt. Das ist gut, sehr gut sogar!« Er wackelte höchst zufrieden mit dem Kopf, während Kiku mit gefrorenem Lächeln ihre schmalen, feuchten Finger knetete.

»Ich danke Ihnen«, sagte Yasuo steif. Danach sprachen sie eine Weile von Belanglosigkeiten. Yasuo spürte, daß Kiku erwartungsvoll und hartnäckig seinen Blick suchte, doch er wich ihr ebenso hartnäckig aus. »Wie komme ich nur aus dieser Falle heraus?« dachte er, verzweifelt und wütend, doch ihm fiel nichts Gescheites ein.

Bleischwere Wolken verhängten den Himmel, und ein kühler Regen ließ die Straßen dampfen. Mariko hatte ihre Zeitungen ausgetragen und saß völlig durchnäßt im »Sakura«. Während sie auf Tetsu wartete, bedeckte sie voller Eifer einen Bogen nach dem anderen mit Schriftzeichen. Sie schrieb jetzt jeden Tag, es war ihr ein Bedürfnis geworden. Zuerst hatte sie nur ein Tagebuch führen wollen. Dann hatte sie die Notwendigkeit gespürt, die geschilderten Erlebnisse und Gefühle mit einem roten Faden zu verknüpfen. Sie hatte sich eine Hauptperson ausgedacht: Tama, eine Mädchengestalt, die niemand anderer war als sie selbst. Tama erlebte, was Mariko erlebt hatte, dachte was

Mariko dachte. Tama war ihr Spiegelbild, ihr zweites Ich.

Sie hatte Tetsu nie etwas davon erzählt und die Bogen immer rechtzeitig fortgeräumt, bevor er kam. Heute aber, ganz im Banne dessen, was sie schrieb, vergaß sie die Zeit, bis Tetsus Stimme sie plötzlich aufschreckte.

»Du machst deine Schulaufgaben mitten in den Ferien?«

»Ach, da bist du ja schon!« stammelte Mariko verwirrt.

»Ich habe sogar Verspätung. Der Regen macht alle Leute verrückt.« Tetsu stellte seine leere Tasche neben den Stuhl und zog seinen nassen Regenmantel aus. Er bestellte einen Tee, während Mariko versuchte, das Geschriebene mit der Hand zu verdecken. Tetsu merkte ihre Verlegenheit. Kleine Lachfalten bildeten sich um seine Augen. »Du brauchst keine Angst zu haben. Ich bin nicht indiskret.«

Mariko entspannte sich. Sie spürte auf einmal ein tiefes Vertrauen zu ihm. »Ich bin dabei, eine Begebenheit aufzuschreiben.«

»Ich wußte nicht, daß du schreibst«, sagte Tetsu.

Mariko mußte lachen. »Ich bin auch überrascht.«

Tetsu lachte ebenfalls, wobei seine Augen auf dem Papierstoß ruhten. Mariko ahnte die Frage, die er nicht zu stellen wagte. Einer plötzlichen Eingebung folgend, schob sie ihm die Blätter über den Tisch hin. »Du kannst ja mal einen Blick hineinwerfen!«

»Oh, danke, gern!«

Mariko schwieg. Sein freudiger Ausdruck war ihr nicht entgangen. Sie sah zu, wie er an seinem Tee nippte und zu lesen begann.

Mein Name ist Tama. Als einzelnes Werk der Schöpfung bin ich unendlich klein und unendlich groß zugleich. Im Bewußtsein meiner Menschen-

würde verweigere ich jede systematische Erniedri-
gung, jeden Zwangsgehorsam, jede Massenbewer-
tung...

Mariko sah, wie Tetsus Gesicht sich veränderte. Er
hob rasch die Augen, warf ihr einen erstaunten Blick
zu, und las dann weiter. Mariko rührte sich nicht. Eine
seltsame Geistesabwesenheit lag auf ihren Zügen.
Endlich hob Tetsu den Kopf. Ihre Augen begegneten
sich.

»Ist das deine Geschichte?« fragte er. Seine Stimme
klang eigentümlich rauh.

Sie nickte gelassen.

»Hast du deswegen diese Narbe am Arm?« Er hatte sie
also bemerkt. Mariko zog unwillkürlich den Ärmel
ihres T-Shirts herunter. »Dann bist du also jetzt keine
Schülerin mehr?«

Sie schüttelte stumm den Kopf.

»Und du mußt von dem leben, was du mit den
Zeitungen verdienst?«

Mariko hob lächelnd die Schultern. »So schlimm ist
das nicht. Ich komm' schon zurecht.«

»Aber wo wohnst du denn?«

Nach kurzem Zögern erzählte Mariko es ihm. »Du
wirst mich doch wohl nicht verraten?« setzte sie
beunruhigt hinzu.

»Wie käme ich dazu!« Tetsu betrachtete sie, als sähe
er sie zum ersten Mal. »Warum hast du mir nicht
schon längst davon erzählt?«

Mariko holte tief Atem. Alle Beklommenheit war von
ihr abgefallen. »Sei mir nicht böse. Ich mußte mich in
acht nehmen. Schließlich bin ich von zu Hause wegge-
laufen.«

»Das verstehe ich schon«, sagte er mit Wärme. Er
blätterte nachdenklich die Seiten durch. Plötzlich
schien er einen Entschluß zu fassen. »Hör zu. Mein

Onkel Nakamura ist bei der ›Sankei Shimbun‹ Redakteur. Meiner Ansicht nach sollte er das unbedingt mal lesen.«

Mariko fühlte, wie ihr das Blut in die Wangen stieg. »Im Ernst?«

Er nickte. »Ich bin zwar kein Literaturkritiker, aber immerhin kann ich sehen, ob etwas gut oder schlecht geschrieben ist. Wenn die Sache publiziert wird, kannst du ganz ordentlich Geld dabei verdienen, und brauchst nicht mehr das scheußliche Zeug da zu bestellen.« Er zeigte mit einer Grimasse auf ihren Sprudel.

Marikos Herz klopfte vor Aufregung. Sie wurde von verschiedenen Empfindungen hin und her gerissen.

»Aber er darf nicht wissen, daß das eine wahre Geschichte ist!« sagte sie schließlich.

»Natürlich nicht«, grinste Tetsu. »Also abgemacht? Kann ich das Manuskript mal haben?«

Mariko streckte schnell die Hand aus. »Warte! Ich muß es noch zu Ende schreiben!« Sie kicherte und wirkte plötzlich wieder wie die Fünfzehnjährige, die sie ja war. »Womöglich fällt mir zum Schluß überhaupt nichts mehr ein. Das wäre mir sehr peinlich deinem Onkel gegenüber!«

Es dauerte noch eine Woche, bis sie das Manuskript fertig hatte. Sie schrieb ausgeglichen, mit innerem Abstand von sich selbst und mit sorgsam erwogenen Worten. Sie schilderte schonungslos und sachlich das Auftauchen der Flugpiraten, die bangen Stunden des Wartens, die Strapazen, die Angst. Sie schilderte den Überfall des Polizeikommandos, die Panik im brennenden Flugzeug, den Tod ihrer Eltern. Sie schrieb aus der Erkenntnis heraus, daß die Wunden ihres Kummers verheilten und die Erinnerung sich von ihr zurückzog wie das Meer bei Ebbe. Bis vor kurzem noch hatte sie manche Erinnerung vor der Pforte ihres Bewußtsein erstickt, jetzt fühlte sie sich endlich stark genug, um das Erlebte ohne Scheu zu überdenken. Und als sie eines Abends die Augen vom fertigen Manuskript hob, wußte sie, daß sie erlöst und bereit war, mit neuer Hoffnung in die Zukunft zu blicken.

Am nächsten Morgen übergab sie Tetsu das Manuskript.

»Ich habe meinen Onkel schon angerufen und ihm von dir erzählt«, sagte dieser. »Er ist sehr gespannt, deine Geschichte zu lesen.«

»Er sollte seine kostbare Zeit nicht dafür verschwenden«, Mariko parodierte schelmisch lächelnd die japanische Höflichkeit.

Tetsu stimmte in ihre Fröhlichkeit ein, indem er leichthin erwiderte: »Der wird schnell entscheiden, ob es ihn interessiert oder nicht. Im schlimmsten Fall ändert sich nichts für dich, und du mußt weiterhin Sprudel trinken!«

»Yasuo, bitte! Komm doch mal 'rauf!« Kiku stand auf der Treppe vor der Wohnungstür und winkte ihn zu sich. Yasuo setzte ein gefrorenes Lächeln auf. In den letzten Tagen wußte er nicht mehr, wie er sich ihr gegenüber verhalten sollte, ihr bloßer Anblick machte ihn nervös. Sie hatte eine Art, ihn mit ihrem Blicken zu verfolgen, die ihn auf die Palme brachte.

»Komm!« wiederholte sie halblaut.

Er stieg schleppend die Stufen hinauf. Was wollte sie nur von ihm? Ihn küssen? Yasuo hatte Sakini vor einer halben Stunde weggehen sehen. Es widerstrebte ihm zutiefst, mit Kiku allein zu sein. Doch es blieb ihm nichts anderes übrig, er mußte ihrer Aufforderung Folge leisten.

»Ja, Kiku-San?« sagte er freundlich.

Sie winkte ihn in die Wohnung und schloß lautlos die Tür hinter ihm. Sie trug eine Bluse mit roten Punkten, einen dunkelblauen Faltenrock und Pantoffeln mit rosa Schwanenflaum. Ihre Augen leuchteten.

»Ich habe eine Überraschung für dich!«

»Eine Überraschung?« wiederholte er verwundert. Erst jetzt sah er, daß sie ein kleines Paket in der Hand hatte; es war nach japanischer Sitte in ein viereckiges Stück buntbedruckter Baumwolle eingewickelt. Mit feierlicher Miene wickelte sie das Päckchen auf und überreichte Yasuo einen senfgelben Wollschal. Yasuo traute seinen Augen nicht. Einen Wollschal – mitten im Sommer – und dazu noch senfgelb! »Vielen Dank!« stammelte er blöde. »Er ist wunderschön!«

»Ich hab' ihn für dich gestrickt«, sagte Kiku, mit bescheidenem Stolz. »Lege ihn mal um!« Sie nahm ihm den Schal aus der Hand, stellte sich auf die Zehenspitzen und wickelte ihm das scheußliche Ding um den Hals. Dabei kam sie so nahe an ihn heran, daß er ihren Atem spürte. Ihre Locken, die sein Kinn streiften, rochen nach Haarfestiger und Bratfett. Er wich unwillkürlich ein wenig zurück.

»Ich glaube, er steht dir gut!« flüsterte sie. »Komm, schau doch mal selbst!«

Sie packte ihn an seiner Hand und zog ihn vor einen Spiegel. Ihre Handflächen waren kalt und feucht. Yasuo betrachtete sich mit dem Schal und kam sich vor wie mit einem Strick um den Hals. Sein Blick schweifte zu Kiku hinüber. Mit ihren bebenden Nasenflügeln, ihren glänzenden runden Augen erinnerte sie ihn mehr denn je an ein Kaninchen.

»Bald werde ich noch mehr Sachen für dich stricken«, tuschelte sie aufgeregt. »Hast du schon mit meinem Vater gesprochen?«

Yasuo stand da wie gelähmt. Wie meinte sie das?
Plötzlich ging ihm ein Licht auf. Etwas schien in
seinem Kopf zu explodieren. »Ich... ich habe noch
keine Entscheidung getroffen!« stieß er hervor.
Kiku wandte sich vom Spiegel ab und starrte ihn an.
Ihre Augen begannen eigenartig zu flackern.
»Aber du hast mir doch versprochen...«
»Ich... dir etwas versprochen?« rief Yasuo, ehrlich
bestürzt. »Da irrst du dich gewaltig. Ich habe nur
gesagt, daß ich mir die Sache überlegen will.«
Kiku stampfte plötzlich mit dem Fuß. »Dann hast du
mich belogen!«
»Wie käme ich dazu? Nein bestimmt nicht!« Yasuo
wußte nicht mehr, wo ihm der Kopf stand. »Ich würde
mich doch erinnern, wenn ich dir etwas versprochen
hätte.« Er hatte das Gefühl, daß Kiku ihm gar nicht
zuhörte. Sie preßte die zitternden Hände an die Ohren.
»Du weißt, wie ich deinetwegen leide, aber das ist dir
egal. Alles ist dir egal!«
»Aber nein!« wiederholte Yasuo mit schwacher Stimme. »Es ist mir sicher nicht egal. Bitte, wein' doch
nicht!« Ihm war, als ob der Schal ihn erstickte, und er
riß sich nervös das kratzende Ding vom Hals. Das war
das Ungeschickteste, was er tun konnte. Kiku brach in
Schluchzen aus. »Du bist ein Lügner, ein Dieb!«
»Kiku... bitte, beruhige dich doch! Es ist ein Mißver-
ständnis. Ich habe doch nie...« Er versuchte, ihre
Hände zu ergreifen, doch sie riß sich los, rannte
schluchzend in ihr Zimmer und schlug die Tür hinter
sich zu. Während Yasuo fassungslos dastand, hörte er
schwere Schritte die Treppe heraufkommen. Die
Wohnungstür flog auf. Sakini stand schnaufend, mit
rotgeschwollenen Adern, auf der Schwelle. Er mußte
das Geschrei mitgekriegt haben. »Was geht hier vor?«
schnauzte er Yasuo an.

Takeo saß mit untergeschlagenen Beinen auf der Matte und nähte einen Knopf an sein einziges Hemd. Sie hatten heute Ausgang. Yasuo wollte mit ihm in eine neue Disco gehen. Takeo liebte den Trubel, die dröhnende Musik, die Licht- und Schattenspiele, die alle Gesichter verzauberten. Er hatte schon gemerkt, daß mit Yasuo etwas nicht stimmte. Seine ganze Sorglosigkeit war dahin: Er sprach nur so viel wie nötig und kein Wort mehr. Takeo wagte nicht zu fragen, was los war; er hoffte, daß Yasuo es ihm heute erzählen würde. Er selbst hatte sich eigentlich auch in eine verzwickte Lage gebracht. Immer, wenn er an seine Großmutter dachte, plagte ihn das schlechte Gewissen. Sie hatte ihn vielleicht nötig. Er konnte ihr beim Einrichten der Wohnung helfen, für sie einkaufen und kochen. Aber dann mußte er auch wieder zur Schule gehen, und der Traum vom Motorrad war endgültig vorbei. Takeo hatte sich bei einem Händler erkundigt. Er konnte die Maschine schon jetzt bestellen, sie auf Abzahlung kaufen, und wenn er 18 war, seinen Führerschein machen. Takeo biß den Faden ab und seufzte. Es war wirklich zum Heulen!

Er streifte sein T-Shirt über den Kopf, zog sein Hemd über und knöpfte es zu. Wo steckte nur Yasuo? Endlich hörte er seine Schritte im Treppenhaus. Die Tür ging auf, und Yasuo kam herein. Takeo zog hastig frische Socken an.

»Gehen wir?« wollte er fragen, aber er brachte kein Wort über die Lippen. Yasuo war ganz rot im Gesicht, seine Backenknochen traten spitz und hart hervor. Entgeistert sah Takeo zu, wie er seinen Rucksack unter der Kommode hervorzog, die Schranktür aufstieß und alle Kleidungsstücke von den Bügeln riß.

»Was ist denn los mit dir? Hast du den Verstand verloren?« stieß Takeo plötzlich hervor. Yasuo wühlte in einer Schublade herum und knallte sie wieder zu.

»Ich haue ab... verlasse diesen Laden. Du kannst von mir aus bleiben, wenn dir danach ist. Sieh zu, wie du fertig wirst!«

»Hast du dich mit Sakini verkracht?« fragte Takeo, voller Schreck. Yasuo gab keine Antwort. Takeo schluckte hilflos. »Hat er dich rausgeschmissen?«

Yasuo warf ihm einen vernichtenden Blick zu. »Ich habe gekündigt, und zwar ab sofort. Er hat mir meinen Lohn schon ausgezahlt.«

Takeo fiel die Kinnlade herunter. »Aber warum denn?«

Yasuo stopfte Zahnbürste, Rasierapparat und Frisiercreme in seinen Toilettenbeutel, warf ihn in den Rucksack und zog die Schnalle zu.

»Er wollte, daß ich seine Tochter heirate und später sein Nachfolger werde. Um Zeit zu gewinnen, habe ich ihm gesagt, daß ich mir die Sache überlegen wollte. Inzwischen hat sie sich wer weiß was für Illusionen gemacht. Als ich ihr sagte, daß ich mich noch nicht festlegen wollte, kriegte sie einen hysterischen Anfall.«

Takeo konnte es nicht fassen. »Aber du warst doch immer so nett zu Kiku-San.«

Yasuo zeigte grimmig seine Zähne.

»Das ist es ja eben. Sie hat sich eingebildet, ich wäre in sie verknallt und wollte, daß der Herr Papa mich kauft, genauso wie einen Fox-Terrier!«

Er hob seinen Rucksack auf und schnallte ihn um.

»Ich kann hier nicht mehr bleiben, verstehst du? Ich werde mir was anderes suchen. Du kannst machen, was du willst. Du hast ja nichts mit der Sache zu tun.«

Takeo stand wie gelähmt da. Er mußte einen Entschluß fassen und zwar sofort. Was tun? Abhauen oder hierbleiben? Plötzlich kam ihm der Gedanke, daß dies ein Wink des Schicksals sein konnte. Er holte tief Luft. Also gut. Er würde zu seiner Großmutter zurückkehren. »Warte!« rief er, und begann hastig seine Sachen in den Koffer zu werfen.

Yasuo ließ den Rucksack von der Schulter gleiten. »Überleg dir das gut. Ich habe keine Ahnung, was ich jetzt machen werde.«

»Ich fahre morgen früh wieder zurück«, sagte Takeo entschieden.

Yasuo schwieg eine Weile, dann nickte er düster. »Du hast recht, das ist sicher das Beste für dich.« Auf einmal erhellte sich sein Gesicht. »Weißt du was? Wir machen uns einen schönen Abend und feiern Abschied!«

Takeo schnippte plötzlich mit den Fingern. »Du, Sakini schuldet mir noch den Wochenlohn!«

»Dann geh doch hin und laß ihn dir auszahlen. Ich glaube, Sakini sitzt unten in der Bar.«

Nachdem Takeo seinen Koffer gepackt hatte, ging er ins Restaurant, das um diese Zeit noch geschlossen war. Sakini saß mit finsterer Miene auf einem Barhocker und trank Sake. Kiku war nicht zu sehen. Takeo räusperte sich.

Sakini drehte sich schwerfällig um. »Nun?« fragte er barsch.

Takeo verneigte sich und stammelte unter Entschuldigungen, daß er die Stelle aufgeben wolle.

»So« brummte Sakini, »dann willst du also auch mit deinem Freund, dem Taugenichts, verschwinden?« Er goß sich ein Schälchen Sake ein und leerte es in einem Zug. »Er hat keine Spur Ehrgefühl im Leib. Er lügt und betrügt und denkt nur an seinen eigenen Vorteil.«

Takeo ließ ihn sich seinen Grimm von der Seele reden. »Ich fahre wieder zurück in mein Dorf«, sagte er schließlich.

»Das ist sehr vernünftig.« Sakini fuhr sich mit der Hand über die feuchten Lippen. »Da kommst du wenigstens nicht unter die Räder.«

»Ich wollte Ihnen danken«, sagte Takeo. »Sie sind sehr großmütig zu mir gewesen.«

Sakini wackelte düster mit dem Kopf. »Ist schon in Ordnung.«

Schweigen. Takeo stand da und wartete. Er brachte sein Anliegen nicht über die Lippen. Doch Sakini war feinfühliger, als er aussah. »Ach ja«, brummte er, »ich schulde dir noch deinen Wochenlohn...«

Er zog seine Brieftasche hervor und suchte einige Geldscheine heraus. »Da, steck das ein und fahr nach Hause. Und nimm dich vor Yasuo in acht. Er wird dich ins Verderben stürzen.«

»Sakini hat recht«, dachte Takeo. »Yasuo hat Kikus Sympathie für ihn ausgenutzt, um seine Zwecke zu erreichen. Aber wenn es um Pflichten geht, dann drückt er sich lieber.«

Er verneigte sich und dankte für das Geld.

Sakini winkte ab. »Viel Glück«, knurrte er. »Und denk daran: Man kann nur seiner eigenen Familie trauen.«

Takeo ließ ihn mit hängendem Kopf an der Bar sitzen und ging nach oben, wo Yasuo ungeduldig auf ihn wartete.

»Hat er das Geld herausgerückt?«

Takeo nickte. »Er ist schon halb besoffen.«

Yasuo hob die Schultern. »Er ist ein Schafskopf.«

»Du bist ungerecht«, sagte Takeo vorwurfsvoll. »Du hast ihn schwer enttäuscht.«

»Das ist sein Problem«, Yasuo warf ärgerlich seinen Rucksack über die Schulter. »Los, komm! Ich habe keine Ahnung, was morgen sein wird, aber heute gehen wir zuerst mal in eine Disco!«

10

Sie nahmen die U-Bahn bis zum Stadtviertel Shibuya und stellten ihr Gepäck in einem Schließfach am Bahnhof unter. Yasuo war auffallend gesprächig, Takeo genauso auffallend still. Er fühlte sich vollkommen niedergeschlagen. Jetzt hatten sie weder einen Job noch eine Unterkunft. Es war ihm ein Rätsel, wie Yasuo das so auf die leichte Schulter nehmen konnte. Diese Nacht wollten sie sich um die Ohren schlagen. Morgenfrüh würde Takeo mit dem ersten Zug nach Hause fahren. Yasuo schlug vor, ins »Birdland«, eine neu eröffnete Discothek, zu gehen. Das Lokal befand sich in einer engen Straße voller Night-Clubs und Bars. Eine Treppe mit lila Spannteppich führte in ein Gewölbe, in dem ein Gewirr echter und künstlicher Pflanzen einen Urwald darstellen sollte. Einige buntschillernde, angekettete Papageien krochen träge über die Äste, krächzten mißgelaunt und plusterten ihr Gefieder auf. Aus einer Stereoanlage klang eine geballte Rockladung. Es waren noch nicht viele Leute da.
Sie setzten sich zuerst mal an die Bar, und Yasuo bestellte für beide Sake. Takeo warf ihm einen erstaunten Blick zu: Sake durfte in öffentlichen Lokalen an Schüler nicht ausgeschenkt werden. Aber die reizvolle Kellnerin – sie trug nur einige gelbe Federn als Büstenhalter und dazu einen Tanga-Slip – brachte ihnen mit betörendem Lächeln ein Kännchen Sake mit zwei Keramikschälchen und füllte sie randvoll. Yasuo sah Takeos verdutztes Gesicht und schlug ihm lachend auf die Schulter.
»Nun trink doch! Heute ist ein besonderer Tag!«
Er kippte sein Schälchen herunter. Takeo tat es ihm nach und verschluckte sich ein wenig. Der Wein stieg ihm in die Nase, und er mußte niesen. Yasuo blinzelte

der Kellnerin amüsiert zu. Eine angenehme Wärme stieg in Takeo hoch. Der Wein hatte gerade die richtige Temperatur und schmeckte süßlich. Die Kellnerin lächelte ihn an und füllte das Schälchen aufs neue. Bald röteten sich Takeos Wangen. Der Sake machte ihn schläfrig, und die Musik hämmerte in seinen Ohren. Er blinzelte in das grünlich aufzuckende Licht und bemerkte, daß immer mehr Leute kamen. Einige tanzten, andere setzten sich an die Bar. Takeo fielen die Augen zu, aber es war zu dumm, jetzt einzuschlafen und außerdem, wo sollte er sich hinlegen?

Yasuos Lippen bewegten sich. Der Musik wegen verstand Takeo kein einziges Wort, und nickte nur benommen. Yasuo stand auf und ging mit leicht schwankenden Schritten auf einen jungen Mann zu, der unweit von ihnen auf einem Barhocker Platz genommen hatte. Er hatte ein grobkantiges, hübsches Gesicht und kurzgeschnittenes Haar, trug einen schwarzen Anzug, ein ebenfalls schwarzes Hemd und dazu eine weiße Krawatte. Takeo fand die Aufmachung totschick. Der Fremde nickte Yasuo zu, und dieser setzte sich neben ihn. Takeo wunderte sich, daß Yasuo hier jemanden kannte. Die herbeigerufene Kellnerin füllte zwei Gläser mit Eiswürfeln und goß Whisky hinein. Yasuo und der Fremde ließen die Gläser klingen, und sprachen dann lebhaft miteinander. Yasuo schlürfte seinen Whisky wie Himbeersaft und Takeo fragte sich, wie er es wohl fertigbrachte, nicht von seinem Hocker zu kippen. Die Hitze stieg ihm immer mehr zu Kopf. Seine Lider wurden schwer wie Blei. Das Pulsieren des Schlagzeuges vermischte sich mit dem Rauschen des Blutes in seinen Ohren. Das grüne Licht vor seinen Augen wurde zu flimmerndem Nebel, Formen und Schatten vermischten sich. Er stützte den Kopf auf die verschränkten Arme, fühlte voller Behagen, wie das Licht sich in Dunkel verwandelte, der Lärm in Stille, die Müdigkeit in Schlaf...

Schlagartig überfiel ihn wieder das Dröhnen der Musik. Jemand schüttelte ihn.

»Los, wach auf!... Nun wach doch endlich auf!«

Er hob den Kopf, sah vor sich einen undeutlichen Umriß, der sich in Yasuos Gesicht verwandelte.

»Der ist total blau«, sagte eine Stimme.

Takeos Augen klärten sich. Er erkannte den Fremden mit der weißen Krawatte wieder, der ihm den Rauch seiner Zigarette ins Gesicht blies. Takeo schluckte den Qualm und hustete gequält. Yasuo zog ihn am Ärmel. »Nun komm schon!« sagte er ungeduldig.

Takeo stand taumelnd auf und ergriff seinen Koffer.

»Wo... wohin gehen wir?«

»Zu mir«, sagte der Fremde träge. »Mein Name ist Kasigi. Ihr könnt bei mir schlafen.«

Takeo staunte. Yasuo hatte eine unwahrscheinliche Gabe, sich immer wieder aus der Klemme zu ziehen. Takeo war darauf gefaßt gewesen, den Rest der Nacht in einem U-Bahn-Wartesaal zu verbringen, und schon tauchte dieser Kasigi auf und nahm sie mit.

Sie verließen das Lokal. Mitternacht war längst vorbei, aber die Luft war noch warm und stickig. Yasuo und Kasigi gingen voran mit schnellen Schritten, während Takeo gähnend und benommen hinterher trottete.

Kasigi wohnte in der zehnten Etage eines häßlichen Hochhauses. In seinem Studio herrschte eine Riesenunordnung. Berge von Wäsche und ungebügelten Hemden lagen neben schmutzigen Aschenbechern und Stapeln von Comics und Porno-Heften. Auf allen Möbeln standen elektrische Geräte: Fernseher, Toaster, Ventilator, Kassetten-Recorder und Stereoanlage. In der Kochnische türmten sich ungespülte Schüsseln, Schalen und Gläser. Es war ungelüftet und stank nach kalter Asche und Sojasauce.

Kasigi zog muffigriechendes Bettzeug aus einem Wandschrank. Als Takeo die Decken geradezog, sah er, daß sicherlich schon einige Leute darin geschlafen hatten. Hustend und räuspernd gingen sie ins Badezimmer. Die Wanne rostete, das Klo war unsauber, und schmutzige Wäsche quoll aus einem Plastikbehälter. Sie sprachen nicht viel, während sie sich auszogen und hinlegten. Bei Yasuo schien der Whisky zu wirken, denn er sah wie benebelt aus. Kasigi rauchte noch fünf Zigaretten, bevor er anfing zu schnarchen. Takeo lag noch eine Weile wach und lauschte auf die fremden Geräusche. Die Klospülung tropfte, und irgendwo schrie ein Säugling. Er starrte in die grünen Leuchtziffern eines Radioweckers, bis ihm endlich die Augen zufielen, und er einschlief.

Stimmengeräusche weckten ihn. Er hatte furchtbare Kopfschmerzen und einen häßlichen Geschmack im Mund. Als er sich stöhnend aufrichtete, verspürte er Brechreiz. Sein Blick fiel auf Kasigi und Yasuo, die vor einem niedrigen Tisch auf dem Boden saßen und Nescafé tranken. Sie grinsten ihn an.

»Gut geschlafen?« fragte Yasuo.

»Wie... wie spät ist es?« lallte Takeo.

»Du ahnst es nicht!« Yasuo wies auf den Radiowecker.

Takeo warf erregt seine Decke zurück. »Schon halb elf! Aber ich wollte doch den Zug nehmen...«

»Immer mit der Ruhe«, sagte Yasuo. »Jetzt trinkst du erst mal einen Kaffee.«

Er ging in die Kochnische und setzte Wasser auf, während Takeo ins Badezimmer torkelte. Als er sich mit Kasigis Handtuch das Gesicht abtrocknete, hörte er die beiden einige Worte wechseln, dann schlug eine Tür zu. Takeo kämmte sich und trat aus dem Badezimmer. »Wo ist Kasigi?«

»Weggegangen«, sagte Yasuo. Er schüttete Kaffeepulver in eine Tasse, goß dampfendes Wasser darauf und schob sie Takeo über den Tisch. Takeo rührte Zucker hinein und nahm vorsichtig einen Schluck. »Ich fühle mich komisch...« murmelte er.

»Kein Wunder«, sagte Yasuo. »Du warst stockbesoffen.«

Takeo errötete und wechselte schnell das Thema. »Wer ist denn eigentlich dieser Kasigi?«

Yasuo warf ihm einen Seitenblick zu und begann – anscheinend grundlos – zu kichern. Dann beugte er sich zu ihm hinüber und flüsterte: »Er ist ein Yakusa.«

Takeo blieb die Spucke weg. Yakusas waren Gangster, die von der Polizei zwar bekämpft, aber bis zu einem gewissen Grad auch geduldet wurden. Sie waren in Sippen eingeteilt, und befaßten sich mit Spielhöllen, Pornoshops, Massagesalons und Schmuggel, aber sie machten sich im Gegensatz zur europäischen Gaunerwelt nie an Privatpersonen heran. Das Oberhaupt einer Sippe war der »Oyabun«, dem jedes Mitglied bedingungslosen Gehorsam schuldete. Wollte ein Yakusa seine Sippe verlassen, um wieder ins bürgerliche Leben einzusteigen, mußte er dem Oyabun seinen amputierten kleinen Finger als Pfand hinterlassen. Takeo hatte öfters solche Gangster im Fernsehen gesehen, wäre aber nicht mal im Traum darauf gekommen, daß er selbst so einen zu Gesicht bekommen würde. Ein Schauer lief ihm über den Rücken: Er fühlte sich zugleich abgestoßen und fasziniert. Wenn das seine Großmutter wüßte! »Woher kennst du den denn?«

»Kasigi stammt auch aus Kambara. Als Kinder haben wir zusammen gespielt, dann ist er mit seiner Mutter nach Tokio gezogen. Wir haben uns zufällig wieder getroffen. Er sagte, ich sollte mich bei ihm melden, wenn ich Schwierigkeiten hätte und gab mir die Adresse vom ›Birdland‹. Die Disco gehört seinem Oyabun.«

Takeo schlürfte seinen Kaffee. Das heiße, bittere Getränk tat ihm wohl. Er konnte wieder klar denken.

»Dann war es also kein Zufall, daß du ihn da getroffen hast?«

»Wie meinst du das?« Yasuo blinzelte ihm zu. »Die Yakusa sind besser als ihr Ruf«, fuhr er fort, als Takeo betroffen schwieg, »und Kasigi ist nicht Jack The Ripper! Er will mir weiterhelfen, bis ich einen neuen Job gefunden habe.«

»Ach so?« sagte Takeo mißtrauisch. Die Sache gefiel ihm nicht. Yasuos Lachen klang etwas gekünstelt.

»Mach doch nicht so ein Gesicht, ich geh schon nicht auf den Strich!« Unwillkürlich senkte er die Stimme. »Hör zu, du weißt, daß Aufputschtabletten rezeptpflichtig sind. Aber viele Leute sind ganz wild danach. Wenn ihnen ihre Gesundheit so wenig wert ist, daß sie ihr Geld für Muntermacher ausgeben, geht uns das nichts an. Die Yakusas besorgen ihnen das Zeug. Aber die Polizei geht ziemlich hart gegen den Mißbrauch von Amphetaminen vor, deswegen verzichten sie lieber auf Zwischenhändler und befördern die Ware durch zuverlässige Privatpersonen. Kasigi schlug mir vor, da eine Weile mitzumachen. Man kann ganz schön dabei verdienen.«

»Aber wenn die Polizei dich erwischt!«

»Ach, quatsch!« Yasuos Stimme klang gereizt. »Die Polizei merkt überhaupt nichts. Kasigi bringt mir das Zeug. Namen und Adresse der Kunden muß ich auswendiglernen. Für jeden Botengang kriege ich eine Provision.« Er nannte eine Summe, und Takeo riß die Augen auf.

»Aber das ist ja eine Menge Geld!«

»Natürlich, du Einfaltspinsel!« Yasuo grinste. »Das ist mehr, als wir in einer Woche bei Sakini verdienten! Das lohnt sich doch, findest du nicht auch?«

Takeo nickte, völlig erschlagen.

Yasuo fuhr fort: »Ich mache das zwei oder drei Monate lang, lege das Geld auf die Seite und suche mir inzwischen in aller Ruhe einen Job. Kasigi hat gesagt, daß ich bei ihm wohnen kann. Er ist wenig zu Hause und schläft öfter bei Freunden.«

Takeo nagte nervös an seiner Unterlippe. In ihm tobten die gegensätzlichsten Empfindungen. Er mußte wieder das tun, was er am meisten haßte, eine Entscheidung treffen. Entweder fuhr er heute nach Kambara zurück, oder er blieb hier und machte mit. Während er noch überlegte, stand Yasuo auf und stellte die Tassen in das Spülbecken. Er ließ heißes Wasser hineinlaufen und trocknete sie sorgfältig ab.

»Um drei treffe ich mich mit Kasigi im ›Birdland‹. Bis dahin habe ich nichts zu tun. Wenn du willst, gehe ich mit dir zum Bahnhof. Mensch, bist du taub?« rief er, als Takeo keine Silbe von sich gab.

Dieser holte tief Luft. »Ob Kasigi wohl was dagegen hätte, wenn ich mitmachen würde?«

Yasuo starrte ihn vom Spülbecken aus an. »Sag mal, spinnst du?«

Takeos Worte überschlugen sich jetzt. »Ich... ich habe mir die Sache durch den Kopf gehen lassen. Weißt du, es hat keinen Zweck, daß ich jetzt nach Hause fahre. Ich habe sowieso schon zuviel von diesem Schuljahr verpaßt. Einige Monate mehr oder weniger spielen keine Rolle. Am besten fange ich gleich im Frühling wieder an und wiederhole das Jahr.«

Yasuo schnalzte leicht mit der Zunge. »Aber deine Großmutter...«

Takeo sah zu Boden. »Ach, ich komm' schon mit ihr zurecht. Außerdem braucht sie ja nicht zu erfahren, daß ich nicht mehr für Sakini arbeite...«

»Ich kann dir da keinen Rat geben«, sagte Yasuo im abweisenden Ton. »Du mußt selbst wissen, was du tust.«

Takeo schämte sich seiner eigenen Feigheit wegen, aber er konnte der Versuchung nicht widerstehen. »Es kommt jetzt nur noch darauf an, ob Kasigi mich will.«

Yasuo betrachtete ihn ausdruckslos. Schließlich sagte er achselzuckend: »Wir können ihn ja mal fragen!«

Takeo hatte von Anfang an das Gefühl, daß Kasigi nicht viel von ihm hielt. Sie saßen im »Birdland«. Kasigi trank Bier und qualmte ihnen ins Gesicht, während Yasuo ihm erzählte, was für ein toller Kerl Takeo sei, mutig nach alter Väter Sitte und obendrein verschwiegen wie ein Grab. Lauter Gerede, das Kasigi offenbar nicht ernstnahm, denn ein geringschätziges Lächeln umspielte seine Lippen. Seine Augen, hart und scharf wie Glassplitter, waren immerzu auf Takeo gerichtet. Dieser wußte nicht, wohin mit den Händen geschweige denn mit dem Blick. Schließlich nickte ihm Kasigi distanziert zu. »Na ja, wir können es ja mal versuchen.« Sein Grinsen löste bei Takeo ein unbehagliches Gefühl aus. Immerhin war er erleichtert, sein Ziel erreicht zu haben. Er dankte Kasigi überschwenglich, doch dieser winkte ungehalten ab. »Spar dir die Worte und sperr lieber deine Ohren auf!« In der nächsten halben Stunde erfuhren sie eine Menge Einzelheiten über den Handel mit Aufputschmittel. Weil Amphetaminen Müdigkeit und Abgespanntheit vertreiben, die geistige Tätigkeit steigern und ein künstliches Wohlbefinden verschaffen, waren sie bei Musikern und Schauspielern sehr beliebt. Auch wurden sie viel von Leuten eingenommen, die in Nachtlokalen zu tun hatten oder in Spätschichten arbeiteten. Aber die Tabletten verführten schnell zur Abhängigkeit. Wurde das Mittel einmal abgesetzt, kam es zu Entzugserscheinungen wie Reizbarkeit, Herzjagen, Schlaflosigkeit, bis hin zu Halluzinationen und Krämpfen. Die Patienten hörten Stimmen, die ihnen unsinnige Befehle gaben, sie empfanden ihre Umwelt als feindlich, und viele landeten in einer Nervenheilanstalt.

Kasigi machte sich darüber keine Gewissensbisse. »Schließlich können wir die Leute ja nicht daran hindern, sich selbst kaputtzumachen, wenn ihnen der Sinn danach steht. Solange sie dafür bezahlen, liefern wir ihnen das Zeug.«

Takeo hüstelte verlegen. Die Sache wurde ihm immer ungemütlicher. Er hatte ein Rotlicht im Kopf, das ständig Warnsignale blinkte und bereute schon jetzt seinen Entschluß. Wie konnte er sich nur derart in die Tinte setzen?

Kasigi trank einen Schluck Bier. »Alles was ihr zu tun habt, besteht darin, einen Treffpunkt abzumachen und den Kunden ein Päckchen in die Hand zu drücken. Fragen stellt ihr lieber keine. Je weniger ihr wißt, desto besser für euch.« Er sprach die Worte mit drohendem Unterton und starrte unentwegt zu Takeo hinüber. »Er hat die Augen eines Reptils«, dachte dieser, und spürte wie es ihm kalt über den Rücken lief.

»Also, wie stets mit euch?« fragte Kasigi. »Macht ihr mit?«

Es kostete Takeo seine ganze Kraft, ebenso unverfroren zurückzustarren, die Kiefermuskeln taten ihm dabei weh. Yasuo hingegen lächelte, ungezwungen und fröhlich. »Aber klar!« sagte er unbekümmert. »Wann fangen wir an?«

11

Seitdem Yasuo die Yoshinoya verlassen hatte, behandelte Kiku Mariko wie Luft. Obwohl Mariko ihr Kostgeld zahlte, gab sie ihr eindeutig zu verstehen, daß sie sie los sein wollte. Mariko konnte ihr das nicht verübeln: Kiku mußte den Eindruck haben, daß Yasuo sie ausgenutzt hatte. Sie redete nicht über die Sache – sie war nie ein mitteilsames Mädchen gewesen – aber Mariko fühlte, daß sie sich vor ihr schämte. »Ich werde mir ein anderes Zimmer suchen«, dachte sie. Aber die ewige Wohnungsnot in Tokio, ihr schmaler Geldbeutel und ihre ständige Furcht vor der Polizei stellten sie vor Probleme, denen sie lieber aus dem Weg gegangen wäre. Sie erzählte Tetsu von ihren Sorgen. Dieser verstand sie sehr gut.

»Du mußt weg da«, sagte er einsichtsvoll. »Kiku wird dir das Leben schwer machen. Ich will mal bei Freunden herumhorchen, ob sich was für dich finden läßt.« Mariko wollte ihm danken, doch er winkte leichthin ab. »Warte damit, bis ich was aufgetrieben habe, das kann noch zwanzig Jahre dauern!«

Marikos Manuskript lag schon mehr als eine Woche bei Tetsus Onkel Nakamura. Mariko machte sich keine Illusionen, immerhin war sie gespannt, was Nakamura wohl dazu sagen würde. Beiläufig fragte sie: »Hat dein Onkel Matsuo das Manuskript wohl schon gelesen?« (Matsuo war Nakamuras Vorname.)

»Keine Ahnung.« Tetsu hob die Schultern. »Er wollte mich anrufen, aber er hat bis heute noch nichts von sich hören lassen.«

Mariko wurde rot und ärgerte sich darüber. »Wenn es ihm nicht gefällt, soll er es in den Papierkorb schmeißen. Mir ist das egal«, schloß sie in einem Ton, der bezeugte, daß es ihr überhaupt nicht egal war.

Es war immer noch Regenzeit. Die Luft war schwül, und dichte Wolken verhängten den Himmel. Mariko hatte an jenem Morgen das Gefühl, der Tag würde nie anbrechen. In den Gängen der »Sankei Shimbun« blinkten trübe die Neonröhren. Das Wetter wirkte sich auch auf die Stimmung aus. Alle machten mißmutige Gesichter. Es roch nach feuchter Druckerschwärze, Regenmänteln und nasser Wolle.

Tetsu war noch nicht da. Mariko stopfte gähnend die Zeitungen in ihre große Umhängetasche, die sie unter ihrer gelben Regenhaut trug. Sie hatte ein fast verzweifeltes Verlangen nach Kaffee; aber wenn sie jetzt einen Kaffee trank, würde mittags das Geld für die Nudelsuppe nicht reichen. Die Zeiten, da Kiku ihr etwas aus dem Restaurant heraufbrachte, waren vorbei, und Mariko hatte seit vierundzwanzig Stunden nichts mehr gegessen. Ihr Magen knurrte so laut, daß es ihr peinlich war, und sie hatte Mundgeruch.

Sie wollte sich gerade auf den Weg machen, als die Tür aufging und Tetsu atemlos und durchnäßt hereinstürmte. Er strahlte übers ganze Gesicht. »Mariko! Onkel Matsuo hat angerufen! Wir müssen nach der Arbeit sofort zu ihm hin. Er will dich kennenlernen!«

Mariko starrte ihn an. Sie wurde noch bleicher, als sie ohnehin schon war. »Hat er was über das Manuskript gesagt?«

Tetsu schüttelte den Kopf. »Nicht viel. Er sagte nur, es sei interessant. Aber wenn ein Verleger das sagt, dann will das schon viel heißen!«

Marikos Magen knurrte laut. Ach du Schreck, wenn Nakamura das zu hören kriegte! Sie zog den Bauch ein und sagte hastig: »Tetsu, kannst du mir wohl vorher ein Frühstück spendieren? Ich geb' dir das Geld nächste Woche wieder zurück.«

Zwei Stunden später saßen sie im »Sakura«. Tetsu sah

halb belustigt, halb bekümmert zu, wie Mariko drei Spiegeleier, eine Portion Cornflakes und fünf Toasts mit Butter und Marmelade verschlang. Nach der zweiten Tasse Kaffee stieg wieder etwas Farbe in ihr Gesicht, und ihre Augen begannen zu glänzen. Tetsu schmunzelte. »Jetzt gefällst du mir besser!«

»Ich muß dir furchtbar gefräßig vorkommen«, sagte Mariko im kläglichen Ton, »aber ich konnte mich wirklich nicht so, wie ich war, bei deinem Onkel blicken lassen.«

Sie betrachtete sich in der Spiegelwand und seufzte. »Ich seh' aus wie eine nasse Katze!«

Tetsu mußte lachten. »Stell' dir vor, es regnet! Bei dem Wetter würde sogar der Miß Japan die Wimperntusche davonfließen.«

Er sah auf seine Armbanduhr. »Trink deinen Kaffe aus und komm! Ich bin selbst gespannt, warum Onkel Matsuo dich sehen will.«

Sie fuhren mit der U-Bahn zum »Sankei Shimbun«-Gebäude zurück. Der Aufzug brachte sie ins Redaktionsstockwerk. Mariko war noch nie dort gewesen. In den hellen, freundlichen Gängen herrschte ein geschäftiges Kommen und Gehen. Durch die offenen Türen sah Mariko in die Redaktionsräume, wo es von Menschen wimmelte, und modisch gekleidete junge Damen Komputer betätigten. Alle wirkten ungezwungen und lässig. Mariko kam sich in ihren Jeans und T-Shirt unscheinbar und häßlich vor, und dazu fiel ihr gerade jetzt auf, daß sie schmutzige Fingernägel hatte.

Tetsu führte sie in ein Vorzimmer. Eine bildhübsche Sekretärin, die Tetsu mit dem Namen Frau Yamaguchi begrüßte, saß hinter einem Schreibtisch. Das eingeschlagene, schwarze Haar glänzte, ihr pfirsichfarbener Teint wirkte wie gepudert. Auf ihrem grünen

Hemdblusenkleid war nicht eine Knitterfalte sichtbar. Sie lächelte höflich, aber in dem Blick, den sie auf Mariko warf, lag Geringschätzigkeit. Mariko reckte die Schultern. »Die Ziege soll doch nicht so glotzen«, dachte sie, »ich weiß selbst, daß ich ungepflegt aussehe!«

Tetsu sagte, daß Nakamura-San sie erwartete. Frau Yamaguchi nickte huldvoll. »Wenn Sie mir bitte folgen würden.«

Sie geleitete die Besucher durch ein zweites Vorzimmer, in dem eine zweite Sekretärin im schicken Lederdress ihre rotlackierten, schmalen Fingernägel graziös über die Tasten eines Komputers gleiten ließ. Frau Yamaguchi klopfte an eine Tür, öffnete sie und verneigte sich zum Zeichen, daß sie eintreten sollten. Tetsu gab Mariko einen Wink, aber diese wich zurück und bohrte ihm einen spitzen Finger in die Rippen. Tetsu hob in komischer Verzweiflung die Schultern und ging voraus.

Nakamuras Büro war hell und geräumig. Von den schalldichten Fenstern aus fiel der Blick auf die dreispurige Autobahn, die auf Riesenpfeilern mitten durch Tokio führt. Auf den Regalen an den Wänden stapelten sich eine Menge Bücher. Zeitungen und Papiere bedeckten den Schreibtisch, hinter dem ein rundlicher Mann mit dem freundlichen, faltenlosen Gesicht eines wohlgenährten Buddhas thronte. Seine lebhaften Augen blickten scharfsinnig. Er trug einen dunkelblauen Anzug, ein weißes Hemd und eine grellbunte, gelockerte Krawatte.

Mariko und Tetsu verneigten sich. Nakamura-San deutete, ohne aufzustehen, eine ungezwungene Verbeugung an.

»Ach, da seid ihr ja! Tetsu, wie geht es deiner Mutter? Hat sie immer noch Rückenschmerzen?«

»Danke, es geht ihr besser«, antwortete Tetsu. »Ihre Rückenschmerzen . . .«

Er kam nicht weiter, denn das Telefon schrillte. Nakamura-San nahm ungehalten ab. Während er kurz angebunden »Ja, ja« wiederholte, wies er den beiden zwei Stühle zu. Anscheinend zerstreut wühlte er in den Papierbergen auf seinem Schreibtisch. Marikos Herz klopfte vor Erregung, als sie ihn ihr Schreibheft unter einem Stoß Manuskripte aller Art hervorholen sah. Nakamura-San fuhr fort, zu grunzen und zu brummen, wobei er scheinbar achtlos die Seiten umwendete. Dann knurrte er ein letztes Mal »Ja«, fügte »In Ordnung« hinzu und knallte den Hörer auf. Er kritzelte einige Schreibzeichen auf seinen Notizblock, hob den Kopf und richtete seinen durchdringenden Blick auf das Mädchen.

»Sie sind also Mariko Jones. Haben Sie das alles selbst geschrieben?«

Mariko nickte befangen. Nakamura blätterte weiterhin in ihrem Heft. »Wie alt sind Sie?« fragte er im beiläufigen Ton.

Mariko suchte ratlos Tetsus Blick. Dieser lächelte ihr zu und nickte unmerklich. Mariko senkte den Kopf. »Ich bin gerade sechzehn geworden.«

Nakamura schnalzte leicht mit der Zunge. »Welche Schule besuchen Sie?«

Eine Hitzewelle schoß Mariko ins Gesicht. Es blieb ihr keine Wahl.

»Ich . . . ich bin von zu Hause ausgerissen!« stieß sie hervor. Sie holte tief Luft. Jetzt, wo es heraus war, fühlte sie sich seltsam befreit. In der plötzlichen Stille hörte sie, wie im Vorzimmer ein anderes Telefon klingelte.

Nakamura rieb sich mit heiterem Ausdruck das Kinn. »Interessant«, sagte er. »Würde es Ihnen etwas ausmachen, mir die ganze Geschichte von Anfang an zu erzählen?«

Mariko fühlte, wie sie zitterte. Jetzt gab es kein Zurück mehr. Die ersten Worte brachte sie nur stokkend über die Lippen. Doch der Bann war gebrochen: Sie sprach immer ungezwungener und überließ sich diesem unbekannten, glücklichen Gefühl des Erlöstseins. Fast war es ihr, als berichte sie über das Schicksal einer Fremden.

»Eine außergewöhnliche Geschichte«, sagte Nakamura-San, als sie schwieg. »Sie haben in ihren jungen Jahren schon viel Schweres mitgemacht.« Er räusperte sich. »Übrigens: Hat ihnen jemand beim Schreiben geholfen?«

»Nein, ganz sicher nicht!« Mariko schüttelte den Kopf, daß die Haare flogen. Was bildete der sich ein? Nakamura grinste. »Sie haben einen guten Stil. Einen bemerkenswerten sogar. Niemand würde hinter dieser Erzählung eine Sechzehnjährige ohne geregelte Schulbildung vermuten. Wir werden ihr Manuskript herausgeben«, setzte er in einem derart belanglosen Ton hinzu, daß Mariko ihn mißverstand, scheu »Danke!« murmelte und die Hand nach ihrem Heft ausstreckte.

Nakamura-San schüttelte sich vor Lachen. »Ich habe nicht gesagt, daß wir Ihnen das Manuskript zurückgeben, sondern daß wir es in unserem Verlag publizieren werden. Das Buch soll so schnell wie möglich erscheinen, damit wir Ihr Alter noch auswerten können.«

»Wie... wie meinen Sie das?« stammelte Mariko fassungslos.

Nakamura-San merkte, daß ihre Naivität nicht gespielt war und freute sich: Die Geschichte konnte eine Sensation werden. »Es ist bestimmt nicht alltäglich, daß eine Sechzehnjährige eine philosophische Erzählung schreibt. Wir werden alle Medien einsetzen. Übrigens, sind Sie telefonisch zu erreichen?«

Tetsu, der bisher geschwiegen hatte, nahm die günstige Gelegenheit wahr. »Ich wollte dich fragen, Onkel Matsuo: Mariko hat da ein Problem. Sie weiß nicht, wo sie ein Zimmer finden soll...«

Nakamura hörte sich die Sache an, schließlich nickte er. »In Ordnung. Ich werde mich darum kümmern.« Zu Mariko sagte er: »Kommen Sie morgen um die selbe Zeit in mein Büro. Ich werde inzwischen den Vertrag ausfertigen lassen, und Sie können ihn gleich unterschreiben.«

Noch während Mariko ihn entgeistert anstarrte, fuhr Nakamura fort: »Sie werden selbstverständlich einen Honorarvorschuß erhalten, der ihnen erst mal über die größten Sorgen hinweghilft. Und noch etwas: Bis zum Erscheinen Ihres Buches sollten Sie Zeitungsausträgerin bleiben. Wir werden unsere ganze Werbung darauf aufbauen.«

»Ja, ja, natürlich« murmelte Mariko automatisch. Sie hatte nur die Hälfte davon verstanden. Warum mußte sie einen Vertrag unterschreiben? Und was sollte sie unter »Honorarvorschuß« verstehen?

Jetzt warf Nakamura einen Blick auf die Uhr. »Leider habe ich gleich eine Besprechung, die Leute sind wahrscheinlich schon da. Aber vergessen Sie nicht, Mariko-San, ich erwarte Sie morgen um dieselbe Zeit. Tetsu, grüß deine Eltern von mir. Ich werde gelegentlich mal vorbeikommen. Und paß gut auf unser Wunderkind auf!«

Er kniff bedeutungsvoll ein Auge zu. Mariko bemerkte, daß Tetsu errötete. Sie standen auf und verneigten sich. Nakamura drückte auf einen Knopf und sagte ein paar Worte. Schon erschien Frau Yamaguchi, um sie hinauszugeleiten. Im Vorzimmer warteten zwei Herren im Tweedanzug und eine Dame, die eine große Aktentasche trug. Mariko und Tetsu verließen fast fluchtartig den Raum. Draußen im Gang blieb Mariko stehen und lehnte sich an die Wand. Ihr ganzer Magen war verkrampft und ihr war derart heiß, daß ihr das T-Shirt an der Haut klebte.

»Gratuliere zu dem Erfolg!« sagte Tetsu lächelnd. »Wenn Onkel Matsuo sagt, die Story ist gut, dann stimmt das garantiert.«

Mariko holte geräuschvoll Atem. »Ich kann es nicht fassen! Bist du sicher, daß es kein Witz ist?«

Tetsu kniff schelmisch die Lider zusammen. »Onkel Matsuo stammt aus Osaka, da sind die Leute geizig. Die machen nie einen Witz, wenn es um Geld geht.«

Mariko ließ ein nervöses Kichern hören. Sie sahen sich an und brachen in Gelächter aus.

»Du meine Güte!« stöhnte Mariko, »ich kann es immer noch nicht glauben. Stell' dir vor, ich gehe in eine Buchhandlung, und sehe mein eigenes Buch da stehen. Was muß das für ein Gefühl sein!«

»Das wirst du dann schon merken«, sagte Tetsu. Er hörte plötzlich auf zu lachen. Er nickte nachdenklich vor sich hin. »Onkel Matsuo macht eine Sache nie halb. In wenigen Monaten wirst du berühmt sein...«

Mariko nagte an ihrer Unterlippe. »Ich weiß nicht, ob es schön ist, berühmt zu sein. Ich habe ein bißchen Angst davor.«

»Das brauchst du nicht«, meinte Tetsu. »In einigen Tagen wirst du über diese Stimmung hinaus sein und dich freuen.«

Mariko lehnte den Kopf an die Wand und sah zu ihm empor. »Sollte ich mal berühmt werden, habe ich dir das zu verdanken.«

Er lächelte, aber seine Augen blickten ernst. Sie hatte wie stets den Eindruck, er kannte ihre Gefühle besser als sie selbst. »Du wurdest vom Schicksal gelenkt. Ich bin dir nur im richtigen Augenblick über den Weg gelaufen.«

Für Mariko ging jetzt alles sehr schnell. Am nächsten Tag hatte sie den Vertrag schon unterzeichnet. Es war ein guter Vertrag, denn Nakamura-San war ein ehrlicher Mensch: Er interessierte sich für das Mädchen und meinte es gut mit ihr. Der Honorarvorschuß ermöglichte Mariko, einige Monate lang sorgenfrei zu leben. Sie hatte noch nie im Leben so viel Geld zur Verfügung gehabt, und wußte nicht recht, was sie damit anfangen sollte. Nakamura-San ging mit ihr zur Bank, erklärte ihr die nötigen Formalitäten, um ein Konto zu eröffnen. Auch hatte er dafür gesorgt, daß sie in einem Studentenheim ein Zimmer bekam. Das Studentenheim lag im Stadtviertel Shibuya. Mariko bezog ein winziges Einzelzimmer in der zwölften Etage. Der Boden war mit Reisstrohmatten ausgelegt. Ein einfacher Tisch, ein Stuhl, und der Wandschrank für das Bettzeug bildeten die einzige Einrichtung. Die Koch- und Waschgelegenheiten wurden von den Studenten auf jeder Etage gemeinsam benutzt. Mariko war sich im klaren darüber, daß sie die Unterkunft einzig Nakamura-Sans Beziehungen zu verdanken hatte. Auch bemerkte sie an der Art, wie die Heimleiterin – eine rundliche, bebrillte Dame – mit ihr sprach, daß sie als etwas Besonderes galt. Das befremdete sie; jedoch hatte sie neuerdings die Gabe entwickelt, Sachen, die sie befremdeten, einfach nicht zu beachten, um sich erst wieder damit auseinanderzusetzen, wenn sie sich in der geeigneten geistigen Verfassung befand. Was aus Yasuo und Takeo geworden war, wußte sie nicht. Sie überraschte sich manchmal dabei, daß sie an Yasuo dachte: Ihr fehlten sein fröhliches Lachen, sein schlagfertiger Humor. Sie machte sich keine Sorgen um ihn, er würde schon zurechtkommen. Anders war es mit Takeo. Sie hoffte, da er sehr unselbständig war, daß er inzwischen wieder nach Hause zurückgekehrt sein würde.

An dem Morgen, als sie die Yoshinoya endgültig verließ, kam Kiku in ihr Zimmer. Sie stand mit hängenden Armen da und sah zu, wie Mariko Bücher, Hefte, abgetragene Socken und verwaschene T-Shirts in ihre Tasche stopfte. Als sich ihre Blicke begegneten, bemerkte sie voller Erstaunen, daß Tränen in Kikus Augen glitzerten. »Ich werde aus ihr nicht klug«, dachte sie. »Zuerst ekelt sie mich raus, und dann ist sie traurig, daß ich gehe.«

»Ich danke dir, daß ich bei dir wohnen konnte«, sagte sie schließlich, um das Schweigen zu brechen. Sie zog einen kleinen Umschlag aus der Hosentasche und überreichte ihn Kiku. »Hier ist noch die Miete für den letzten Monat.«

»Ach ja, danke!« Kiku nahm den Umschlag mit spitzen Fingern. Mariko hockte sich auf die Fersen nieder und schloß ihre Reisetasche.

Kiku stand immer noch da und rührte sich nicht. Plötzlich fragte sie: »Hast du ... irgendwelche Nachrichten von Yasuo?«

Mariko hob verblüfft den Kopf. Kikus Lippen zitterten. Eine einzelne Träne hinterließ auf ihrer Wange eine glitzernde Spur. »Die ist immer noch in ihn verliebt!« dachte Mariko voller Bestürzung. Sie begriff, daß mit ihrem Fortziehen die Verbindung mit Yasuo für Kiku endgültig abbrach. Mitleid stieg in ihr auf, doch sie konnte Kiku nicht helfen. »Ich weiß nichts von ihm«, sagte sie sanft.

Kiku senkte den Kopf und ließ ein Schniefen hören. Mariko richtete sich auf, warf den Riemen ihrer Tasche über die Schulter. Sie war größer als Kiku und sah auf sie herab. »Denk nicht mehr an ihn«, sagte sie im ruhigen, freundschaftlichen Ton. »Es gibt andere Jungen...«

Sie verneigte sich, und Kiku erwiderte stumm ihren Gruß. Mariko stieg die Treppe hinunter. Unten angekommen, wandte sie sich noch einmal um und blickte empor. Kiku stand noch immer oben an der Tür, drehte ihr den Rücken zu und starrte ins leere Zimmer.

12

Für Mariko begann eine seltsame Zeit des Wartens.
Zweimal am Tag ging sie die Zeitungen austragen; die
Nachmittage verbrachte sie in einer Bibliothek, wo sie
alle Bücher verschlang, die ihr in die Finger kamen.
Auch lernte sie einige Studentinnen auf ihrer Etage
kennen. Sie spürte schnell, daß sie Gegenstand allge-
meinen Interesses war. Die Mädchen mieden sie
nicht. Im Gegenteil, viele suchten ein Gespräch mit
ihr, aber während sie sprachen, empfanden sie häufig
das Bedürfnis, über sich selbst zu sprechen und ihre
Seelenzustände vor Mariko auszubreiten. Mariko
wunderte sich darüber, aber da sie gut zuhören konnte, merkte selten jemand, daß sie kaum von sich
erzählte. Es lag ihr wenig daran, engere Kontakte zu
knüpfen. Auch hatte sie eine neue Erzählung begonnen. Die Hauptfigur war ein Mädchen, das genau wie
sie aus zwei verschiedenen Welten stammte.
Ihr Drang zum Schreiben ließ ihr keine Ruhe. Doch die
Arbeit zehrte an ihren Kräften: Sie war müde, verwirrt
und schlief im Stehen ein. Natürlich merkte es Tetsu.
Er brachte sie auf andere Gedanken, nahm sie ins Kino
oder ins Theater mit und erzählte ihr lustige Sachen,
so daß sie vor Lachen fast erstickte. Aber er sagte
ihr auch: »Du mußt schreiben, weil es dir hilft, dich
selbst zu erkennen und gelassen zu werden. Nichts
auf dieser Welt ist stärker als Gelassenheit!«
Mariko war ihm dankbar dafür, daß er ihr das deutlich
machte. So schrieb sie weiter an ihrem Buch und
merkte bald, daß Tetsu recht hatte. In der Zwiespältig-
keit der Menschen aus Ost und West erkannte sie die
Grundlage für ein doppeltes Wissen, ein doppeltes
Empfinden, die zu einer intensiven und echten geistigen Freiheit führten.

Nakamura hatte nicht gewollt, daß sie die Druckfahnen ihrer ersten Erzählung sah. Sie sollte Vertrauen zu ihm haben, ihm alles überlassen. Mariko kam seinen Wünschen nach: Er wollte ja nur das Beste für sie.

»Natürlich wittert er auch das große Geschäft und will nicht, daß du ihm da hineinredest«, meinte Tetsu, mit seiner üblichen Klarsicht. Und einige Tage vor dem Erscheinen des Buches sagte er zu Mariko: »Sei wachsam, laß dich nicht auffressen!« Worauf sie kichernd erwiderte: »Ich glaube, ich würde deinem Onkel im Hals stecken bleiben!«

Der schöne japanische Herbst brach an. Die Dunstglocke, die Tokio während der Sommermonate erdrückte, wich einem strahlendblauen Himmel. Die Luft wurde kühl und klar. Bäume und Sträucher färbten sich karminrot, kupferfarben und golden. Marikos Buch sollte am 20. Oktober erscheinen. Am Morgen hatte Nakamura sie in sein Büro gebeten, um ihr das erste Exemplar zu überreichen. Tetsu hatte eine Prüfung und konnte nicht dabeisein. Er verabschiedete sich von ihr, am Abend zuvor, indem er breit lächelnd das V-Zeichen machte.

In der Nacht schlief Mariko gut und tief. Zum ersten Mal seit langer Zeit sah sie das brennende Flugzeug im Traum wieder. Aber sie selbst befand sich nicht mehr im Rumpf der Maschine: Sie stand auf einem hohen Aussichtspunkt und blickte auf das Flugzeug herab. Und plötzlich war es kein echtes Flugzeug mehr, sondern nur ein Spielzeug, das zu ihren Füßen verbrannte und gleißende Funken warf. Sie erwachte wie stets um fünf, entspannt und kein bißchen aufgeregt. Sie wusch und kämmte sich, zog Jeans und Pulli an und fuhr mit der U-Bahn zur Arbeit. Ein Blick in die Zeitung zu werfen, ob ihr Buch angekündigt wurde, kam ihr überhaupt nicht in den Sinn.

Gegen neun Uhr war sie mit dem Zeitungsaustragen fertig. Sie trank einen Kaffee im »Sakura« wusch sich die Hände und bürstete sich die Nägel, die wegen der Druckerschwärze immer schmutzig wirkten. Der Wind hatte ihr Haar zerzaust, aber sie hatte ihren Kamm zu Hause liegen lassen. Na ja, dann kam sie eben struppig bei Nakamura an!

»Hoffentlich hat er nicht vergessen, daß ich heute mein Buch holen soll«, dachte sie. »Wenn er zu beschäftigt ist, kauf' ich es mir in der nächsten Buchhandlung.« Während sie mit der U-Bahn zum Zeitungsgebäude fuhr, versuchte sie sich vorzustellen, was das für ein Gefühl sein würde, ihr eigenes Buch zu kaufen. »Wenn die Buchhändlerin mich fragt: ›Haben Sie das geschrieben?‹ werde ich garantiert rot wie eine Tomate!«

Der Aufzug brachte sie in den fünften Stock. Auf dem Weg zu Nakamuras Büro fiel ihr auf, daß die Leute ihr zulächelten oder sie verstohlen musterten. Mariko strich sich nervös eine Strähne aus der Stirn, bevor sie schüchtern anklopfte und ins Vorzimmer zu Nakamuras Büro trat. Von irgendwoher drang Stimmengewirr, und Frau Yamaguchi kam ihr hastig entgegen. Sie trug ein fliederfarbenes Jerseykleid, eine dezente Perlenkette, und wirkte sehr aufgeregt.

»Da sind Sie ja endlich! Kommen Sie schnell! Nakamura-San wartet schon auf Sie!«

»Ich will ihn nicht lange stören«, stammelte Mariko. »Ich hol mein Buch und geh sofort wieder.«

Sie lief atemlos hinter Frau Yamaguchi her, die auf ihren Stöckelabsätzen vorausschwebte. Auf der Schwelle zu Nakamuras Büro blieb sie wie angewurzelt stehen. Der Raum war voller Menschen, die alle auf sie starrten. Blitzlichter flammten auf. Mariko stand da, geblendet und fassungslos, während ein

Dutzend Leute gleichzeitig auf sie einredeten. Endlich erspähte sie Nakamura-San, der sich einen Weg durch die Menge bahnte. Er strahlte übers ganze Gesicht.

»Keine Angst, Mariko-San! Ich bitte Sie, diesen Überfall zu entschuldigen. Die Damen und Herren sind von der Presse und möchten Sie gern kennenlernen. Und hier ist Ihr Buch! Gefällt es Ihnen?«

Er hielt es ihr entgegen. Die Blitzlichter zuckten von allen Seiten, während Mariko das Buch in Empfang nahm, das nach japanischer Art in einem Schuber steckte. Auf dem schlichten, hellblauen Einband prankte mit schwarzen Schriftzeichen der Titel: »Ich, Mariko.« Darunter standen die Worte gedruckt: »Die Sensation des Jahres: Die erschütternden Aufzeichnungen einer Sechzehnjährigen, die eine Flugzeugentführung überlebte.« Das Buch war nicht sehr umfangreich. Mariko zog es behutsam aus dem Schuber und blätterte es durch. Sie hätte sich am liebsten in eine Ecke verdrückt, um in Ruhe einen Blick hineinzuwerfen. Die Blitzlichter gingen ihr auf die Nerven. Schließlich hob sie mit verwirrtem Lächeln den Kopf und verneigte sich vor Nakamura-San.

»Ich danke Ihnen, daß Sie meine unbedeutende Erzählung herausgebracht haben«, sagte sie schlicht, worauf Nakamura triumphierend die Brust wölbte, und alle Journalisten in Applaus ausbrachen. Die Fotografen tanzten aufgeregt um sie herum. Einige lagen auf den Knien oder standen auf Stühlen. Mariko wußte nicht, wo sie hinschauen sollte.

»Die Journalisten würden Ihnen gerne einige Fragen stellen«, sagte Nakamura-San. Mariko war inzwischen wieder zu Atem gekommen. Ihre Stimme klang ruhig und gefaßt. Ja, sie hatte bei der Flugzeugentführung beide Eltern verloren. Mehr wollte sie nicht dazu sagen: Es stand ja alles im Buch. Wo sie wohnte?

Mariko gab eine ausweichende Antwort. Sie wollte in Ruhe gelassen werden. Hatte sie noch Verwandte in Tokio? Mariko lächelte: »Nur einige Freunde.« Die Presseleute kritzelten aufgeregt ihre Notizen. Marikos Zurückhaltung erfüllte sie mit prickelnder Neugierde.

»Haben Sie die Absicht, weiterzuschreiben?« Die Frage kam von einer jungen Frau mit wirrem Lockenkopf, in Lederparka und Jeans.

Mariko lächelte sie offen und freundschaftlich an. »Ich habe einen neuen Roman begonnen.«

Ein überraschtes Murmeln ging durch die Menge, und Nakamura-San als gewitzter Verleger war sofort ganz Ohr. »Wann wird er denn fertig sein? Können Sie mir einen verbindlichen Termin angeben?«

»Aber ich habe ja erst damit angefangen!« rief Mariko verwirrt.

»Können Sie uns schon den Titel verraten?« fragte ein Journalist mit dicker Hornbrille.

Mariko errötete. »Ich habe gestern beim Haarewaschen daran gedacht. Ich möchte die Geschichte ›Das Mädchen mit den zwei Gesichtern‹ nennen.«

Ihre ungeschminkte Offenheit entzückte die Presseleute, die sofort ihre Antwort notierten. Nakamura-San rieb sich die Hände und lächelte wie ein seliger Buddha. »Das scheint mir ein hervorragender Titel zu sein!«

»Wird die Erzählung wieder autobiographische Züge tragen?« fragte ein anderer Journalist, der ein schwitzendes Mondgesicht hatte.

»Ich glaube, jede Erzählung trägt irgendwie autobiographische Züge in sich«, parierte Mariko. Der Mondgesichtige grunzte eine Zustimmung. Offenbar wollte er noch mehr wissen, aber Mariko wurde nicht ausführlicher. Ihre Gedanken und Gefühle vermochte sie wohl in Worten zu fassen, sie liebte es aber nicht, darüber zu sprechen.

»Noch eine Aufnahme!« rief ein Fotograf, der auf einem Stuhl stand.

Mariko sah, wie er den Fuß auf die Lehne stützte, und dachte: »Gleich fliegt er!« Sie hatte es kaum gedacht, als der Stuhl auch schon umkippte. Der Fotograf verlor das Gleichgewicht, hielt geistesgegenwärtig seine Ausrüstung fest und landete mit Getöse auf seinem Hinterteil, während dröhnendes Gelächter den Raum erfüllte.

Eine halbe Stunde später saßen Nakamura-San und Mariko allein im Büro. Der Raum sah aus wie ein Schlachtfeld. Frau Yamaguchi hatte ihnen Tee gebracht und dafür gesorgt, daß die Stühle abgestaubt wurden. Mariko umklammerte ihren Becher mit zitternden Händen. Die Nachwirkung setzte ein: Sie fühlte sich total ausgepumpt.

Nakamura-San lächelte verständnisvoll. »Kopf hoch, junge Dame! Sie brauchen jetzt eine dicke Haut. Die Presseleute werden Sie wie eine Zitrone ausquetschen. Übrigens hat das Fernsehen schon angerufen. Sie wollen eine Direktsendung über Sie bringen.«

Mariko erschrak. »Aber was soll ich den Leuten denn sagen?«

»Darüber sollten Sie sich keine Gedanken machen«, sagte beschwichtigend Nakamura-San. »Bleiben Sie natürlich, und reden Sie, wie Sie es gewohnt sind. Sie werden sehen, das Buch wird ein Bestseller werden!«

Am nächsten Tag fand Mariko ihr Bild in der Zeitung wieder, begleitet von einem zwei Spalten langen Artikel. Die jungen Zeitungsträger lasen den Artikel über Marikos Schulter hinweg, gratulierten ihr und stießen Bewunderungsrufe aus. Mariko selbst fand den Bericht ziemlich einfältig. Sie hatte schon genug Erfahrung um zu wissen, daß alle Interviews aus der Filmwelt, dem Fernsehen oder der Literatur auf dasselbe Schema zugeschnitten wurden. Vorher hatte sie nie einen Gedanken darüber verloren, doch jetzt fand sie den Journalistenjargon oberflächlich, anzüglich und gewöhnlich. Außerdem fühlte sie sich überhaupt nicht als Berühmtheit und konnte es kaum fassen, daß sich Leute für sie interessierten. Während sie noch darüber nachsann, ging die Tür auf, und Tetsu kam herein. Mariko fühlte, wie sie rot wurde, und lachte ihm etwas geniert entgegen. »Hast du den Artikel schon gesehen?«

»Im ›Mainichi‹ steht auch einer«, sagte Tetsu grinsend. (Die »Mainichi« war die Konkurrenzzeitung.) »Der Journalist will festgestellt haben, daß du eine kühl-erotische Ausstrahlung hast.«

Alles lachte. Die Jungen grölten vor Vergnügen und schlugen sich auf die Schenkel, während die Mädchen hinter vorgehaltener Hand kicherten. Mariko konnte nicht anders, als in ihr Gelächter miteinzustimmen. »Die Presseleute haben zuviel Fantasie«, meinte sie.

»Das müssen sie auch«, sagte Tetsu, »sonst würden sie ihre Berichte ja nicht an den Mann bringen.«

Sie gingen zusammen die Zeitungen austragen. Nach der Arbeit schlenderten sie durch den Park. Die Ahornbüsche funkelten in roter Pracht, die ganze Luft flimmerte wie vergoldet. Sie setzten sich auf eine Bank, und blinzelten in die helle Morgensonne.

»Jetzt bist du also berühmt«, nahm Tetsu das Gespräch leichthin wieder auf. »Ich habe gehört, daß du heute abend im Fernsehen erscheinst.«

»Ich muß um fünf im Studio sein, es ist eine Direktsendung.« Mariko kicherte befangen. »Wenn ich stottere, lacht ganz Japan!«

»Hast du Lampenfieber?«

»Ich weiß nicht.« Mariko zog hilflos die Schultern hoch. »Ich habe überhaupt keine Zeit mehr, um zu denken.«

»Hast du dein Buch eigentlich schon gelesen?«

Mariko seufzte. »Ich habe mal einen Blick hineingeworfen. Irgendwie berührt mich nicht mehr, was da geschrieben steht. Es kommt mir alles so fremd vor...«

»Ein Psychiater würde behaupten, daß du deine Probleme überwunden hast, und dich als geheilt entlassen«, meinte Tetsu. »Sag mal ehrlich, stört dich der ganze Rummel?«

»Ich komm' schon damit zurecht!« Sie hob die Augen und lächelte ihn an. »Ich werde nie vergessen, was ich dir zu verdanken habe.«

Ihre Blicke trafen sich; er wandte als erster das Gesicht wieder ab. »Ich weiß nicht, ob ich dir einen guten oder schlechten Dienst erwiesen habe.«

»Das weißt du ganz genau«, sagte Mariko leise. Er antwortete nicht, und nach einer Weile brach sie das Schweigen. Ihre Befangenheit war wie verflogen. Sie wirkte gelöst und glücklich.« Ich werde wieder zur Schule gehen. Dein Onkel meint, daß ich sogar ein Jahr überspringen kann.«

»Großartig!« Tetsu freute sich aufrichtig, aber Mariko entging nicht, daß ihn etwas bedrückte.

»Du weißt, daß ich bald nach Europa fahre«, sagte er plötzlich.

Sie blickte ihn überrascht an: Das hatte sie ganz vergessen. »Ach, ja! Natürlich, du hast mir mal davon erzählt. Wie lange wirst du denn wegbleiben?«

»Ein ganzes Jahr.«

»So lange!« rief sie bestürzt.

Er nickte. »Ich will eine Arbeit über europäische Volksfeste im Zyklus der Jahreszeiten schreiben und

muß das Material dazu an Ort und Stelle sammeln.«
Er lächelte sie an. »Komm doch mit!«
Sie nagte an ihrer Unterlippe. Die Versuchung war
groß. Doch sie schüttelte den Kopf. »Ich kann noch
nicht weg von hier. Ich weiß nicht, was mit mir los ist,
aber im Augenblick gibt es nichts auf der Welt, was
wichtiger für mich ist als Schreiben...«
»Ja«, sagte er, »ich habe mich schon damit abge-
funden.«
Sie war verwirrt über die Schwermut in seiner Stimme. »Was willst du damit sagen?«
»Du bist vom Schreibfieber gepackt. Du brauchst es,
wie andere Leute das Atmen, das Essen und Trinken.«
Mariko senkte den Kopf. Leise, kaum hörbar, brachte
sie über die Lippen. »Aber dich werde ich auch immer
brauchen.«
Er lachte bitter auf. »Das glaube ich nicht. Du
brauchst eigentlich niemanden. Du hast ja deine Bücher.«
Sie senkte den Kopf noch tiefer, bis ihre Stirn seine
Schultern berührte, und sie den leichten Pfefferminz-
duft seines Pullovers roch. Sie hatte entdeckt, daß er
sie immer verstand. Er wußte, daß sie noch Zeit
benötigte, auf ihrer langen Reise zu sich selbst, und
stellte keine Forderung an die Zukunft. Die Trennung
war für beide notwendig. Er neigte das Gesicht, so daß
seine Lippen ihr Haar streiften. Und während er ihre
Schultern umschlang, blies der Wind eine Strähne –
leicht und sanft wie eine Feder – an seine Wange.
Dann saßen sie ganz still da und sahen den purpurnen
Blättern nach, die im wirbelnden Tanz über die Kieswege kreisten.

13

Ein Jahr später, an einem kalten Januartag, hielt eine Kawasaki, Zweizylinder und rot-weiß lackiert, vor einer Bar im Stadtviertel Shinjuku. Der Fahrer fand einen Parkplatz, senkte den Stützfuß und stellte den Motor ab, während sich sein Gefährte gekonnt aus dem Sitz schwang und seinen roten Sturzhelm abnahm. Beide Jungen trugen Jeans, Cowboystiefel und schwarze, mit Nieten beschlagene Lederjacken. Lässig schlenderten sie in die Bar und lehnten sich an die Theke. Ein kleingewachsener Kellner mit einem Spitzmausgesicht warf ihnen einen raschen Blick zu. Der Ältere der beiden Jungen, der ein auffallend schönes Gesicht und eine glänzende Lockenpracht hatte, winkte ihn heran. Der Kellner kam und fragte mürrisch nach seiner Bestellung. Der Junge beugte sich über die Theke und sagte halblaut: »Wir möchten Shimoda-San sprechen.«

»Werden Sie erwartet?« fragte frostig der Kellner.

»Ich heiße Yasuo«, sagte der Schwarzgelockte. »Ich komme von Kasigi-San.«

»Ich werde es Shimoda-San melden«, anwortete ausdruckslos der Kellner, und Yasuo sagte: »Geben Sie uns inzwischen zwei Bier.«

Sie setzten sich an einen Tisch. Während der Kellner ihnen das Bier brachte und dann in einer Tür hinter der Theke verschwand, knöpften die beiden Jungen ihre Jacken auf.

»Die heizen hier viel zu stark!« brummte Takeo. Für einen Sechzehnjährigen war er groß, aber schmächtig. Obgleich er sich anstrengte, seinem Gesicht einen harten Ausdruck zu geben, wirkten die zarten Lider, die sanfte Wangenrundung empfindsam und kindlich. Er zündete sich nervös eine Zigarette an und blickte auf den Fernsehapparat hinter der Theke, wo gerade ein Science-Fiction-Film mit glitzernden Lichtern, Elektronenmusik in Bonbonfarben lief.

»Nun sei doch nicht so aufgeregt«, sagte Yasuo. »Kasigi hat gesagt: ›Der Typ ist in Ordnung!‹«

»Aber er ist ein richtiger Bandenchef!«

»Und du, du bist ein Feigling.« Yasuo wischte sich den Bierschaum von den Lippen. »Shimoda-San soll Beziehungen bis in die Regierungskreise haben. Für den zu arbeiten, lohnt sich garantiert. Kasigi meinte...«

Er brach ab. Ein Mann kam durch die Tür hinter der Theke und ging auf ihren Tisch zu. Er hatte Stoppelhaar, ein bleiches, glattrasiertes Gesicht und eine getönte Hornbrille, die kaum etwas von seinen Augen sehen ließ. Sein schwarzer Anzug wirkte maßgeschneidert, und seine spitzen Schuhe waren auf Hochglanz poliert. Die beiden Jungen wollten aufstehen. Shimoda gebot ihnen mit einer Handbewegung sitzenzubleiben und zog sich einen Stuhl heran. Seine Augen blitzten hinter den dicken Brillengläsern.

»Kasigi hat mir von Ihnen erzählt«, sagte er ohne Umschweife. »Wie ich hörte, sollen Sie nette Jungen sein.« Er sah auf ihre Getränke. »Trinken Sie nur Bier?«

Yasuo grinste. »Manchmal auch Sake.«

»Keine harten Sachen?«

Yasuo zeigte auf Takeo. »Der verträgt sie nicht.«

»Wie meinen Sie das? Redet er dann?«

Yasuo kicherte, und Takeo wurde rot. »Nein, er schläft ein, schnarcht fürchterlich, und am nächsten Tag muß er kotzen.«

Shimoda verzog keine Miene. Die beiden warteten. Ganz klar, er versuchte sie zu taxieren. »Wie groß sind Sie?«

Sie sagten es ihm.

Er nickte. »Wieviel wiegen Sie?« Dann: »Treiben Sie Sport? Welchen?«

»Wir nehmen Unterricht in Karate«, sagte Yasuo. Er sagte Shimoda aber nicht, daß Takeo darin eine Niete war.

Shinoda schnalzte mit den Fingern. Der Kellner raste beflissen mit einem Glas Kognak herbei. Kurzes Schweigen. Shimoda trank, schnalzte mit der Zunge, und fuhr dann fort: »Kasigi hat gesagt, daß Sie zuverlässig sind. Ich brauche zwei Burschen, die ab und zu mal was für mich tun.«

»Sie können auf uns zählen«, sagte Yasuo.

Shimoda nickte ausdruckslos. »Mal sehen.« Er nahm einen Schluck Kognak. »Und jetzt hört zu, und hört gut zu! Morgen Abend legt ein Schiff im Hafen von Yokohama an. Das Schiff kommt von Formosa und bringt Ware mit... die wir lieber nicht verzollen möchten. Das Schiff heißt Rakyo-Maru. Die Kontaktperson am Bord ist ein gewisser Kisen-San. Sie werden von ihm die Ware in Empfang nehmen und sie bei mir abliefern. Haben Sie ein Fahrzeug?«

»Ein Motorrad.«

Er nickte. »Das sollte gehen. Man kann das Zeug gut in einer Tasche unterbringen.«

Er gab ihnen noch einige Anweisungen, skizzierte den Hafenplan und nannte ihnen die Nummer der Werft, wo das Schiff anlegen sollte. Während er auf einer Papierserviette zeichnete, sah Takeo unter der blütenweißen Manschette eine purpurblaue Tätowierung in Form einer Eidechse hervorschauen. Er wußte, daß manche Gangsterbosse am ganzen Körper tätowiert waren. Sein Herz klopfe schneller. »Die Bar ist bis vier Uhr morgens offen«, sagte Shimoda, »aber Sie können mich auch noch um fünf erreichen. Alles klar?«

Yasuo nickte. »Alles klar.«

Shimoda war kein Mann, der seine Worte vergeudete. Er trank sein Glas aus, stand auf und ging, während sich die beiden beflissen verneigten.

»Diesmal handelt es sich bestimmt nicht um Aufputschtabletten«, flüsterte Takeo, als sie wieder allein waren. »Da steckt etwas anderes dahinter.«

»Vermutlich Waffenschmuggel!« meinte Yasuo.

Takeo erschrak. »Aber das ist doch gefährlich! Wenn die Polizei dahinter kommt, landen wir im Knast!«

Yasuo verlor die Geduld. »Nun hör doch endlich auf, den Teufel an die Wand zu malen! Schließlich machen wir das ja nicht jeden Tag.«

Takeo schwieg und trank düster sein Bier aus. Eigentlich mochte er lieber Coca-Cola, aber bei einem Bier wirkte man sofort erwachsener. Ein Seufzer hob seine schmale Brust. »Wenn das meine Großmutter wüßte...«

»Geh bloß weg mit deiner Großmutter!« Yasuo winkte aufgebracht ab. »Ich kenne den Spruch schon langsam auswendig. Wenn sie dir nur etwas bedeuten würde, wärst du schon längst nach Hause gefahren!«

Takeo schoß die Röte ins Gesicht. »Ich... ich habe doch nie gesagt...«

Er kam nicht weiter. Yasuo packte ihn beim Arm und drückte ihm die Finger ins Fleisch. Er deutete auf den Fernsehapparat. »Sag mal, spinn' ich, oder ist das wirklich Mariko?«

Takeo schluckte Rauch und bekam einen Hustenanfall. Beide starrten wie gebannt auf den Bildschirm, wo jetzt das Gesicht eines Mädchens erschien. Ihr schlichtes Haar betonte die hohen Wangenknochen. Ihre Nase war leicht gebogen, der Mund wirkte schwermütig. Die Augen waren sehr glänzend, von dichten Wimpern überschattet, und die großen Pupillen schienen ein wenig von der Seite zu blicken, was ihrem Gesicht einen fremdartigen Reiz gab. Sie trug ein weiches, weißes Hemd und Jeans.

Nun schwenkte die Kamera zum Sprecher hin, einem bekannten Fernsehreporter mit blitzenden Zähnen und geöltem Haar.

»Die Schriftstellerin Mariko Jones hat soeben ihr zweites Buch ›Das Mädchen mit den zwei Gesichtern‹ veröffentlicht. Mit ihren siebzehn Jahren gilt Mariko Jones heute als jüngste und bekannteste Schriftstellerin Japans. Die Kritiker sagen ihrem neuesten Werk einen ähnlichen Erfolg voraus wie ihrem ersten Buch ›Ich, Mariko‹.«

»Mensch!« entfuhr es Takeo. »Die hat's aber weit gebracht!«

»Schnauze!« zischte Yasuo.

»Mariko-San«, sagte der Reporter, »können Sie uns etwas aus Ihrem Leben erzählen?«

Wieder erschien Mariko in Großaufnahme. Sie warf ihr Haar aus dem Gesicht und lachte. »Da gibt es nicht viel zu erzählen. Ich gehe zur Schule und nebenbei schreibe ich. Das nimmt viel Zeit in Anspruch. Schriftsteller müssen streng mit sich selbst sein, sonst wird ihr Buch nie fertig. Außerdem mache ich im Frühling eine Aufnahmeprüfung an der Universität. Ich will Philosophie studieren.«

»Wo wohnen Sie?« fragte der Reporter.

»Am Roppongi-Park«, sagte Marikos Stimme, während die Kamera ein modernes Hochhaus gegenüber der Parkanlage zeigte. »Ich habe ein Studio im achten Stockwerk.« Jetzt wurde Mariko in der Küche gezeigt. Sie trug einen blauweißen Hauskimono und schälte Gemüse. Die Kamera folgte ihr, während sie eine hübsch zubereitete Platte auf einen niedrigen Tisch stellte. Die Stimme des Ansagers sagte lachend: »Und für wen, Mariko-San, haben Sie heute abend gekocht?«

Marikos Gesicht erschien auf dem Bildschirm. Ihre Augen funkelten belustigt. »Für mich selbst! Immer, wenn ich ein Kapitel fertig habe, kriege ich furchtbaren Hunger!«

Der Bildschirm verdunkelte sich: Die Sendung war zu Ende. Es folgten die üblichen TV Spots. Takeo und Yasuo wandten einander das Gesicht zu. Takeo war es, als hätte er soeben geträumt. Mariko im Fernsehen! Das konnte doch nicht wahr sein!

Yasuo schnitt eine verblüffte Grimasse. »Kaum zu glauben! Und hast du gesehen? Sie ist obendrein noch sexy geworden.« Er schnalzte mit der Zunge. »Ob sie sich wohl noch an uns erinnert?«

Takeo hob die Schultern. »Die wird was ganz anderes zu tun haben.«

Ein merkwürdiges Lächeln umspielte Yasuos Lippen. »Wir sollten ihr mal einen Besuch abstatten...«

Takeo starrte ihn an. »Das kann doch wohl nicht dein Ernst sein?«

»Wieso denn nicht?«

»A... aber«, Takeo drückte mit zitternden Fingern seinen Zigarettenstummel aus, »was sagen wir ihr, wenn sie uns fragt, was wir jetzt machen?«

»Die Wahrheit, natürlich«, Yasuo zog die Schultern hoch. »Wenn sie sich daran stört, ist sie eben eine blöde Ziege!«

»Ich kann das nicht!« stammelte Takeo. »Ich kann das wirklich nicht!«

Yasuo zog amüsiert die Brauen hoch. »Sag bloß, du hast Angst vor ihr?«

Takeo rutschte nervös auf seinem Stuhl hin und her. »Sie wird wissen wollen, wie es meiner Großmutter geht...«

»Na, und?«

Takeo seufzte, schwieg und hustete in sich hinein.

Yasuo verzog geringschätzig die Lippen. »Sieh zu, wie du mit deinen Komplexen fertig wirst. Ich gehe dann eben allein hin!«

»Aber was willst du denn bei ihr?« rief Takeo außer sich.

Yasuos weiße Zähne blitzten. »Ich will sie nur freundlich daran erinnern, daß sie mir ihren ersten Job zu verdanken hat. Jetzt, wo sie berühmt ist, könnte sie sich ein wenig erkenntlich zeigen, findest du nicht auch?«

Takeo war völlig durcheinander. »Du willst sie doch wohl nicht erpressen?«

»Was bildest du dir ein?« Yasuo lachte eine Spur zu laut. Dann blinzelte er ihm bedeutungsvoll zu. »Hör zu, du Schafskopf! Sie verkehrt in Kreisen, zu denen wir keinen Zugang haben. Einige gestreßte Leute da wären vielleicht ganz froh, wenn wir ihnen Muntermacher besorgen würden. Ich will ihr mal einen Vorschlag machen. Kann sein, daß sie mich vor die Tür setzt, aber die Sache ist einen Versuch wert. Kasigi wird uns das hoch anrechnen, wenn wir seinen Kundenkreis erweitern.«

Takeo antwortete matt, daß er das bloß sein lassen solle. Erstens sei da doch nicht viel zu erwarten, und zweitens mache er da nicht mit.

»Das ist deine Sache.« Yasuo hatte das Debattieren satt. Er schob seinen Stuhl zurück und stand auf. »Mach was du willst, aber ich fahr' jetzt nach Roppongi.«

»Jetzt?« rief Takeo aufgebracht. »Warum denn ausgerechnet jetzt?«

»Weil ich nichts anderes zu tun habe«, erwiderte Yasuo kaltschnäuzig.

Sie verließen die Bar und setzten ihre Helme auf. Yasuo bestieg das Motorrad, während Takeo sich hinter ihm auf den angenehm federnden Sattel schwang. Er war glücklich, daß er Yasuo endlich dazu gebracht hatte, die Maschine anzuschaffen und die Fahrprüfung zu machen. Sie hatten sie auf Abzahlung gekauft, und mußten jeden Monat die Raten abstottern. Die Ausrüstung war auch ganz schön teuer gewesen. Zum Glück hatte ihnen Kasigi das Geld vorgestreckt.

Yasuo schaltete mit einer Fußbewegung in den zweiten Gang. Sie rollten durch den dichten Verkehr. Schneeflocken wirbelten in der feuchten Luft. Die ersten Lichtreklamen funkelten in der trüben Winterdämmerung. Als sie das Roppongi-Stadtviertel erreichten, dunkelte es bereits. Hinter dem verschneiten Park wirkten die Hochäuser wie Lichtpunkte am rötlich-schwarzen Himmel.

Obwohl sie Marikos genaue Adresse nicht kannten, fanden sie leicht das Gebäude wieder, das sie auf dem Bildschirm gesehen hatten.

»Da oben wohnt sie!« Yasuos Stimme klang erstickt unter seinem Helm hervor. Er hatte die Kawasaki vor dem Parkgitter angehalten.

»Vielleicht solltest du vorher mal eben bei ihr anrufen?« Takeo versuchte immer noch, ihn von seinem Vorhaben abzubringen.

»Warum denn so offiziell?« gab Yasuo sarkastisch zurück. »Schließlich sind wir alte Freunde!«

Er stellte den Motor ab, stieg aus dem Sattel und übergab Takeo die Maschine.

»Sieh zu, daß du einen Parkplatz findest. Da vorn ist ein Café, da kannst du auf mich warten!«

Takeo sah ihm nach, während er über die Straße lief und in dem Gebäude verschwand. Er hoffte sehnlich, daß Mariko nicht zu Hause war. In seiner impulsiven Art steuerte Yasuo hartnäckig auf sein Ziel los, aber morgen würde er die Sache schon wieder vergessen haben.

In der Eingangshalle sah Yasuo die Briefkastenschilder nach. Wahrhaftig, da stand ihr Name: Mariko Jones. Das Haus war modern und gepflegt. Ein unfrohes Lächeln zog Yasuos Lippen hoch. Nicht jeder konnte sich hier eine Wohnung leisten.

Er fuhr mit dem Lift in den achten Stock. Die Gänge waren hell beleuchtet, ein Spannteppich bedeckte den Boden. Vor Marikos Wohnungstür wartete er einen Augenblick, bis sich sein Atem beruhigt hatte. Dann drückte er auf den Klingelknopf.

14

Eine Zeitlang rührte sich nichts. Schon wandte sich Yasuo enttäuscht und verärgert ab, als er ein Geräusch hörte und die Tür aufging. Die Worte, die er hervorbringen wollte, blieben in seiner Kehle stecken. Vor ihm stand Mariko.

Hätte er nicht gewußt, daß sie es war, hätte er sie kaum wiedererkannt. Sie war groß, fast so groß wie er selbst, mit breiten Schultern und schmalen Hüften. Das dichte Haar war knisternd und leicht wie schwarze Seide. Ihre ausgeprägten, etwas grobflächigen Wangenknochen fingen das Licht auf. Sie trug Jeans, ein schlichtes, weißes Sweat-Shirt und war überhaupt nicht geschminkt. Einen Atemzug lang blickte sie ihn sprachlos an; dann strahlte ihr Lächeln bis zu den Augen hin, die glänzend aufleuchteten.

»Yasuo! Bist du's wirklich? Ich habe so oft an dich gedacht und mich gefragt, was wohl aus dir geworden ist!« Ihre Stimme war dunkel, noch dunkler als in seiner Erinnerung, und paßte kaum zu einem Mädchen ihres Alters. »Wie dunkler Honig«, dachte Yasuo und fühlte sich bis zu den Haarwurzeln erröten.

»Wo hast du meine Adresse aufgetrieben?« fragte sie, während er sich umständlich die nassen Stiefel auszog.

»Ich habe die Sendung im Fernsehen gesehen«, sagte er gepreßt.

»Die Sendung von heute nachmittag?« rief sie überrascht. »Und du bist sofort hergekommen?«

»Ist doch ganz natürlich«, stammelte er verlegen.

Sie lachte. »Du glaubst es nicht, aber wir haben zwei Tage an dieser Sendung gearbeitet, die schließlich nur vier Minuten dauerte. Das ganze Fernsehteam hat sich in meine vier Wände gepfercht. Bei jedem Schritt stolperte ich über Kabel oder knallte gegen einen Scheinwerfer.«

Yasuos Blicke wanderten über die hellen Wände mit den großen Bücherregalen. Auf einem Schreibtisch am Fenster stapelten sich Manuskripte und Zeitschriften in englischer und japanischer Sprache. Eine Arbeitslampe spendete sanftes, weißes Licht, und in einer Ecke stand ein kleines Fernsehgerät. Der Boden war mit den üblichen Binsenmatten ausgelegt, und vor einem flachen Lacktisch lagen japanische Sitzkissen. Das Bettzeug war wahrscheinlich in dem großen Wandschrank verborgen. Ein Holzperlenvorhang hing vor dem Eingang zur winzigen Küche.

»Hübsch hast du es hier«, bemerkte Yasuo. »Aber ich schätze, daß die Miete gesalzen ist.«

»Das Studio gehört mir«, sagte Mariko. »Ich habe es vom Honorar meines ersten Buches gekauft. Mein Treuhänder meinte, es wäre auf die Dauer günstiger, weil die Wohnungspreise ständig steigen.« Sie kicherte. »Aber die Hypothek schnürt mir fast die Luft ab! Jetzt bin ich gezwungen, mir jedes Jahr ein Buch aus dem Ärmel zu schütteln. Setz dich! Möchtest du Tee oder Kaffee?«

»Vielen Dank«, sagte Yasuo steif. »Ich nehme gerne einen Tee.«

Die Küche war so eng, daß man sich kaum darin bewegen konnte. Mariko setzte Wasser auf und hantierte einige Augenblicke, dann kam sie mit einem Tablett zurück, auf dem zwei schöne Keramikbecher standen.

»Lebst du hier ganz allein?« erkundigte sich Yasuo und bereute sofort seine aufdringliche Frage. Doch sie lächelte nur, während sie sich auf dem Sitzkissen niederließ und die Becher auf den Tisch stellte. »Ich habe viele Freunde. Außerdem sind Schriftsteller merkwürdige Leute. Wenn sie arbeiten, soll man sie in Ruhe lassen, sonst werden sie unbequem.«

»Es tut mir leid«, stammelte Yasuo. »Habe ich dich bei der Arbeit gestört?«

Sie kniff schelmisch die Lider zusammen. »Natürlich. Du hast mich völlig aus dem Konzept gebracht und jetzt kriege ich das Kapitel nie fertig!«

Obwohl er merkte, daß sie ihn neckte, blieb er ihr die Antwort schuldig. Er wußte einfach nicht, was er sagen sollte, und die Zunge klebte ihm am Gaumen. Hastig nahm er einen Schluck Tee, aber davon wurde sein Kopf auch nicht klarer.

»Und du?« fragte Mariko. »Was machst du denn jetzt?«

»Ich...« begann Yasuo. Seine Gedanken sausten durcheinander. Wo blieb seine Selbstsicherheit? Er war noch nie so verwirrt gewesen. Den eigentlichen Grund seines Besuches hatte er völlig vergessen.

»Ich arbeite in... in einem Restaurant in Asakusa«, stotterte er verlegen. (Asakusa ist ein Vergnügungsviertel in Tokio.)

»Als Kellner?« fragte Mariko. In ihrer Stimme lag keine Überheblichkeit, nur freundliche Anteilnahme, doch Yasuo schoß erneut das Blut ins Gesicht.

»Nein... nicht als Kellner«, antwortete er gedehnt. »Ich bin... eine Art Empfangschef. Nebenbei besuche ich Abendkurse. Ich will mich... im Hotelgewerbe ausbilden lassen.«

»Ausgezeichnet!« rief Mariko. »Wie heißt denn dein Restaurant? Ich laß mich mal von meinem Verleger dorthin einladen.«

Yasuo spürte wie seine Finger zitterten und stellte vorsichtig den Becher wieder hin.

»Tu das bloß nicht!« Er mimte Entsetzen. »Der Küchenchef trinkt häufig zuviel Sake!«

Mariko lachte, doch plötzlich veränderten sich ihre Züge. »Und Takeo? Was ist aus Takeo geworden?«

»Nimm dich in acht«, dachte Yasuo verzweifelt. »Du kannst ihr nicht die Wahrheit sagen.«

»Er ist nach Kambara zurückgekehrt«, log er. »Er lebt wieder bei seiner Großmutter und geht zur Schule.«

»Das war wohl das Beste für ihn«, sagte Mariko aufrichtig. »Er war noch nicht fähig, sich allein durchzuschlagen und hätte allzu leicht unter schlechten Einfluß geraten können.«

Yasuo nickte schweigend und wich ihrem Blick aus. Er verstand selbst nicht mehr, was in ihm vorging. Mit einer Stimme, die ihm fremd erschien, hörte er sich fragen: »Und du, Mariko? Bist du glücklich?«

Sie blickte versonnen ins Leere. Schließlich hob sie die Schultern. »Ich nehme es an, ja. Ich habe schon viel erreicht in einem Alter, wo andere Mädchen erst anfangen, sich Gedanken darüber zu machen, was aus ihnen später mal werden soll. Aber ich versuche, die Dinge klar zu sehen. Ich bin vor allem berühmt geworden, weil ich noch so jung bin. In einigen Jahren bin ich vermutlich nicht mehr so interessant, meine Bücher kommen aus der Mode, oder was weiß ich. Aber das wird mir wohl egal sein. Ich werde dem Erfolg nicht nachjagen. Ich hatte ihn ja schon und weiß, was das ist. Ich habe vor, Philosophie zu studieren und später dann zu unterrichten.«

Sie drehte gedankenvoll den Becher in ihren schlanken Fingern. »Ich arbeite zehn, zwölf Stunden am Tag. Manchmal bin ich so erschöpft, daß ich nicht einschlafen kann. Dann sage ich mir: ›Du hast etwas fertiggebracht, was nur von dir kommt. Es gibt niemanden auf der Welt, dem du diese Arbeit an den Hals hängen kannst!‹ Und dann bin ich zufrieden ...«

»Ich verstehe«, sagte Yasuo leise.

Er fühlte sich wie ausgepumpt. Sein eigenes Dasein kam ihm nutzlos und beschämend vor. Ein unerträgliches Gefühl hilfloser Verzweiflung überkam ihn. Er richtete sich auf. »Ich muß gehen. Ich ... ich habe eine Verabredung mit einem Freund.«

»Aber selbstverständlich«, sagte Mariko rasch. »Ich will dich nicht aufhalten. Aber es hat mich so gefreut, dich wiederzusehen.«

Yasuo ging zur Tür, mit hängenden Schultern. Warum war er nur so wütend auf sich selbst? Weil er einsah, daß er ein Versager war? Weil er nicht den Mut gefunden hatte, sein Vorhaben in die Tat umzusetzen und Mariko in seine schmutzigen Geschäfte hineinzuziehen? Sie durfte nicht erfahren, wer er wirklich war, durfte auch nicht wissen, wo er wohnte, was er tat. Und dennoch ... die Erkenntnis stieg in ihm wie eine Welle hoch, er wollte, er mußte sie wiedersehen! Sie stand da, etwas verloren lächelnd, als ob sie auf etwas wartete. Er sah zu ihr hin, und senkte sofort wieder den Blick. Er wagte nicht, ihr in die Augen zu sehen, geschweige denn ihr etwas zu sagen. Ja, verdammt, was war denn mit ihm los? Sie blieb weiterhin stumm. Warum sah sie ihn so an? Weil sie ihn verachtete? Sie hatte ihn ja auch vor die Tür gesetzt. Nein, das stimmte nicht, er war es ja, der gehen wollte. Sie hatte die Hand schon auf der Türklinke, als er hervorstieß: »Ich ... ich möchte dich wiedersehen!«

Sie lächelte und suchte seinen Blick, und dabei ging über ihr Gesicht ein solch leuchtender Glanz, daß Yasuo nicht glauben konnte, daß dieses Strahlen ihm galt. »Ich auch«, sagte sie schlicht.

Sein Herz schlug so heftig, daß es fast schmerzte. »Wann?« fragte er.

»Morgen vormittag habe ich Schule. Ich bin um elf fertig.«

»Um halb zwölf hier unten an der U-Bahn Station?«
fragte er atemlos. »Ich bin immer pünktlich!«
»Und ich immer unpünktlich«, parierte sie lächelnd,
während er seine Stiefel anzog. Dann wartete sie, bis
der Lift kam, winkte ihm ein letztes Mal zu und
schloß die Tür. Yasuo trat in den Aufzug und drückte
auf den Knopf. Der Aufzug setzte sich in Bewegung.
Yasuo spürte, wie es ihm flau im Magen wurde. Das
hatte gerade noch gefehlt! »Sei vernünftig, nimmt
dich zusammen! Was bist du? Ein Regenwurm im
Dreck, und sie ist wie ein Stern am Himmel...«
Zwei Etagen tiefer hielt der Aufzug mit einem Ruck.
Ein älterer Mann im Regenmantel kam herein, grüßte
flüchtig und mißtrauisch. Yasuos Augen wurden eng
und glitzernd, seine Wangenknochen traten scharf
hervor. »Ist schon recht, Papy, daß du Schiß vor mir
hast! Ich bin ein verlotterter Taugenichts. Sieh mir
nur in die Augen, Papy, und ich schmettere dein
bleiches Gesicht an die Wand. Verdammt, ja, das
werde ich tun!« Der Mann spürte seine Streitlust und
starrte beflissen an ihm vorbei. Endlich hielt der Lift,
die Türen glitten auf. Der Mann holte hörbar Atem,
zwängte sich fluchtartig aus dem Aufzug. Yasuo schob
die Hände in die Taschen und schlenderte zur Ein-
gangstür. Seine Cowboystiefel klirrten auf den Flie-
sen. »Was soll aus mir nur werden?« dachte er.
In der grell erleuchteten Kaffeebar stand Takeo vor
einem elektronischen Automaten und spielte »Krieg
der Sterne.« Mit hundert Yen wurde auf dem Bildschirm ein Angriff aus dem Weltraum ausgelöst, der
mit Atomraketen abgewehrt werden mußte. Es galt
darum, so lange wie möglich weiterzuspielen, bis die
Raketen die außerirdischen Feinde vernichteten. Gute Spieler schafften das etwa eine Minute lang.
Takeo sah Yasuo kommen und grinste ihn an. »Ich

habe vierzig Sekunden durchgehalten! Willst du auch mal versuchen?«

Yasuo schüttelte den Kopf. »Los hauen wir ab!« sagte er kurz.

»Warte doch! Wir haben ja heute abend nichts weiter vor!«

»Nun komm schon endlich!« Yasuo drehte sich um und ging hinaus, ohne auf Takeo zu warten. »Jetzt fehlt nur noch, daß Mariko uns über den Weg läuft. Wenn sie Takeo sieht, ist alles im Eimer. Sie wird mir kein einziges Wort mehr glauben.«

Takeo hatte ihn inzwischen eingeholt. »Was ist denn eigentlich los? Hast du Mariko gesehen?«

»Nein«, sagte er schroff, und ging schneller.

»Aber wo warst du denn die ganze Zeit?«

»Ich habe mir die Namensschilder angesehen.«

»Mir kann er das nicht weismachen«, dachte Takeo. »Entweder war sie nicht zu Hause, oder er hat sich nicht zu ihr hineingetraut.«

Sie gingen das Motorrad holen. Yasuo legte die eine Hand auf die Lenkstange, die andere an den Sitz, und schob die Maschine auf die Straße. »Außerdem«, sagte er, » habe ich mir die Sache überlegt. Es würde Kasigi nicht passen, wenn wir eigenmächtig handelten. Ich werde gelegentlich mit ihm darüber reden.« Er setzte seinen Helm auf und bestieg die Maschine, während Takeo eine Zentnerlast vom Herzen fiel. Die Sache war zum Glück noch glimpflich abgelaufen.

15

In der Nacht fiel Schnee. Auf den Straßen brachte der Verkehr ihn rasch zum Schmelzen, aber am Morgen war die Luft angefüllt mit dem kühlen Schein der Sonne, und die Parkanlagen wirkten wie eine Märchenlandschaft. Glitzernder Pulverschnee bedeckte die Pfade, und die gefiederten Gipfel der Bambushaine glichen aufgespannten weißen Regenschirmen.

Als Yasuo die Treppe zur U-Bahnstation hinauflief, wurde er von der Sonne geblendet. Im Park gegenüber wirbelte der Wind funkelnde Schneewolken auf. Yasuo trug seine Lederjacke, die ihn nicht besonders wärmte, dazu Wollhandschuhe und einen dicken Schal. Die Nässe drang durch seine Cowboystiefel, und seine Socken waren feucht. Er rieb sich die Hände und stampfte mit den Füßen. Leute hasteten an ihm vorbei, während auf der anderen Straßenseite ein Rotlicht eine unübersehbare Autoschlange zum Stokken brachte.

»Ich bin immer unpünktlich«, sagte neben ihm eine fröhliche, etwas atemlose Stimme.

Er fuhr herum. Mariko trug einen rostroten Steppmantel und über ihre Stiefel bunte, peruanische Gamaschen. In der Hand hielt sie einige Bücher und Hefte, die mit einem Lederriemen zusammengehalten wurden. Sie sahen sich an, und ihm war, als ob sie beide schwankten.

»Hast du schon gegessen?« fragte er.

Sie schüttelte den Kopf. »Ich aß in der zweiten Pause einen Sandwich, und jetzt habe ich keinen Hunger mehr. Und du?«

»Ich auch nicht«, log er. »Wohin gehen wir?«

»Die Luft ist so schön«, sagte Mariko. »Gehen wir spazieren. Um halb zwei muß ich wieder in die Schule.«

Sie liefen über die Straße und gingen durch das schmiedeeiserne Gitter. Der Schnee lag schwer auf den Baumgipfeln, und manchmal, wenn sich die Zweige im Wind bewegten, brach die Schneemasse zerstäubend wie eine große, weiße Wolke zusammen. Die Gärtner hatten die Steinlaternen und die kostbarsten Pflanzen und Sträuchersorten mit Stroh umwikkelt. Kinder in bunten Anoraks veranstalteten eine Schneeballschlacht. Die Luft schwirrte von fliegenden und zerstiebenden Schneebällen, die Kinder jauchzten und lachten. Mariko lachte mit ihnen. Ihr Gesicht hatte einen rosigen Schimmer und leuchtete vor Entzücken.

»Ich habe so viel zu tun, daß ich kaum an die Luft komme. Wenn ich mein Studium hinter mir habe, will ich aus Tokio raus. Ich werde aufs Land ziehen.«

»Fährst du wieder nach Kambara zurück?«

»Das geht nicht«, antwortete sie traurig. »Das Haus wurde ja verkauft.«

»Hast du noch Kontakt zu deinen Verwandten in Amerika?«

»Ja. Ich habe ihnen geschrieben und ihnen alles erzählt. Sie schrieben mir sehr verständnisvoll zurück. Damals haben sie sich furchtbar aufgeregt. Onkel Phil mußte wieder nach Boston zurück, aber Tante Martha ist noch vier Monate in Japan geblieben und hat alles versucht, um mich wiederzufinden. Sie hat eine Vermißtenanzeige aufgegeben, die US-Botschaft eingeschaltet und sogar einen Privatdetektiv angestellt. Aber es half nichts, ich war und blieb verschwunden!«

»Du warst gut getarnt«, Yasuo schmunzelte.

»Ja«, sagte sie zerknirscht. »Im Grunde war es gemein von mir, daß ich abgehauen bin. Zum Glück tragen mir Onkel Phil und Tante Martha nichts nach. Wir stehen jetzt im Briefwechsel und ich habe versprochen, sie mal in den Ferien zu besuchen.«

Der Schnee knirschte unter ihren Stiefeln, während sie über die einsamen Pfade wanderten. Ein Vogel hüpfte über den Weg und hinterließ wie eine Ornamentstickerei eine leichte und zierliche Spur im Schnee. Vor ihnen lag ein Teich, wo im Sommer Schwertlilien blühten. Die Sonne funkelte auf der milchweißen, erstarrten Fläche. Am Ufer war das Eis blaugrün, und die eingefrorenen Wasserpflanzen waren unter der gläsernen Decke deutlich sichtbar.

»Das Eis scheint fest!« sagte Mariko. Sie hielt sich an einem Zweig fest und tastete das Eis mit dem Fuß ab.

»Sei vorsichtig!« rief Yasuo.

Sie lachte und reichte ihm die Hand. »Als Kind konnte ich gut Schlittschuhlaufen. Halt' mich fest!«

Er griff nach ihrer Hand. Ihre Finger waren warm und kräftig. Schritt für Schritt wagten sie sich auf die Eisfläche hinaus und versuchten zu gleiten. Yasuo nahm kaum noch das Brausen des fernen Verkehrs wahr. Er erinnerte sich an die Zeiten, als er noch ein Landjunge war. Bilder seiner Kindheit erschienen vor seinen Augen: der tiefblaue Himmel, die Pinien, schwer von Schnee, der Dunst, der über der Küste schwebte, während Schaum an die Stämme der Kiefer sprühte und Möwen über die Klippen schwebten.

Vor ihnen, auf einer kleinen Insel, erhob sich eine einzelne Weide. Ihre langen Zweige schaukelten wie ein weißer Perlenvorhang über dem Eis. Mariko nahm einen Anlauf, glitt im Flug durch die Zweige, stolperte über die gewundenen Wurzeln und lehnte sich, atemlos lachend, an den Baumstamm.

»Du meine Güte, wir benehmen uns wie die Zehnjährigen!« Sie begegnete seinem Blick, fremd und starr; ihr Lachen erlosch. »Was ist los?« fragte sie.

Er schüttelte den Kopf. Er hatte seine Sonnenbrille vergessen, und die Augen schmerzten ihn. »Ich... ich war nicht auf so was gefaßt!« stieß er hervor. Seine Stimme gehorchte ihm kaum. »Ich dachte... es sei alles ganz anders.«

Sie nickte mit ernstem Gesicht. Ihre Augen schimmerten goldbraun wie Bernsteine. »Ja, ich verstehe.« Sie verstand... Sie! Er nicht. In ihm ging alles drunter und drüber. Er wandte das Gesicht ab, sie sollte nicht sehen, in welchem Zustand er war. »Ich habe die ganze Nacht an dich gedacht. Ich konnte nicht schlafen. Wir kennen uns schon so lange. Hast du dir mal vorgestellt, daß es so sein könnte... ich meine: das zwischen dir und mir?«

Jetzt lächelte sie wieder, fast nachsichtig. »Ich habe es sofort gespürt, als ich dich gestern wiedersah. Du nicht auch?«

»Aber es ist doch alles so... unlogisch!«

Sie sah ihn an und wartete auf eine Erklärung. Er drehte ihr den Rücken zu. Er konnte nicht sprechen. »Ich verdiene weder ihre Achtung noch ihr Vertrauen, geschweige denn ihre Liebe. Aber wenn ich ihr jetzt sage, wer ich bin, glaubt sie es mir ja doch nicht. Oder sie bekommt Abscheu vor mir, und das könnte ich niemals ertragen.« Er ballte die Fäuste in den Hosentaschen. »Das habe ich nun davon! Ich bin ein Dreckskerl, ein Gauner, ein Feigling...«

»Yasuo«, sagte sie.

Er spürte ihre Hand auf seiner Schulter und erbebte. Die Berührung ging ihm durch Mark und Bein. Er wandte sich um, so heftig, daß er fast strauchelte, und schloß sie in die Arme. Er drückte sie so heftig an sich, daß sie durch den Mantel die Nieten seiner Lederjacke fühlte. Das Gesicht hatte er in ihrem weichen, nach Pfirsichöl duftenden Haar vergraben.

»Ich liebe dich . . .«, flüsterte er. »Ich liebe dich so . . .«

»Ich liebe dich auch«, sagte sie leise. »Früher habe ich das nicht gewußt, aber heute weiß ich es. Ich habe dir so viel zu verdanken.«

Er löste sich heftig von ihr, packte sie an den Schultern. »Sag das nicht! Das ist nicht wahr!«

Sie lächelte. »Hättest du mir damals nicht den Job besorgt, wer weiß, was aus mir geworden wäre . . .«

»Du wärst auch ohne meine Hilfe was geworden«, sagte er bitter. »Du hast soviel Kraft in dir.«

»Jeder Mensch hat die Kraft, sein eigenes Leben zu gestalten«, sagte sie sanft.

Er schüttelte den Kopf. »Ich nicht. Ich bin ein Versager!«

»Warum sagst du das?« fragte sie behutsam.

Er preßte die Lippen zusammen und schwieg. Sie betrachtete ihn mit scharfem, eindringlichem Blick. Plötzlich ging ein verstehender Ausdruck über ihr Gesicht.

»Machst du dir Gedanken, weil ich studiere, und du in einem Restaurant arbeitest? Aber das spielt doch überhaupt keine Rolle! Du bist doch immer gut zurechtgekommen. Wie alt bist du? Achtzehn? Da kannst du immer noch an Fortbildungskursen teilnehmen, um später beruflich vorwärtszukommen.«

Er streichelte sanft ihr Gesicht. »Deine Haut ist zart«, sagte er, »zart wie Seide.«

»Das ist die kalte Luft«, sagte sie schelmisch, »aber mit einem Themawechsel kannst du die Sache nicht aus der Welt schaffen.«

»Ich passe nicht zu dir«, sagte er finster.

»Ich glaube«, antwortete sie nachdenklich, »es kommt immer nur auf die innere Einstellung an. Jeder, der sich verliebt, sieht in seinem Partner nur das, was er sehen will. Und wenn die Illusion vergeht, sei es unter dem Druck äußerer Umstände, sei es, weil sich die Charaktere gegensätzlich entwickeln, sollte man das Scheitern in Kauf nehmen und nicht dem anderen die Schuld dafür geben.«

»Du kennst mich ja gar nicht«, sagte er rauh.

»Du mich auch nicht.« Sie lächelte. »Paß auf, ich bin eigensinnig, ehrgeizig und kompliziert. Und wenn du mich beim Schreiben störst, schmeiße ich dir das Wörterbuch an den Kopf!«

Er schwieg. Seine ganze Welt ging aus den Fugen. Er konnte keinen vernünftigen Gedanken mehr fassen. War es nicht schon genug und wundersam, daß er bei ihr sein konnte? Warum überließ er sich nicht all dem Glück? Allein mit ihr sein, ihr nahe sein, was wollte er mehr?

Plötzlich sah sie auf die Uhr und fluchte. »Schon viertel nach eins! Gleich fängt die Schule an!«

Während er die Zweige hob, damit sie vorbei konnte, rieselten glitzernde Schneeflocken auf ihr Haar. Halb rutschend, halb gehend, erreichten sie die Böschung.

»Wann sehe ich dich wieder?« entfuhr es Yasuo.

Mariko klopfte sich den Schnee aus dem Haar. Sie hob den Kopf, ihre Augen trafen sich. Auf einmal war ihm, als stehe die Zeit still.

»Komm heute abend«, sagte sie. »Du weißt ja, wo ich wohne.«

Er hörte ihre Stimme, sie kam von weither. Er fühlte sich betäubt, kraftlos wie jemand, der einen Schlag in den Magen bekommen hat. Seine Wangen glühten, sein Mund war ausgetrocknet, alles tat ihm weh.

»Jetzt«, dachte er. »Jetzt muß ich es ihr sagen... Ich kann heute abend nicht kommen. Ich muß nach Yokohama fahren, weil ich für einen Gangsterboß arbeite...«

Er starrte sie an und atmete nicht ein und nicht aus. Er

brachte es einfach nicht über die Lippen. Doch, er mußte jetzt auf der Stelle anfangen, sonst würde er sich selbst bis in alle Ewigkeit verachten. Feigling! Dreifacher Schuft!

»Mariko...«

»Ja?« sagte sie lächelnd.

Weiter! Jetzt mußte er ihr alles sagen. Doch hatte er erst mal den Anfang gemacht, konnte er nicht wieder zurück, und dann würde er... Aber nein, so ging das auch nicht. Ja, er hatte sich was Schönes eingebrockt. Er durfte sie mit seinen Problemen nicht belästigen. Zuerst mußte er darüber nachdenken, wie er sich aus der Klemme zog. Wenn er bloß Zeit zum Überlegen hätte! Was tun? Shimoda-San mitteilen, daß er heute abend nicht auf ihn zählen konnte? Aber dazu fehlte ihm der Mut. Bevor Neulinge bei den Yakuzas aufgenommen werden, müssen sie eine Prüfung bestehen: Die Sache mit Yokohama war ihr erster größerer Auftrag, und Shimoda-San würde nicht dulden, daß er schlappmachte. Kasigi ins Vertrauen ziehen? Der würde ihm garantiert den Rückzieher übelnehmen. Aber Kasigi war ein Freund, wahrscheinlich würde er Verständnis für ihn aufbringen...

»Sei mir nicht böse«, stotterte er. »Heute abend kann ich nicht. Ich... ich habe noch was zu erledigen. Aber morgen... morgen sehen wir uns ganz bestimmt.«

Sie kniff belustigt die Lider zusammen. »Habe ich deine Pläne durchkreuzt?«

»Auf keinen Fall!« rief er. »Ich meine... es ist gut so. Es war sogar nötig...«

Sie sah das dumpfe Elend in seinem Gesicht, das nervöse Flackern in seinen Augen. Ihre Heiterkeit wich einem besorgten Ausdruck.

»Yasuo... was ist eigentlich los mit dir?«

Er legte ihr impulsiv die Finger auf die Lippen. »Nimm

es mir nicht übel, aber ich kann noch nicht darüber sprechen. Heute noch nicht. Morgen... morgen erzähl' ich dir alles!«

Er sah die Wärme, die ihm aus ihren Augen entgegenstrahlte, und fühlte die Tränen aufsteigen. Sein Atem wurde vor seinem Mund zu weißem Dampf. »Hab Geduld mit mir!« stieß er hervor.

Ihr Gesicht blieb ernst, doch er bemerkte, wie die goldenen Funken in ihren Augen wieder aufleuchteten. »Ich habe schon immer viel Geduld gehabt.«

Aber zwischen ihnen war jetzt eine Spannung, fast eine Beklommenheit. Er hatte ein schlechtes Gewissen, und sie spürte es mit ihrer gewohnten Feinfühligkeit. Schweigend gingen sie weiter. Die Kinder hatten die Schneeballschlacht beendet, und es war sehr still im Park. Hier und da fiel der Schnee klatschend von den Sträuchern. Vor dem Tor blieb Yasuo plötzlich stehen und packte sie an den Schultern. Sein Gesicht war gerötet, sein Atem flog. »Mariko... hast du Vertrauen zu mir?«

Sie nickte. Der Blick ihrer mandelförmigen Augen war fest und voll auf ihn gerichtet. »Ja«, sagte sie. »Ich habe Vertrauen zu dir.«

16

Takeo blätterte nervös in Kasigis Porno-Heften, als das Schlüsselgeräusch ihn den Kopf heben ließ. Yasuo trat ins Zimmer, knallte die Tür zu und zog seine durchnäßten Stiefel aus. Takeo warf die Hefte aufatmend beiseite. »Mensch, wo hast du denn so lange gesteckt? Es ist schon vier!«

Yasuo antwortete nicht sofort. Sein Blick glitt über die Unordnung im Zimmer: Kleider, schmutzige Wäsche, überfüllte Aschenbecher, leere Bierflaschen und schmutziges Geschirr, alles lag durcheinander. Der Fernseher lief auf vollen Touren. Es roch nach kalter Asche, Soyasauce und eingeschlossener Luft. Yasuo ging mit großen Schritten durchs Zimmer und stellte den Fernseher ab. »Mach doch das Fenster auf! Es stinkt ja hier drin!«

»Aber mir ist kalt!« Takeo hustete. »Ich habe keine Lust, mir eine Lungenentzündung zu holen!«

Yasuo riß das Fenster auf und atmete in vollen Zügen die eiskalte Luft ein. »Wo steckt Kasigi?«

»Der kommt gleich wieder.« Takeo zog seinen Rollkragen höher. »Er war schon dreimal hier und hat nach dir gefragt.«

Yasuo blieb stumm.

Takeo sah auf die Uhr. »Es wird Zeit. Wir müssen gleich losfahren.«

»Wohin?« fragte Yasuo böse.

Takeo starrte ihn entgeistert an. »Du hast doch wohl nicht vergessen, daß wir nach Yokohama müssen?«

»Wir fahren nicht nach Yokohama«, sagte Yasuo kehlig. »Los, pack deine Sachen. Wir verschwinden!«

Takeo blieb der Mund offen. »Sag mal, spinnst du?«

»Schon möglich.«

Takeo stand wie erstarrt. »Aber wir können doch

nicht einfach so abhauen. Wo sollen wir denn wohnen?«

»Es gibt genug Hotels. Mit den Yakuzas ist es aus, Schluß. Ab morgen suchen wir uns einen anständigen Job.«

Takeo schwieg eine volle Sekunde lang. »Nerven behalten«, dachte er. »Du Schafskopf du, behalt bloß die Nerven. Aber er sieht tatsächlich etwas verstört aus. Richtig verstört.«

»Sag mal... was ist denn mit dir los?« stieß er hervor.

Yasuos finsterer Ausdruck veränderte sich. Er grinste ihn offen und breit an. »Erzähl ich dir später. Mir ist so etwas... wie eine Erleuchtung gekommen.«

»Aber was sollen wir denn Kasigi sagen?«

»Kasigi ist mir scheißegal!« entfuhr es Yasuo.

»Was sagtest du da gerade?« Die eiskalte Stimme hinter ihm ließ Yasuo herumfahren. Kasigi war ins Zimmer gekommen, ohne daß er ihn gehört hatte. Er steckte seinen Schlüssel in die Tasche, streifte seine schwarzen Lackschuhe ab und betrachtete Yasuo mit forschendem Blick. »So redet man also von Freunden, wenn sie nicht anwesend sind«, bemerkte er spöttisch, aber der beleidigte Ton in seiner Stimme war nicht zu überhören. Er zog seinen Mantel aus und warf ihn auf den nächsten Stuhl. »Und warum bin ich dir plötzlich so scheißegal?«

Yasuo spürte sein Herz heftig schlagen. So ein Pech! Er hatte vorgehabt, mit Kasigi etwas trinken zu gehen und ihm alles behutsam zu erklären. Doch das war schiefgegangen. Er holte tief Luft. »Kasigi, ich muß dir was sagen.«

Kasigi zog mit zwei Fingern seine Manschette zurück und blickte auf seine goldene Uhr. »Muß das unbedingt jetzt sein? In diesem Verkehr und bei dem

Wetter braucht ihr mindestens zwei Stunden bis nach Yokohama.«

»Hör doch mal zu! Nur eine Minute!«

Kasigi schob sich eine Zigarette in den Mund und knipste sein Feuerzeug an. »Die hast du«, sagte er kühl.

Yasuo fuhr mit der Zunge über die trockenen Lippen. Er wußte plötzlich nicht mehr, womit er anfangen sollte. »Ich... ich bin nicht mehr einverstanden mit dem, was wir machen«, stammelte er zerfahren.

Kasigi hob gelassen die Brauen. »Du hast so lange für den selben Tarif gearbeitet, daß es wohl keine Rolle spielt, ob wir heute oder erst morgen eine neue Regelung treffen.«

Yasuo schoß die Röte ins Gesicht. Er fühlte sich doppelt gedemütigt. Erstens, weil Kasigi glaubte, daß er mehr Geld wollte, und zweitens, weil er offensichtlich bereit war, es ihm zu geben, was darauf schließen ließ, daß er ihn monatelang ausgenutzt hatte. Er ballte die Fäuste. »Es geht um ganz was anderes. Ich fahr' nicht nach Yokohama.«

Kasigi zog den Rauch ein und stieß ihn durch die Nase wieder aus. »Und warum nicht?«

»Ich zieh' mich zurück. Die Sache mit Yokohama, die geht mir zu weit.«

»So. Hast du die Hosen voll?« Kasigis Stimme klang sanft, aber sein Gesicht war steinern geworden.

Yasuo fuhr zusammen. Seine Wangen brannten vor Zorn, aber er beherrschte sich. »Ich habe es mir einfach anders überlegt!«

Kasigis Worte fielen wie Eiszapfen in den warmen Raum. »Hör mal, Freund! So geht das nicht. Man kann sich nicht in eine Sache einlassen und dann plötzlich kneifen, ohne einen handfesten Grund anzugeben.«

»Es ist eine persönliche Angelegenheit«, sagte Yasuo.
»Ich hoffe, du siehst das ein.«
Kasigis Augen schweiften zu Takeo hinüber, der die
beiden fassungslos anstarrte. »Sag mal, was ist denn in
den da gefahren?«
Takeo schüttelte ratlos den Kopf. »Keine Ahnung.
Mir... mir ist nur aufgefallen, daß er sich seit gestern
so komisch benimmt...«
»Halt's Maul, Takeo, und pack deine Sachen!« fuhr
Yasuo ihn an. »Ich habe gesagt, ich will nicht mehr
mitmischen, und dabei bleibt's«, sagte er zu Kasigi.
Dieser legte die brennende Zigarette vorsichtig in
einen schmutzigen Aschenbecher. »Moment mal.
Shimoda-San hat die ganze Sache eingefädelt und
zählt auf euch. Es bleibt ihm jetzt keine Zeit mehr,
etwas anderes zu organisieren.«
»Ich scher' mich einen Dreck um Shimoda-San!«
fauchte Yasuo.
»So?« Kasigis pechschwarze Augen zogen sich zu
Schlitzen zusammen. »Ist dir eigentlich klar, daß ich
für dich gebürgt habe?«
Yasuo spürte die verhaltene Drohnung, doch er weigerte sich, sie zur Kenntnis zu nehmen. »Sieh zu, wie
du mit ihm fertig wirst!«
Nachdenklich kamen die Worte über Kasigis dünne
Lippen. »Dann soll ich also deinetwegen vor Shimoda-
San das Gesicht verlieren?«
Yasuo zwang sich gewaltsam zur Ruhe. Die Sache war
schiefgegangen, und er wollte Kasigi nicht noch mehr
reizen. »Nun steh doch nicht so da und gaff!« herrschte er Takeo an. »Ich habe dir gesagt, du sollst dein Zeug
zusammenpacken!«
»Er wird überhaupt nichts packen«, sagte Kasigi im
schleppenden Ton. »Es soll nicht heißen, daß Shimoda-San mich einen Wortbrüchigen nennt.«

Yasuo blieb ihm nochmals die Antwort schuldig. Er wollte seine Tasche holen, aber Kasigi stand da wie ein Eisblock und versperrte ihm den Weg. »Laß mich vorbei!« zischte Yasuo.

Kasigi rührte sich nicht. Yasuo hob einen Arm, nicht, um ihn etwa anzugreifen, sondern nur, um ihn fortzuschieben. Unversehens stieß er einen Schmerzensschrei aus. Kasigi hatte ihm mit der Handkante einen Schlag gegen den Ellbogen verpaßt, und jetzt hing sein rechter Arm wie gelähmt herab. Yasuo nahm Unterricht in Karate, aber diesen Kniff kannte er noch nicht. Alle Nerven im Ellbogen prickelten, der Schmerz machte ihn fast rasend. Ungeschickt schleuderte er die linke Hand nach vorn, doch Kasigi war schneller. Ein grausamer Schlag von einer felsenharten Faust traf ihn an den Kopf, daß es dröhnte. Ein zweiter Hieb in den Magen ließ ihn hustend und würgend zusammenklappen. Stöhnend sank er in die Knie, fiel nach vorn und rollte herum. Kasigi gab ihm noch einen Fußtritt in die Rippen. Yasuo krümmte sich ächzend und Blut spuckend am Boden, während Kasigi gelassen über ihn stand und seine Finger bewegte, um die Gelenke zu lockern.

Takeo klammerte sich bleich vor Schreck an eine Stuhllehne. Er konnte nicht eingreifen. Der Typ da war viel zu stark. Wie kam Yasuo nur dazu, Kasigi so herauszufordern?

Dieser stieg seelenruhig über Yasuo hinweg, nahm seine Zigarette aus dem Aschenbecher und tat einen kräftigen Zug. Yasuo versuchte, sich aufzurichten. Der Schmerz in seinem Kopf war ungeheuerlich. Er fuhr mit der Hand über die Lippen und sah Blut an seinen Fingern. Sein Magen war in Aufruhr, und der Schweiß floß ihm in eisigen Strömen über den Rükken. Endlich gelang es ihm, wieder auf die Beine zu kommen. Er schwankte und holte tief Atem, was jedoch weder den Schmerz noch die Übelkeit vertrieb. Endlich löste sich Takeo aus seiner Erstarrung. Er lief auf ihn zu und stützte ihn. »Yasuo... ist was gebrochen?«

Yasuo schüttelte den Kopf, das Blut floß ihm aus dem Mund, und er hatte natürlich kein Taschentuch. »Hinlegen! Flach hinlegen!« stammelte Takeo.

Yasuo stieß ihn von sich und schleppte sich ins Badezimmer. Im trüben Spiegel sah er sein bleiches, entstelltes Gesicht. Die Oberlippe war stark geschwollen, und auf seiner Wange bildete sich ein großer, blauer Fleck. Sein Hemdkragen war voller Blut. Stöhnend beugte er sich über das Waschbecken und wusch sich unter fließendem eiskalten Wasser ab. Dann nahm er das Handtuch, rieb sich blind übers Gesicht. Wieder sah er in den Spiegel. Ein Blutfaden rann ihm aus dem Mund, aber es wurde weniger. Er stellte fest, daß er sich die Zunge zerbissen hatte. In seiner Benommenheit versuchte er einen klaren Gedanken zu fassen, aber er sah immer nur Mariko vor sich, und fühlte die Tränen hochsteigen.

»Nun?« sagte hinter ihm Kasigis eiskalte Stimme. »Bist du wieder zur Vernunft gekommen?«

Yasuo fuhr herum und drückte das Handtuch auf die geschwollenen Lippen. »Das werde ich dir heimzahlen«, zischte er.

»Ich an deiner Stelle würde nicht so großspurig tun«, Kasigi blies ihm den Rauch ins Gesicht. »Das hier war nur der Anfang. Und jetzt hör gut zu, du Drückeberger. Ich dulde nicht, daß die Sache heute abend deinetwegen schiefgeht. Du fährst jetzt augenblicklich los und führst den Auftrag aus. Und wenn du nicht genau und gewissenhaft das erledigst, was man von dir erwartet, werden dir ein paar Freunde von mir eine Schönheitsmassage verpassen, die dich für einen Monat ins Krankenhaus bringt. Und versuch nicht, uns reinzulegen. Du könntest dich in kein Rattenloch verkriechen, ohne daß wir dich wiederfinden und Hackfleisch aus dir machen. Verstanden?«

Yasuo holte tief Luft. Sein ganzer Körper war steif und schmerzte. Stockend brachte er hervor: »Wenn wir heute abend... die Sache für dich erledigen... läßt du uns dann in Zukunft in Ruhe?«

»Aber selbstverständlich!« Kasigi verzog geringschätzig die Lippen. »Mit euch Hasenfüßen will ich nichts mehr zu tun haben. Ist der Auftrag erfüllt, könnt ihr eure Sachen packen und verschwinden. Aber paßt auf, daß ihr mir nie wieder über den Weg lauft. Alles klar?«

Yasuo warf das Handtuch in eine Ecke und ging an ihm vorbei. Er zog seine Lederjacke an, zog den Reißverschluß zu und schlang sich seinen Schal um den Hals. Seine Arm- und Bauchmuskeln schmerzten bei jeder Bewegung. Er biß die Zähne zusammen. »Los, Takeo! Wir fahren!«

Takeo nickte verstört und warf Kasigi einen Blick zu, der auf Verständnis hoffte. Doch Kasigi rauchte ungerührt und sah durch ihn hindurch, als wäre er Luft.

17

Es war schon stockdunkel. Der schneenasse Asphalt glänzte, und es blies ein eisiger Wind. Takeo zog die Mütze bis über die Ohren und setzte seinen Helm auf. Steif und schlotternd nahm er auf dem Hintersitz Platz. Er war völlig aufgewühlt. Wie konnte sich Yasuo Kasigi gegenüber nur so unvorstellbar dumm aufführen? Kein Wunder, daß diesem der Kragen geplatzt war!

Er schwieg, während Yasuo den Starter betätigte, den Kontaktschlüssel drehte und den Anlasser kickte. Der Motor knatterte, und die Kawasaki dröhnte und bebte. Mit der rechten Hand bediente Yasuo den Gashebel und kuppelte gleichzeitig. Die Maschine setzte sich in Bewegung. Yasuo hatte das Gefühl, daß der Motor in seinem Gehirn dröhnte. Er konnte schlecht sehen. Der Helm drückte auf seinen geschwollenen Kiefer, und er hatte einen Blutgeschmack im Mund. Bis nach Yokohama waren es etwa dreißig Kilometer in südlicher Richtung. Vereinzelte Schneeflocken wirbelten im Scheinwerferlicht, das sich auf dem Asphalt spiegelte. Eine ununterbrochene Autoschlange staute sich auf den High-Ways. Tokio schien aus einem Meer von Neonreklamen zu bestehen, die in gleißenden Farben zuckten und bebten. Yasuo hatte das Gefühl, daß die Lichter seine Netzhaut verbrannten. Er blinzelte benommen unter seinem Sturzhelm und fragte sich, ob es ihm wohl gelingen würde, die Strecke ohne Unfall zurückzulegen. Kein vernünftiger Motorradfahrer hätte heute abend und bei diesem Wetter seine Maschine gebraucht. Aber es blieb ihm keine andere Wahl, als Kasigis Auftrag auszuführen, denn sonst würde er in ständiger Angst leben, daß die Yakuzas ihn wiederfanden und sich rächten.

Er mußte immerzu an Mariko denken. Morgen würde er sie wiedersehen und ihr die ganze Geschichte erzählen. Sie hatte schon viel erlebt und stand über den Dingen: Gewiß würde sie ihn verstehen und ihm alles verzeihen. Er wollte sich einen guten, ehrlichen Job suchen und mit ihr ein völlig neues Leben beginnen. Mariko hatte ihn auf einen guten Gedanken gebracht: Er würde Abendkurse besuchen und sich im Gastgewerbe ausbilden lassen. Schließlich hatte er schon einige Erfahrung auf diesem Gebiet.

Aber Takeo? Was sollte aus Takeo werden? Obwohl Yasuo es sich nie eingestanden hatte, empfand er Takeo gegenüber eine Art Verantwortungsgefühl. »Er sollte wieder zur Schule gehen«, dachte er. »Ja, das ist die beste Lösung für ihn. Ich werde seiner Großmutter schreiben, daß sie ihn abholt.«

Endlich wurde der Verkehr flüssiger, und Yasuo schaltete in den zweiten Gang. Sie rollten durch die Nacht, während unzählige Lastwagen auf der dreispurigen Autobahn neben ihnen herdonnerten und sie mit Schlamm bespritzten. An einem normalen Tag hätte sich Yasuo einen Spaß daraus gemacht, sie zu überholen, aber heute fühlte er sich unfähig dazu. Heftiger Seitenwind drückte gegen die Maschine: Er hatte Mühe, die Spur zu halten. Auf beiden Seiten der Autobahn zogen endlose Reihen erleuchteter Wohnblöcke vorbei. Das Licht schmerzte in Yasuos Augen, zerriß in tausend blendende Splitter. Er fror und schwitzte zugleich, und alles tat ihm weh.

Sie brauchten fast zwei Stunden, bis sie Yokohama erreichten. Sie fuhren zwischen den großen Hochhäusern der Neustadt, vorbei an dem verschneiten Universitätsgelände. Der Weg zum Hafen führte durch das chinesische Viertel mit seinen grellbunten Leuchtreklamen, seinen farbigen Laternen und den unzähligen

Kleinrestaurants, deren Namen in großen chinesischen Schriftzeichen auf baumelnde Stoffbahnen gedruckt waren.

Gleich nach China-Town begann das Hafengelände. Die Schiffe lagen wie gewaltige dunkle Berge am Kai, ihre Masten und Schornsteine zeichneten sich vor der rötlichschimmernden Wolkenmasse ab. Kleine Boote hingen an ihrem Rumpf, gleich Insekten, die große tote Fische umschwärmen. Fahrende Schiffe zogen ihre glitzernde Bahn durch das tiefschwarze Wasser. Yasuo hielt die Maschine auf einem für Privatfahrzeuge verbotenen Parkplatz an: Shimoda-San hatte ihm gesagt, daß abends keine Kontrollen durchgeführt wurden. Beide Jungen nahmen ihre Helme ab; sie atmeten den vertrauten Geruch von Teer, Heizöl und Tang ein. Yasuo zog seine Lederhandschuhe aus, betastete sein geschwollenes Gesicht und spürte den Bluterguß unter seinen Fingern.

»Was nun?«, fragte Takeo zähneklappernd.

»Wir müssen zur Werft N. 8«, sagte Yasuo. »Dort wird man uns ein Signal geben.« Die Kieferknochen schmerzten sogar beim Sprechen. Er versuchte die Leuchtziffer seiner Uhr zu sehen. »Komm schnell! Wir haben schon Verspätung.«

Sie suchten zwischen Lagerhäusern, Eisenbahngeleisen und Verschiebekränen ihren Weg. Die Wolken teilten sich über dem Meer, die bernsteinfarbene Mondkugel wurde sichtbar. Flüssiges, gelbes Licht strömte von ihr aus. Einige Arbeiter hatten Nachtschicht. Das Dröhnen, Knirschen und Klingeln eines Baggers ertönte in der Ferne. Hinter den trüben Fenstern der Lagerhäuser bewegten sich Menschen. Doch bald kamen sie in eine Gegend, wo die Hafenlampen nur spärlich erleuchtet waren. Es wurde nirgends gearbeitet und nirgends geladen. Verrostete Fässer stapelten sich auf der Werft. Man hörte das Gurgeln des Wassers, das Kratzen und Quietschen der angelegten Schiffe am Kai.

»Da vorn muß es sein«, flüsterte Yasuo. Er zeigte auf die finsteren Umrisse eines gedrungenen Kutters, der unter den eingeknickten Kränen einsam am Kai lag. Ein Wolkenfetzen glitt über den Mond, und es wurde stockdunkel. Der Atem der Jungen stand wie Nebel vor ihren Gesichtern. Hier und da waren auf der schwarzen Meeresfläche die Ankerlaternen der Fischerboote zu sehen, die dort die Nacht verbrachten.

»Aber da ist ja niemand!« Takeo mußte niesen und hielt sich die Nase zu. Er fror erbärmlich. Trotz seiner gefütterten Handschuhe waren seine Finger steif vor Kälte. Plötzlich wurde auf dem Schiff der Schein einer Taschenlampe sichtbar. Es blinkte dreimal in kurzen Abständen auf.

»Das Signal!« Yasuo stieß Takeo den Ellbogen in die Rippen. »Los, komm!«

Sie liefen auf den Kutter zu, der nach Heizöl und Ozean roch. Wieder flammte die Taschenlampe auf.

»He, da!« rief halblaut eine Stimme von oben. »Wird langsam Zeit, daß ihr kommt.«

Die Nässe der schweren Windstöße schlug ihnen ins Gesicht, als sie die Leitersprossen erklommen. Sie hörten das leise Klirren der Ankerkette. Das Deck war glitschig und schaukelte leicht unter ihren Füßen. Die dunkle Gestalt eines Mannes zeichnete sich vor der Kajütentür ab. »Ihr seid spät dran!« knurrte er. »Gebe seit einer halben Stunde Signale. Ist verdammt gefährlich, die Hafenpolizei macht hier ständig Runden. Mein Name ist Kisen«, setzte er mürrisch hinzu.

Zwei andere Männer in Seemannspullovern tauchten aus der Finsternis auf. Einer ging hin und klemmte ein Kabel fest. Kisen betrachtete die Jungen im trüben

Lichtschein der Kompaßlaterne. Er hatte buschige Brauen, einen vorstehenden Kiefer und eine Narbe am Kinn. Sein Ausdruck war geringschätzig.

»Wie alt seid ihr eigentlich?«

»Achtzehn«, sagte Yasuo kleinlaut.

»Aber der da ist noch keine fünfzehn.« Kisen musterte Takeo mit offensichtlichem Argwohn. »Kann der wenigstens dichthalten?«

»Ich bin sechzehn«, sagte Takeo, aber der Narbige drehte ihm schon den Rücken zu. »Na ja, Shimoda-San muß wissen, was er tut. Habt ihr einen Wagen?«

»Ein Motorrad«, sagte Yasuo.

»Dann paßt gefälligst auf, daß ihr keinen Unfall baut.« Kisen ging in den vorderen Kojenraum und zog eine große schwere Segeltuchtasche unter einer Bank hervor. »Da, seht zu, wie ihr das Zeug nach Tokio bringt!« Yasuo nahm die Tasche: Sie war sehr schwer. »Takeo wird sie halten müssen«, dachte er. »Hoffentlich schafft er's nur.«

»Der Inhalt geht euch nichts an«, fuhr Kisen fort. »Liefert das Ding ab und ... Maul halten, verstanden?« Yasuo nickte und versuchte das Gewicht der Tasche zu schätzen. Etwas Hartes schlug an sein Bein. Er nahm an, daß es sich um auseinandergenommene Maschinenpistolen handelte.

»Ist das alles?« fragte er.

Kisen ließ ein Glucksen hören. »Ist das nicht genug? Und richtet Shimoda-San aus, daß wir übermorgen 'rausgehen. Wir haben Ladung, Stückgut für Singapur. Am 28. Februar sind wir wieder in Yokohama. Sagt ihm, er soll jemanden schicken. Wenn möglich, nicht wieder zwei halbwüchsige Motocross-Sprinter!«

Die anderen Männer lachten, während sich die Jungen durch die niedrige Tür schoben. Der eisige Wind blies ihnen an Deck entgegen. Sie stolperten die Gangway hinunter, als ein blendender Scheinwerferkegel über die Werft fegte und den Kutter erleuchtete. Takeo verlor vor Schreck fast das Gleichgewicht, aber er konnte noch rechtzeitig die Leine erwischen. Der Lichtschein tastete über das Schiff, riesige Schatten huschten auf, die Bullaugen funkelten. Yasuo und Takeo blinzelten, verwirrt und benommen wie geblendete Nachfalter. Sie hörten die hastigen Schritte der Männer an Bord, die aufgeregt hin und her rannten. Von der Werft her trug ihnen der Wind Befehlsstimmen entgegen. Die Gestalten, die sich in der Dunkelheit bewegten, wurden plötzlich sichtbar: Es waren Männer in der Uniform der Hafenpolizei, die jetzt auf den Kutter zustürzten. Da erst riß sich Yasuo aus seiner Erstarrung. »Los!« zischte er. »Weg von hier!« Er stolperte die Sprossen hinunter und lief, so schnell er konnte, über die Werft, um dem Lichtbereich zu entfliehen. Takeo keuchte und schnappte nach Luft. Sein Herz schlug so heftig, daß es ihm fast die Knie lähmte. Schritte jagten hinter ihnen her. Eine Stimme schrie: »Halt, oder wir schießen!«

Yasuo duckte sich im Laufen; er atmete stoßweise. Die Tasche schien eine Tonne zu wiegen. Der Scheinwerfer tastete hinter ihnen her und holte sie ein. Takeo kniff stöhnend die Augen zusammen. Blindlings rannte er weiter, strauchelte über ein armdickes Kabel und flog der Länge nach hin. Yasuo ließ die Tasche fallen, packte ihn an den Schultern. »Lauf!« brüllte er. »Mach, daß du wegkommst, Idiot!«

Sie hörten die näherkommenden Laufschritte und ehe Takeo sich aufrichten konnte, hatten zwei Polzisten sie eingeholt. Takeo vernahm das Sausen eines Gummiknüppels und hatte das Gefühl, seine Rippen explodierten. Er schrie auf und stürzte halb betäubt zu Boden. Der Polizist packte ihn an der Lederweste, riß ihn hoch und stieß ihn vor sich her. Der andere warf sich mit erhobenem Knüppel auf Yasuo. Dieser jedoch wich dem Schlag um Haaresbreite aus. Er schwenkte ab und rannte weiter, den Polizisten dicht hinter sich. Die Angst verlieh Yasuo übermenschliche Kräfte: der Polizist konnte seine Geschwindigkeit nicht lange durchhalten und blieb immer weiter zurück. Plötzlich kam der Mond hinter einer Wolke hervor und im gespenstischen Licht wurde knapp vor Yasuo ein Streifenwagen sichtbar. Er sah Gestalten die hin und her liefen. Aus der Funkanlage knatterten geisterhafte Stimmen. Atemloser Schreck fuhr Yasuo in die Glieder. Er wirbelte herum und – seinem Verfolger, der nur zehn Schritte von ihm entfernt war, geradewegs in die Arme. Yasuo schlug einen Haken wie ein Hase, doch zu spät: Der Gummiknüppel traf seinen Hinterkopf mit voller Wucht. Er kippte vornüber und schlug auf den Steinen auf. Die roten Flecken vor seinen Augen, wurden zu schwarzen, verschwommenen Kreisen. Sekundenlang verspürte er keinen Schmerz; sein Kopf war wie in Watte verpackt, doch seltsamerweise blieb er bei klarem Verstand. »Das Schiff stand unter Bewachung. Shimoda-San hat sein Risiko gut einkalkuliert: falls es ihnen an den Kragen ging, konnten sie bei der Polizei nichts Wesentliches aussagen.« Schwerfällig wollte er sich aufrichten, Da zuckte der Schmerz wie ein Blitz in seinem Kopf und riß ihn wieder zu Boden. »Rühr dich nicht«, fauchte eine Stimme über ihm, »sonst schlage ich dir sämtliche Zähne aus.« Yasuo sah verschwommen, wie der Polizist einen Walkie-Talkie nahm und einige Worte hineinsprach. Dann schaltete er das Gerät aus, blickte auf Yasuo herunter und brummte kopfschüttelnd. »Wo haben die euch wohl aufgefischt? Direkt von der Schulbank weg, vermute ich...

18

Das Polizeigebäude von Yokohama wirkte abweisend wie eine Festungsanlage. Polizisten in schwarzen Uniformen, mit weißen Handschuhen und Socken, die Pistole im Halfter und den Gummiknüppel an der Seite, sicherten den Haupteingang. Doch zwei von ihnen traten höflich beiseite, um die alte Dame mit dem kurzgeschnittenen, schneeweißem Haar und dem dunkelvioletten Kimono durchzulassen. Trotz des Schneewetters trug sie blütenweiße »Tabi«, die japanischen Fußstutzen, und dazu jene traditionellen Sandalen, die mit einer Schlaufe um die großen Zehe gehalten wurden. Anstelle einer Handtasche hatte sie – wie es in früheren Zeiten üblich war – ein Stück Baumwollkrepp zu einem Beutel geknotet bei sich.

Die alte Dame verbeugte sich vor dem uniformierten Beamten, der am Empfangstisch neben dem Fahrstuhl saß, und bat um eine Unterredung mit Inspektor Hiroda.

»Mein Name ist Ushida Kyo«, sagte sie mit leiser, klarer Stimme. »Ich bin gestern abend aus Kambara angekommen. Inspektor Hiroda hatte die Güte, mir einen Brief zu schreiben.«

Der Beamte musterte sie mit kurzem prüfenden Blick, bevor er sich tief verneigte.

»Würden Sie bitte Platz nehmen. Ich werde Inspektor Hiroda ihre Ankunft melden.«

Kyo schien seine Worte zu überhören. Sie stand ruhig neben dem Aufzug, den Kopf hoch erhoben. Die Polizisten warfen ihr verstohlene Blicke zu und einer, der in den Aufzug wollte, machte mit rotem Gesicht eine lange Entschuldigen-Sie-mich-Verbeugung. Nach einer Weile kam der Beamte zurück und bat Kyo ehrerbietig, ihm zu folgen. Der Aufzug brachte sie in das dritte Stockwerk. Der Beamte führte sie durch einen breiten Gang, dann eine Treppe hinauf und schließlich durch ein großes Vorzimmer, wo zwei uniformierte Sekretärinnen vor einem Schreibtisch saßen. Der Beamte klopfte an eine Tür, öffnete sie und verneigte sich abermals vor Kyo, die in einen weißen, neonerleuchteten Raum trat. Das Büro war mit altmodischen Schränken ausgestattet, wo sich Ordner stapelten. Inspektor Hiroda saß hinter seinem Schreibtisch. Er war ein großer, schlanker Mann, dem man seinen Beruf nicht ansah: Er hatte vornehme Züge, eine schmale Nase und ruhige, tiefblickende Augen. Er erhob sich sofort und begrüßte Kyo mit formeller, höflicher Verbeugung. Sie erwiderte seine Verneigung und ließ sich auf den Stuhl nieder, den er ihr anbot.

Inspektor Hiroda nahm wieder hinter seinem Schreibtisch Platz. Er beobachtete die Besucherin mit einer Zurückhaltung, die an Verlegenheit grenzte. In ihrem welken, wachsbleichen Gesicht leuchteten die erstaunlichsten Augen, die er je gesehen hatte: Dunkelbraun, und doch von einer Klarheit, die sie fast durchsichtig schimmern ließen.

Inspektor Hiroda sprach zuerst verbindliche Worte der Höflichkeit, und erkundigte sich nach dem Wetter in Kambara. Dann fragte er taktvoll, ob die Reise nach Yokohama nicht zu anstrengend gewesen war, und ob die ehrwürdige Ushida-Sama eine zufriedenstellende Unterkunft gefunden hätte. Dann räusperte er sich und kam endlich zur Sache.

»Leider gebietet mir die Pflicht, Ihnen mitteilen zu müssen, daß Ihr Enkel Takeo Okura bei dem Versuch, Schmuggelwaffen aus Formosa nach Tokio zu befördern, von der Hafenpolizei festgenommen wurde. Die Waffen waren für den »Oyabun«, einer uns wohlbekannten Yakuza-Sippe bestimmt. Bei unseren

Nachforschungen stellte es sich heraus, daß Takeo und sein Freund Yasuo schon ein ganzes Jahr lang für die Yakuza arbeiteten. Ihre Aufgabe bestand im Wesentlichen darin, Aufputschtabletten unter die Leute zu bringen.«

Während er sprach, saß Kyo vollkommen still, die Hände im Schoß verschränkt. Doch Hiroda sah, wie ein leiser Schauer ihre Gestalt erschütterte.

Er stellte zum ersten Mal eine Frage: »Wie kommt es, Ushida-Sama, daß Ihr Enkel Takeo unter derart schädlichen Einfluß geraten konnte?«

Einige Sekunden lang war es so still, daß Hiroda sich selber atmen hörte. Endlich ergriff Kyo das Wort: »Die Schuld an Takeos unwürdigem Verhalten trägt niemand anders als ich selbst. Der folgenschwere Fehler, den ich begangen habe, wird sich kaum wieder gutmachen lassen.«

Der Inspektor ließ sie nicht aus den Augen. »Darf ich Sie um eine Erklärung bitten?«

Er sprach mit jener militärischen Steifheit, die tiefes Mitgefühl verbarg.

Kyo erzählte ihm, wie sich Yasuo zwei Jahre zuvor nach Tokio aufgemacht und Takeo geschrieben hatte, seinem Beispiel zu folgen. Sie hatte ihn damals beauftragt, den Brief zur Polizei zu bringen, aber heute sei ihr klar, daß Takeo diesem Befehl niemals gefolgt war. Ferner berichtete sie vom Bau der Konservenfabrik und vom Verlust ihrer Werkstatt. Sie verschwieg Hiroda nicht, daß der Grundstückbesitzer Itomi-San ihr ein Darlehen angeboten hatte, um damit Takeos Studium zu finanzieren.

»War Takeo davon unterrichtet?«

»Ja. Diese Verpflichtung lastete schwer auf ihm, und ich war unfähig, ihn von dieser Furcht zu befreien. Als ihn die Angst vor dem Versagen in der Schule zur

Flucht trieb, habe ich die Polizei nicht benachrichtigt. Ich wollte unseren Namen nicht mit Schande beflekken. Später kamen seine Briefe, und er schickte mir Geld. Die Unterstützung, die mir der Staat gewährt, reicht mir zum Leben nicht, und in der Wohnung, die mir Itomi-San in seiner Güte besorgt hatte, konnte ich meinen Töpferberuf nicht mehr ausüben. Als ich dazu auch noch erkrankte, fand ich in meiner auswegslosen Lage nicht mehr die Kraft, Takeos Hilfe von mir zu weisen. Ich klammerte mich an die Hoffnung, daß er sein Studium wieder aufnehmen würde, sobald sich mein Gesundheitszustand gebessert hatte, und ich eine neue Werkstatt einrichten konnte.

Hiroda sah schweigend zu, wie sie gebündelte Briefe aus ihrem Baumwollkrepp nahm. »Hier sind Takeos Briefe, in denen er von seiner Arbeit berichtete. Der Junge war ehrlich und wollte mir wirklich helfen. Jedoch, es kam anders...«

Sie brach plötzlich ab. Ein Seufzer hob ihre Brust. Inspektor Hiroda nickte nachdenklich vor sich hin.

»Takeo geriet in das Sogwasser seines Freundes Yasuo. Dieser ist hochbegabt und überdurchschnittlich intelligent, aber auch hitzköpfig, leichtsinnig und faul. Heute scheint er sein Verschulden aufrichtig zu bedauern. Er versicherte uns, daß er sich des Risikos wohl bewußt war und sich von den Yakuza lösen wollte. Diese haben ihn jedoch unter Druck gesetzt. Wir haben die beiden Jungen einem getrennten Verhör unterzogen, und ihre Aussagen decken sich in diesen Belangen.«

Er sah Kyo bedeutungsvoll an; als diese schwieg fuhr er fort: »Das Jugendgericht wird sich in der nächsten Woche mit der Angelegenheit befassen. Da Yasuo noch unter zwanzig ist, wird er in ein Erziehungsheim verwiesen werden. Wir können ihn nicht nach Hause schicken, denn er kommt aus einem geschädigten Milieu. Seine Mutter hat ihrem ehemaligen Freund, dem Fischhändler, den Laufpaß gegeben und führt, soviel wir herausgefunden haben, ein zweifelhaftes Leben. Was Ihren Enkel Takeo betrifft, so wird er selbstverständlich Ihrer Obhut anvertraut.«

Die alte Dame saß regungslos. Undurchdringliche Ruhe lag auf ihrem Gesicht. Schließlich sprach sie: »Ich danke Ihnen für Ihr großzügiges Entgegenkommen, doch wäre ich Ihnen dankbar, wenn Sie Itomi-San als seinen Vormund bestimmen würden. Bevor ich nach Yokohama fuhr, habe ich mit ihm einige Vorkehrungen getroffen. Er versprach mir, über Takeos Ausbildung zu wachen und ihm später eine Stellung zu besorgen, die seinen Fähigkeiten entspricht. Takeo kann bei seinem Vetter wohnen, der in Kambara eine Maschinenfabrik leitet und selbst zwei ältere Söhne hat.«

Inspektor Hiroda zog die Stirn kraus. Offensichtlich zögerte er, die Frage zu stellen, die ihn beschäftigte. »Dürfte ich wissen, Ushida-Sama, warum Sie Ihren Enkel nicht bei sich aufnehmen wollen?«

Kyo erwiderte seinen Blick fest und voll. »Der Arzt, den ich aufsuchte, konnte mir nicht verschweigen, was ich selbst schon ahnte. Die radioaktiven Strahlen der Atombombe, denen ich in Hiroshima ausgesetzt war, haben in mir eine langsam fortschreitende, aber unheilbare Form von Leukämie entwickelt. Der Arzt gab mir nur noch einige Monate zu leben...«

Inspektor Hirodas Hände wanderten nervös über den Schreibtisch. »Ich verstehe«, sagte er dumpf.

»Noch etwas müssen Sie wissen«, sagte Kyo. In ihrem Gesicht wirkten die Augen wie zwei tiefe, schimmernde Brunnen. »Zwar trage ich die Schuld an Takeos Versagen, aber Takeo selbst ist schon immer ein wankelmütiger Junge gewesen. Die Maßnahme, die ich zu ergreifen gedenke, wird ihn beunruhigen und befremden, doch dient sie lediglich dazu, ihn an die Pflicht zu erinnern, die ihm als Nachkomme eines Samurai-Geschlechtes durch Geburt und Erziehung obliegt.

Inspektor Hiroda starrte sie an; doch diesmal unterdrückte er die Frage, die ihm auf den Lippen brannte. Statt dessen kam er ihren Worten mit einer ungewöhnlich langen und tiefen Verneigung nach, die Kyo gelassen erwiderte. Dann sprach sie mit ruhiger, gleichsam wie aus der Ferne klingender Stimme: »Würden Sie mir jetzt gestatten, mein Enkelkind zu sehen?«

Inspektor Hiroda wollte der alten Dame den Anblick ihres Enkels hinter den Gittern des Sprechzimmers ersparen. So befahl er, Takeo in sein Büro kommen zu lassen und verließ den Raum, als ein Polizist den Jungen hereinführte. Auf Hirodas Wink blieb der Polizist draußen und schloß die Tür. Takeo war mit seiner Großmutter allein.

Als er sie erblickte, fuhr er zusammen. Seine Lippen bebten, und er hob unwillkürlich den Arm, wie um einen Schlag abzuwehren. Kyo fiel auf, wie stark er gewachsen war. Er war ein hübscher Junge, mit hoher Stirn und empfindsamem Mund, dessen ebenmäßige Züge ihr schmerzvoll die Erinnerung an ihre verstorbene Tochter wachriefen.

»Ehrwürdige Großmutter«, stammelte er und senkte das fieberheiße Gesicht, bis er ihre leise, ruhige Stimme vernahm.

»Sieh mich an, Takeo.«

Zitternd hob er den Kopf. Seine Augen flackerten. Er vermochte ihren Blick kaum zu ertragen.

»Warum hast du mich angelogen?«

Takeo rang die Hände. »Bitte, verzeiht mir! Es ist alles meine Schuld. Ich... ich wollte Euch keine Sorgen bereiten...«

»Kannst du dich rechtfertigen?« fragte sie, immer noch ruhig. Er schüttelte verzweifelt den Kopf.

»Ich weiß nicht, was in mich gefahren ist. Ich habe mir Geld geborgt, um ein Motorrad zu kaufen. Wir brauchten es, weil die Entfernungen in Tokio so groß sind, und weil die Verkehrsmittel...«

Er merkte, daß er sich hoffnungslos verhaspelte und wurde noch röter, als er es ohnehin schon war.

Kyo neigte sinnend den Kopf.

»Ich weiß«, sagte sie, wie zu sich selbst. »Du wünschtest dir schon lange ein Motorrad.«

Takeo holte geräuschvoll Luft. Er begann mit rauher, verzweifelter Stimme zu sprechen. Die Worte stürzten wie ein lang gestauter Strom aus ihm heraus. Am Anfang hatte er eine gute Chance gehabt, Geld zu verdienen und Großmutter zu unterstützen. Aber dann war alles schief gegangen: Er hatte den Versuchungen der Großstadt nicht widerstehen können. Immer tiefer verstrickte er sich bei seiner Schilderung in Widersprüche und Lügen. Zuerst versuchte er noch, sich zu entschuldigen, doch schließlich schonte er sich nicht mehr und redete, ohne etwas zu beschönigen. Er beschuldigte auch Yasuo nicht. Hatte dieser nicht immer wieder versucht, ihm ins Gewissen zu reden?

Während er sprach, schien Kyo ihn wie aus weiter Ferne zu betrachten. Auch als Takeo über seine Festnahme berichtete, blieb ihr Ausdruck gleichmütig. Ihm jedoch versagten die Nerven: Er ließ sich auf einen Stuhl fallen, legte die Arme auf den Schreibtisch des Inspektors und brach in krampfhaftes Schluchzen aus. Kyo, die ihn stumm betrachtete, hob langsam die

Hand, als ob sie ihm über das Haar streichen wollte. Doch hielt sie in ihrer Bewegung zurück. Ihre Hand senkte sich und mit ihr der wie ein lila Flügel schwebende Ärmel. Takeo schluchzte noch eine Weile, dann hob er sein geschwollenes, tränenfeuchtes Gesicht und durchsuchte sämtliche Taschen. Da er kein Taschentuch fand, wischte er sich mit dem Pulloverärmel die Nase trocken. Er wagte nicht, seine Großmutter anzusehen.

Schließlich brach Kyo das Schweigen. »Du hast selbst erkannt, daß du große Fehler begangen hast. Doch ich mache dir keine Vorwürfe, denn auch ich fühle mich nicht frei von Schuld.«

Er hob den Kopf, wollte sprechen. Mit kurzer, schneller Handbewegung schnitt sie ihm das Wort ab. »Hör gut zu. Das Jugendgericht wird dir einen Vormund zusprechen. Itomi-San ist so gütig, dieses Amt anzunehmen. Er wird dafür sorgen, daß du wieder zur Schule gehst.«

Itomi-San? Warum kam Großmutter ausgerechnet auf Itomi-San? Angst, Demütigung und Scham ließen Takeo erbeben. Er hob seine Hand an den Mund und biß sich auf den Finger, um sein Schluchzen zu unterdrücken. »Ehrwürdige Großmutter, bitte, erlaubt daß ich bei Euch bleibe. Ich ... ich verspreche Euch, in allem Euch zu gehorchen ...«

Kyo schüttelte leicht den Kopf. »Das kann nicht sein«, sagte sie schlicht.

Takeo starrte sie an: Etwas auf Kyos Gesicht, in ihren Augen, verbot ihm jede Frage.

»Ich weiß«, fuhr Kyo sanft fort, »es wird schwer für dich sein, einem fremden Menschen zu gehorchen. Doch du wirst es lernen. Du warst mit dem Leben, daß du bisher geführt hast, selbst nicht zufrieden. Es ist mein großer Schmerz, daß ich versagte und dich nicht vor diesen folgenschweren Erfahrungen behüten konnte.«

Takeo senkte den Kopf. Es war nichts zu machen: Er mußte sich fügen. Er wollte Großmutter fragen, ob er noch eine Nacht im Zellenblock verbringen mußte. Er hatte Yasuo seit ihrer Festnahme nicht mehr gesehen, und man hatte ihre Aussagen getrennt zu Protokoll gebracht. Heimlich hatte er gehofft, Großmutter würde ihn jetzt mitnehmen, damit der Alptraum endlich ein Ende nahm. Aber Kyos nächste Worte zerstörten auch diese Hoffnung.

»Inspektor Hiroda teilte mir mit, daß das Jugendgericht nächste Woche sein Urteil fällen wird. Bis dahin wirst du unter Arrest bleiben. Ich selbst...« Sie schloß die Augen. »Ich bin müde, sehr müde. Ich gehe mich jetzt ausruhen...«

Takeo sah die Schweißtropfen, die sich auf Großmutters Stirn gebildet hatten, und erschrak: Wieder einmal war er nur auf sich selbst bedacht gewesen, ohne davon Kenntnis zu nehmen, daß diese Schicksalsprüfung an Großmutters Kräften zerrte.

»Ja, gewiß...« stotterte er verwirrt. »Habt Ihr wenigstens... eine bequeme Unterkunft gefunden?«

Sie blickte ihn an, ruhig und unergründlich, und beantwortete seine Frage mit einem Zitat des buddhistischen Mönches Dengyô Daishi, der vor mehr als tausend Jahren lebte: »Obgleich die Lehmhütten dunkel und eng sind, wetteifern dennoch Hoch und Niedrig, daselbst den Seelen Obdach zu geben.«

19

Das drittklassige Hotel lag in einer stillen Nebenstraße, unweit des Polizeigebäudes. Es war ein Hotel, in dem vor allem ältere Leute vom Land abstiegen, die nicht viel Wert auf moderne Bequemlichkeit legten. Am Eingang standen für die Gäste Hausschuhe bereit. Kyo schlüpfte aus ihren Sandalen und erwiderte die Verbeugung der Besitzerin, einer Frau mit schlaffen Gesichtszügen, die über ihrem Kimono einen weißen Arbeitskittel trug. Ihr Zimmer, am Ende eines dunklen Ganges, war nur mit dem nötigsten ausgestattet: ein niedriger Tisch, ein flaches Sitzkissen. Die Bodenmatten hätten schon lange erneuert werden müssen und rochen muffig. Das Bettzeug wurde in einem Fach in der Wand aufbewahrt. Durch die Fenstertür sah Kyo in einen winzigen Garten, in dem einige schneebedeckte Sträucher standen. Hinter dem hohen Wellblechzaun donnerte jede drei Minuten die U-Bahn vorbei.

Kyo hatte die Hausherrin darum gebeten, ihr zu gestatten, das Gemeinschaftsbad zu benutzen. Als sie eine halbe Stunde später wieder in ihr Zimmer trat, fühlte sie sich angenehm entspannt. Sie trug einen Hauskimono aus Baumwolle, und das heiße Wasser hatte ihren blassen Wangen eine rosige Färbung verliehen. Ein pausbäckiges Zimmermädchen kratzte an die Schiebetür. Auf der Schwelle kniend, fragte sie höflich, wann die Dame das Abendessen einzunehmen wünsche. Kyo dankte: sie sei müde und wollte sich ausruhen. Das Zimmermädchen zog die Schiebetür wieder zu. Die Sonne sank und tauchte den Raum in rosiges Licht, ließ ihn aufleuchten wie das Innere einer Muschel. Kyo nahm kaum noch das Getöse der U-Bahn wahr, das die dünnen Wände erbeben und die

Scheiben klirren ließ. Sie blickte sich gedankenverloren im Zimmer um. Dann nahm sie das kitschige Kalenderbild ab, das an einem Nagel befestigt war. An seine Stelle hängte sie ein dreifaches Rollbild, Bambus und Kirschblüten darstellend, das von einem alten Künstler gemalt war. Auf der Matte kniend, zog sie einen kleinen Spiegel aus ihrer Reisetasche, stellte ihn auf den Tisch. Sie kämmte und glättete sorgfältig ihr Haar. Dann entnahm sie der Tasche ein zusammengefaltetes Gewand. Es war aus weichem weißen Leinen, und anstatt einer Schärpe hatte es nur ein schmales Band wie das erste Kleid, das kleine Kinder tragen. Kyo zog ihren Hauskimono aus und legte das weiße Gewand an, das im Gegensatz zu den üblichen Kimonos nach rechts übergeschlagen wurde. Ein kleiner weißer Beutel, der an einer Schnur um den Hals getragen wurde, gehörte dazu: Er enthielt ein dünnes Päckchen ihres Kinderhaares, das am achten Tag nach der Geburt abgeschnitten worden war und eine Strähne ihres abgeschnittenen Witwenhaares, ferner eine Münze, einen Rosenkranz aus weißen Holzperlen und ein geweihtes Talismantäfelchen.

Immer noch vor dem Tisch kniend, entnahm sie ihrer Tasche ein Schreibgerät aus schwarzem Lack. Sie wischte jeden Gegenstand ihres winzigen Tuschkastens mit einem viereckigen Seidenläppchen sorgfältig ab. Die traditionelle Ehrfurcht vor dem niedergeschriebenen Wort verlangte, daß sogar die Geräte, die dazu gebraucht wurden, fast als heilig angesehen wurden. In einem kleinen Behälter mischte Kyo die Tusche mit etwas Wasser. Dann, ihr weißes Gewand in geraden, geordneten Falten um die Knie gelegt, tauchte sie den Pinsel in die Tusche und ließ ihn im Rhythmus ihrer Atemzüge über ein weißes Pergament gleiten.

Als sie fertig war, glänzte der Himmel golden. Kyo legte behutsam den Pinsel nieder. Nach alter Sitte rollte sie den Brief auf und schloß ihn in ein wundervoll lackiertes Dokumentenkästchen ein. Danach säuberte sie den Pinsel und verschloß auch sorgfältig ihr Schreibgerät. Das Dokumentenkästchen ließ sie gut sichtbar auf dem Tisch stehen.

Jetzt, allein im friedlichen Zimmer, taub geworden für die Geräusche der Wirklichkeit, kniete Kyo vor dem Rollbild mit dem Gesicht nach Westen und blickte durch die Fenstertür auf die schneeweißen Sträucher, die in der Abendsonne glutrot schimmerten. Sie nahm ihre lange Schärpe und band damit ihre gekreuzten Knie fest. Vor ihr, auf dem flachen Kissen, lag ein kleiner, wappengeschmückter Dolch. Die letzten Sonnenstrahlen ließen die Büsche purpurn aufflammen. Kyos Augen waren auf das schwindende Licht gerichtet, bis das Purpur die Farbe des Schattens annahm. Dann beugte sie sich nieder und ergriff den Dolch.

In ihrem Brief, der später Takeo überreicht wurde, hatte Kyo geschrieben:

»Unser Weg zu den Göttern führt durch Wind und Wellen, Wolken und Nebel, Bewegung und Ruhe, Tag und Nacht, Verbergen und Erscheinen. Das Herz von Himmel und Erde, das ist die Gottheit. Das Herz der Gräser und Bäume, das ist die Gottheit. Das Herz der Menschen, das ist die Gottheit. Die Gesinnung formt die Vernunft. Die Vernunft formt das Wort. Es gibt nichts, dem der Gottheit-Geist nicht innewohnt. Die Blüten fallen ab und kehren zur Wurzel zurück, und jeder, der stirbt, lebt ewig...«

20

Der Zellenblock bestand aus einem Dutzend, mit starken Eisengittern versehenen Einzelzellen, die zu einem Gang hin offen waren. Das Essen wurde dreimal am Tag durch eine kleine Öffnung geschoben. Das Licht brannte Tag und Nacht. In der ersten Nacht fand Yasuo deswegen keinen Schlaf, doch schließlich gewöhnte er sich daran. Außer eine Decke, die auch als Sitzgelegenheit diente, war die Zelle völlig leer. Abends wurde noch eine zusätzliche Schlafdecke verteilt. Jeden Morgen mußten die Gefangenen unter Aufsicht der Wärter Besen und Wassereimer aus dem Putzraum holen und die Zelle fegen und auswaschen. Vier Tage nach Yasuos Verhaftung erschien gegen zwei Uhr nachmittags der Wärter und schloß seine Zelle auf. »Besuch!« sagte er schroff.

Yasuo erhob sich und fuhr mit instinktiver Bewegung durch sein Haar. Man hatte ihm seinen Kamm weggenommen, und er wurde nur an jedem zweiten Tag vom Wächter rasiert. Zum Glück durften sie jeden Morgen im Waschraum duschen und die Zähne putzen.

»Wer ist es denn?« fragte er.

Der Wärter zog die Schultern hoch.

»Das wirst du schon sehen.«

Besuch wurde nur für eine Viertelstunde gestattet. Ein Polizist, der während der ganzen Zeit dabei sein würde, geleitete Yasuo zum Sprechraum. Es war ein neonerleuchtetes Zimmer, das nur zwei Stühle enthielt, die durch ein Gitter voneinander getrennt waren. Der Polizist öffnete die Tür. Yasuo trat ein und blieb auf der Schwelle wie angewurzelt stehen. Eine Hitzewelle schoß ihm ins Gesicht. Auf der anderen Seite des Gitters erwartete ihn Mariko.

Sie trug ihren roten Steppmantel, dazu Jeans und

einen marineblauen Pulli mit Rollkragen. Ihr seidenschwarzes Haar glänzte im Neonlicht. Ihr Gesicht drückte Befremden und Schmerz aus. Yasuos zurückweichende Bewegung war ihr nicht entgangen. Rasch hob sie die Hand, als wollte sie sagen! »Warte!« Er zögerte einige Atemzüge lang, dann, wie von einem Magnet angezogen, trat er näher und ließ sich schwerfällig auf den Stuhl fallen. Mariko setzte sich ebenfalls. Ihre Handfläche war gegen das Gitter gedrückt, so daß sich das Muster auf ihrer Haut abzeichnete. Der Polizist stand abseits, mit abweisendem Gesicht. Yasuo fiel es schwer, in seiner Gegenwart etwas zu sagen. Er konnte kein Wort hervorbringen. Er versuchte sich einzureden, der Polizist sei nichts weiter als ein Möbel. »Woher weißt du ... daß ich hier bin?« stammelte er endlich. »Ich ... ich habe der Polizei nichts von dir gesagt.«

»Takeo erzählte bei seinem Verhör, daß du mich aufgesucht hast«, sagte Mariko. Sie flüsterte in der trügerischen Hoffnung, daß der Polizist sie nicht hören konnte. »Daraufhin kamen zwei Polizisten zu mir. Sie wollten wissen, ob du ... ob du mich bedroht hättest.« Sie senkte den Kopf. »Als ich erfuhr, daß man dich festgenommen hatte, habe ich gefragt, ob ich dich sehen könnte ...«

Yasuo preßte die Lippen zusammen, daß es schmerzte. Seine Züge wirkten seltsam eingefallen und gealtert.

»Du hättest nicht kommen sollen«, stieß er hervor.

Sie nickte ruhig. Dann hob sie die Augen und blickte ihm voll ins Gesicht. »Ja, vielleicht. Aber ich wollte dich sprechen.«

Er versuchte verzweifelt ihrem Blick standzuhalten. Es war eine schreckliche Lust in ihm, alles herunterzureißen und zu zerstören, damit nichts mehr blieb als

Schande und Entehrung. Er ballte die Fäuste so fest, daß sich die Knöchel weiß unter der bräunlichen Haut abzeichneten.

»Als ich an jenem Abend zu dir kam, wartete Takeo unten in einem Café. Wir... wir handelten mit Aufputschtabletten, und ich dachte, daß du mir vielleicht helfen könntest, meine Kundschaft zu erweitern. Aber als ich dich sah, vergaß ich alles, was ich von dir wollte. Ich kam mir heruntergekommen und schäbig vor. Und trotzdem...«

Er schluckte verzweifelt. Mariko sah den feinen Schweißfilm, der sein Gesicht überzog.

»Ist schon gut«, sagte sie leise. »Es spielt ja jetzt keine Rolle mehr...«

Ein bitteres Lächeln verzog Yasuos Mund. »Du verachtest mich, nicht wahr?«

Wieder trafen sich ihre Blicke. In Marikos Augen lag ein seltsam flackernder Glanz. »War es wirklich nötig, mich anzulügen?«

Er spreizte hilflos die Hände. »Es kam alles so unerwartet! Ich fand nicht den Mut, dir die Wahrheit zu sagen. Ich hatte nur eins im Sinn! von den Yakuza loszukommen. Am Abend, als wir uns treffen wollten, sollte ich in Yokohama Schmuggelware in Empfang nehmen. Ich weigerte mich, den Auftrag auszuführen.«

Er erzählte ihr, wie Kasigi ihn zusammengeschlagen und erpreßt hatte. »Ich hatte keine andere Wahl: Ich mußte mich fügen. Es war die einzige Möglichkeit, mich aus der Klemme zu ziehen. Ich hatte mir vorgenommen, dir bei unserem nächsten Treffen alles zu erzählen. Aber das Verhängnis hat es nicht zugelassen...«

Er klammerte sich an das Gitter, preßte die Handfläche gegen die ihre. Doch sie zog ihre Hand mit einem

Seufzer zurück. »Hast du Takeo schon wiederge-
sehen?«

Er schüttelte den Kopf. »Nein. Wir sitzen in Einzelzellen. Der Aussage wegen dürfen wir nicht zusammen-
kommen, bis das Jugendgericht getagt hat. Aber warum fragst du? Was ist los?«

Er sah ihre Lippen schmerzvoll zucken. »Seine Großmutter war bei ihm. Sie hat sich gestern in ihrem
Hotelzimmer das Leben genommen.«

Yasuo war, als ob sein Herz stillstand. »Woher weißt
du das?«

»Der Inspektor hat es mir vorhin gesagt. Sie fühlte
sich an Takeos Versagen schuldig. Außerdem war sie
unheilbar krank.«

Yasuos Lippen waren ganz weiß geworden. Sekundenlang fühlte er sich unfähig, einen Ton herauszubrin-
gen. »Wie... wie ist sie gestorben?« fragte er schließlich.

»Sie hat sich die Kehle durchstoßen, wie Edelfrauen in
Alt-Japan es zu tun pflegten.«

Yasuo starrte sie an. Wie ein Stein in stilles Wasser
fällt und nach allen Seiten Wellenringe aussendet, so
rührte sich in ihm die Erkenntnis, daß Kyo Ushida
sich das Leben genommen hatte, um Takeo seine
Pflichten vor Augen zu führen. Er, Yasuo, war es
gewesen, der Takeo dazu gebracht hatte, die Schule zu
verlassen und nach Tokio durchzubrennen. Sicher
trug er nicht die Schuld an Kyos Tod, aber jedes
Geschehnis reihte sich wie ein Kettenglied an das
andere. Mit seinem angeborenen Ehrgefühl weigerte
sich Yasuo, seine Fehler vor sich selbst zu verleugnen.
Und doch fragte er sich, während Schmerz und Scham
wie Wunden in ihm brannten, ob er nicht lediglich das
Werkzeug jener höheren Macht gewesen war, die das
menschliche Schicksal vorbestimmt.

Der Polizist, der sich bisher nicht gerührt hatte, deutete auf die Uhr an der Wand. »Die Zeit ist abgelaufen.«
Mariko und Yasuo fuhren zusammen. Die kalte, unpersönliche Stimme brachte sie aus der Einsamkeit ihrer Verzweiflung in die Wirklichkeit zurück. Mariko erhob sich, vergrub die Hände in den Manteltaschen. Yasuo stand ebenfalls auf. Keiner sprach. Yasuos Mund zitterte. Es würgte ihn in der Kehle. Er wollte in Tränen ausbrechen, ihr zurufen! »Hilf mir! Verlaß mich nicht!« Aber er durfte sich nicht an sie klammern, sie nicht mit seinen Gewissensbissen und seiner Trauer belasten. Kyo Ushida war tot. Alle, die sie gekannt hatten und zurückgeblieben waren, mußten Enttäuschungen und eigenes Versagen auf sich nehmen und ihr eigenes Schicksal weitertragen.
Er fragte Mariko nicht, ob er sie wiedersehen konnte, sondern wandte sich ab und folgte stumm dem Polizisten, der ihn aus dem Sprechzimmer führte. Sie aber blieb noch eine Weile stehen, starrte reglos und tränenblind in den leeren Raum. Hinter ihr ging eine Tür auf: Ein anderer Polizist kam, um sie herauszulassen. Sie knöpfte ihren Mantel zu und verließ wortlos das Zimmer.

21

Mariko legte ihren Kugelschreiber nieder und rieb sich den schmerzenden Daumen. Vor ihr lag ein Stoß Papier, mit dichten Schriftzeichen bedeckt. Es war Februar; den ganzen Tag hatte es geregnet. Mariko sah auf ihre Armbanduhr. Schon sieben! Ihre Augen brannten vor Müdigkeit, aber sie wollte noch das Kapitel fertigschreiben, bevor sie sich im Ofen eine Pizza warmmachte. Nach dem Essen mußte sie noch Schulaufgaben erledigen: Sie hatte morgen eine Prüfung. Wahrscheinlich kam sie wieder nicht vor Mitternacht ins Bett.

Sie ging in die Küche und setzte Wasser auf. Als das Wasser kochte, goß sie es in eine Tasse und tauchte einen Teebeutel hinein. Die Tasse in der Hand, ging sie zu ihrem Schreibtisch zurück und blickte nachdenklich auf ihr Manuskript, indem sie hier und da ein Wort verbesserte. Nach einer Weile nahm sie den Teebeutel aus dem Wasser und legte ihn auf die Untertasse. Während sie den heißen, ungezuckerten Tee trank, zog sie eine Schublade auf. Einer kleinen Mappe, wo sie Nachrichten ihrer Freunde und Verwandten aufbewahrte, entnahm sie einen Brief, den sie behutsam auseinander faltete und mit der Hand glattstrich.

»Mariko«, schrieb Yasuo. »Das Jugendgericht verurteilt mich zu einem Jahr Erziehungsanstalt. Takeo wurde unter Vormundschaft gestellt und fuhr gestern mit Itomi-San nach Kambara zurück. Dieser kümmerte sich auch um die Einäscherung von Kyo Ushida-Sama und ließ einen buddhistischen Priester kommen, der für sie die Sterbegebete sprach. Ihre Urne wird in Kambara auf dem Friedhof beigesetzt werden. Seit dem Tod seiner Großmutter ist Takeo wie verwandelt: Er denkt nur noch daran, seine Schuld wiedergutzumachen. Dadurch, daß sie auf eine unbekannte Reise ging, hat die ruhelose Seele der stolzen alten Dame das erreicht, was ihr hier auf Erden niemals gelungen wäre.

Was mich selber betrifft, habe ich vor, Tokio später zu verlassen. Mir wurde erzählt, daß viele Jugendliche der Großstadt den Rücken kehren. Sie ziehen sich aufs Land zurück und leben in selbstversorgenden Gemeinschaften, bauen selbst ihre Unterkünfte und pflanzen Reis und Gemüse an. Unter ihnen befinden sich auch Künstler, Maler und Musiker, die neue Ausdrucksformen suchen. Ich werde mich handwerklich ausbilden lassen und eine dieser Gemeinschaften aufsuchen. Zwar weiß ich nicht, ob ich es auf die Dauer dort aushalten werde, immerhin ist es einen Versuch wert.

Ich liebe Dich immer noch, Mariko, aber ich werde Dir nie mehr schreiben und Dich auch nie wiedersehen: Ich habe vor Dir das Gesicht verloren. Dem Mädchen, das ich später einmal kennen- und liebenlernen werde, will ich frei und offen in die Augen sehen, ohne mich vor ihr und vor mir selbst zu schämen. Bitte, verzeih' mir! Ich bin sicher, Du wirst es verstehen. Ich wünsche Dir, daß Du glücklich wirst. Leb wohl. Yasuo.«

Mariko faltete den Brief zusammen und legte ihn in die Mappe zurück. Ein feines Schmerzgefühl zog durch sie hindurch, ein Hauch von Schmerz nur, der sich gleich wieder verlor. Wenn ihr Herz auch begann, sich von diesem Erlebnis zu lösen, ihr Schöpfertrieb hatte sich schon der Tatsachen bemächtigt, um sie in eine Geschichte umzuformen...

Es klingelte. Mariko stand auf, stellte im Vorbeigehen ihre Tasse ins Spülbecken und öffnete die Tür. Ihre

Augen weiteten sich vor Erstaunen. Vor ihr stand Tetsu.

Er trug Jeans und eine regennasse Parka und starrte sie an, selbst befangen durch die Befangenheit, die er in ihren Zügen las. Er wirkte noch größer als in ihrer Erinnerung. Sein gebräuntes Gesicht war schmaler geworden, und das blauschwarze Haar war immer noch schulterlang, so wie es die meisten Jungen heute nicht mehr tragen.

Endlich fand sie ihre Sprache wieder. »Wann bist du denn zurückgekommen?«

»Gestern abend«, erwiderte er.

»Warum hast du nicht angerufen?«

»Ich wollte dich überraschen.«

Sie lachte verlegen. »Du kannst zufrieden sein. Die Überraschung ist dir gut gelungen!« Langsam entspannten sich seine Züge. Ein Lächeln stahl sich in sein Gesicht, er hob ein wenig die Schultern.

»Komm doch herein«, sagte sie.

Er bückte sich und zog seine Schuhe aus. Sie nahm ihm die Parka ab und hängte sie über einen Bügel, während er sinnend seine Blicke durch den Raum schweifen ließ.

»Es ist eigenartig«, sagte er. »Gestern abend, als ich nach Hause kam, fühlte ich mich wie ein Fremder. Meine Eltern, meine Schwester hatten sich kaum verändert. Ich aber war ein anderer geworden und fühlte mich als Eindringling, selbst in meinem eigenen Zimmer. Auch in Europa wußte ich nicht recht, was ich vom Leben wollte, fühlte mich tausend unklaren Wünschen ausgesetzt. Doch bei dir wird alles einfach und klar. Ich fühle, daß ich hierhin gehöre.«

Sie holte hörbar Atem. Ihr war, als würde eine schwere Last, die sie mehr als ein Jahr allein getragen hatte, von ihren Schultern gleiten.

»Auch ich habe versucht, mein eigenes Leben zu leben«, sagte sie. »Es ist eine lange Geschichte. und eines Tages werde ich darüber ein Buch schreiben.«

»Das ist gut so«, erwiderte er. »Du lebst in zwei Welten! Die wirkliche Welt und deine wortgeschaffene Welt. Weißt du, daß ich dich darum beneide?«

Sie fühlte, wie sie errötete.

»Erinnerst du dich? Kurz vor deiner Abreise hast du mir gesagt: ›Du brauchst niemand. Du hast ja deine Bücher.‹«

Er nickte langsam vor sich hin. »Ja, ich erinnere mich. Und du hast mir gesagt: ›Ich werde dich immer brauchen.‹«

Impulsiv streckte sie die Hand aus; ihre Finger schlangen sich ineinander.

»Vielleicht hast du dich gewundert«, sagte er leise, »daß ich dir nie geschrieben habe. Ich wollte dir Zeit lassen, deine zwei Welten aufzubauen und zu festigen. Deswegen habe ich dir nie gesagt: ›Warte auf mich!‹«

»Aber ich habe auf dich gewartet«, sagte Mariko.

Und in dem Augenblick, da sie dies sprach, wußte sie: Es ist die Wahrheit! Dankbarkeit und tiefer Friede stiegen in ihr auf. Es würde nun immer Tetsu geben, seine Zärtlichkeit, seine Nachsicht; Tetsu und sein Verständnis, das sie vor Widersprüchen bewahrte und sie behutsam ihrer eigenen Freiheit entgegenführte. Er zog sie fester an sich. Sie schloß die Augen, schmiegte ihr Gesicht an seinen Hals, dort wo sie das Blut unter der warmen Haut pulsieren fühlte. Beide schwiegen. Was sie empfanden, konnte nicht in Worte gefaßt werden, denn Worte würden verblassen, wie ein Spiegel sich trübt unter dem Atem dessen, der zu seinem Ebenbild spricht.